梟《ふくろう》と番《つがい》様

2

~せっかくの晴れの日なのに、国内から国外まで敵だらけ~

著者 藤森フクロウ

イラスト 笹原亜美

一迅社ノベルス

Character

登場人物

ヨルハ 夜覇

ゼイングロウ帝国からやってきた十二支族すべてを統治する皇帝。西の一族で梟の獣人。夜の森の王者の異名を持つ。キラキラしたものが好き。

ユフィリア

長年家族から冷遇されてきたミストルティン王国の伯爵令嬢。おっとりと優し気な容貌だが、強かなで図太い面もある。一級錬金術師の資格を持っている。

イラスト／笹原亜美

World
世界

ミストルティン王国

人間の王国で、北にゼイングロウ帝国、南にメーダイル帝国、
東西は険しい山に挟まれた小国。
数十年に一度の周期で、若者を隣国のゼイングロウ帝国に嫁がせる風習がある。
錬金術が盛んで国家資格も設けられている。等級によって優遇や資格が変わる。

ゼイングロウ帝国

竜人、獣人を始め亜人が支配している国。十二支の獣人たちが主な支配階級。

非常に高い身体能力や、長寿、特殊能力を保持している。

ゼイン山脈に住む強力な魔物を抑え込み、ミストルティン王国と稀少な薬草や鉱物などの資源を交易している。

現在の序列TOP3

1位　酉族　当主 ヨルハ　（神獣　梟）
2位　狼族　当主 コクラン（幻獣　ジャッカル）
3位　巳族　当主 シンラ　（幻獣　イグアナ）
※神獣>聖獣>幻獣>霊獣>一般獣人

メーダイル帝国

ヒト族至上主義。軍事国家。獣人は劣悪種族と蔑む節がある。

序列に厳しく選民意識が強く、ゼイングロウとは長きにわたり犬猿の仲。

小国のミストルティンを見下していて、国交はあるが上辺だけの友好関係である。

プロローグ

ユフィリア・フォン・ハルモニアは伯爵令嬢である。

そして、もうすぐゼイングロウ帝国の皇后になる女性だ。

彼女の生まれはミストルティン王国だが、数十年に一度あるかないかの大イベント『番《つがい》探し』にて、ゼイングロウ帝国の皇帝ヨルハに見初められた。

番とは獣人のごく一部——特に強力な獣人が、その生涯の伴侶として選ぶ相手のことである。

二人の出会いは華やかな王宮ではなく、番探しに嫌気が差したヨルハが夜の散歩中に、たまたまバルコニーにいたユフィリアに一目惚《ひとめぼ》れをした。

当初は小さい梟《ふくろう》の姿で出会った。お国柄や獣人と人間とのカルチャーギャップがありつつも、二人は急速に接近して無事に恋人兼婚約者になった。

その際、色々とあった。もとよりな歪《いびつ》だった家族仲にははっきりとした亀裂が入り、ユフィリアに強い対抗意識を持つ妹アリスや婚約者エリオスとは訣別——特に後者二人は因果応報なのだが、散々ユフィリアを苦しめていたので、ヨルハからの報復もあった。

長らく苦しめられていたハルモニア伯爵家から解放されたユフィリアは、ゼイングロウに拠点を移しヨルハに過保護なほどの愛情を注がれて、新しい人生を歩んでいる。

自分を否定しない恋人との生活は面映ゆくも温かい。

ユフィリアは異国の地にて安寧と自由を手に入れていた。

しかし、恋人は普通の人ではない。獣人の国ゼイングロウの皇帝。彼自身も梟の獣人で、神獣という最高格を持つ最強の男だ。

ちなみにヨルハはユフィリアには甘々なスパダリであるが、その本性はかなりドライで面倒くさがり屋。番であるユフィリアに関することには常にアンテナを張り巡らせているが、それ以外には無関心で冷徹である。

おはようからおやすみまで一日の始まりから終わりまでユフィリアを見つめていたいくらい大好きな激重系男子である。

そして今日もこっそり朝からユフィリアを見つめている。寝ている番は睡眠よりも英気を養ってくれると信じて疑わない。寝息すらどんな極上の音楽より心を豊かにする。

（ユフィ……ユフィが俺の隣にいる。可愛《かわい》い。綺麗《きれい》。白銀の髪も、長い睫毛《まつげ》も、白い肌も、薔薇《ばら》色の頬も、薄紅色の唇も……全部全部好き。心音すら可愛い）

この通り非常にユフィリアを愛している。理解ある婚約者の振りをして、隙あらばユフィリアを丁寧に厳重に囲みたがる。

問題は起きていない。今のところは。

長らく家族にも婚約者にも蔑《ないがし》ろにされ続けていたユフィリア。そんな彼女の求めるハードルは、

とても低かった。何せ前の婚約者エリオスは超が付く浮気性で、顔と家柄だけが取り柄の三男坊。ヨルハのほうが美形で有能で財力もあるし、立場も上。小国ミストルティンの公爵子息と大国ゼインググロウの皇帝では動かせる財力も権力も段違いだ。

ゼイングロウに来てからのユフィリアは、好きなことができた。実家のように勉強に対して嫌味も言われない。自分の書斎、工房、薬草園まである。淑女らしからぬと詰《なじ》られることもない。

現状に、ユフィリアは満足していた。こんなに幸せでいいのかと戸惑うくらいに満たされている。

ヨルハも番が楽しそうであれば自分も楽しい。番が幸せだと自分も幸せだ。

その幸せが自分の手によってなされたのなら、これ以上のことはない。

(可愛いユフィ……そろそろ起きる時間だ)

ユフィリアはうら若い乙女で素晴らしい淑女だ。ヨルハであっても、寝顔を見られるのは恥ずかしいだろう。

なので、ヨルハは目を閉じて寝たふりをする。

そして、ユフィリアが目を覚ました少し後で、たった今起きたと装うのだ。

ヨルハの秘密の朝のルーティンがバレてしまったら、同衾《どうきん》を嫌がられてしまうかもしれない。最近になって、やっとこの状況に慣れてきてくれたのだ。それだけは絶対嫌だった。

やっと出会えた運命の人と、少しでも離れたくない。

ヨルハは番を愛していた。ユフィリアの美しさも、儚《はかな》さもすべて。完璧な淑女として振る舞える聡明さ。その裏でずっと愛情に飢えていて、欲しくても手を伸ばせない臆病なところも。

愛情で不慣れなユフィリアは、好意を抱くヨルハにすら甘えるのにまごついてしまう。
そして時には悩みを吐露することすら躊躇《ためら》う——それは相手がヨルハだからこそ。

第一章　奇妙な寝床事情

ヨルハの予想通り、ユフィリアは目を覚ました。

視界いっぱいに広がる絶世の美男子の寝顔。まさに顔面の暴力と言える情報量を浴びせられたが、目覚めの恒例行事なのでむしろ安心する。

薄暗い中に見えるのは象牙色にも似た白い髪。ところどころに褐色や黒の混じる不思議な色、影が見えるほど長い睫毛《まつげ》。閉じられた唇は色っぽく、規則的な寝息が聞こえる。

瞼《まぶた》の下に隠された黄金色の瞳が、誰よりも優しく甘くこちらを見ることを知っていた。そのしなやかに鍛えられた巨躯《きょく》が、驚くほど静かに動き、信じられないくらい力強いことも。

己の婚約者は朝から美しすぎて心臓に悪いけれど、傍《そば》にいることにこそばゆい気持ちになる。

数秒ほど見ていると意識もはっきりしてきた。ゆっくり部屋を見渡した後で身を起こし、ベッドサイドにある木製の鈴を手に取って振るう。

カランコロンと金属製の鈴にはない軽妙な音が鳴り響いた。

控えめだったが、隣のヨルハが起きていないか気が気でなく振り向こうとして、失敗したことに気づく。

後ろから長い腕が伸びて、ぎゅっとユフィリアの身を包んだのだ。

「おはよう、ユフィ」

「おはようございます、ヨルハ様」

見なくても分かる。この温《ぬく》もりと気配、抱かれ心地はヨルハである。

起き抜けに耳元で甘く囁《ささや》かれ、少し心臓に悪い。

「朝からユフィがいる。幸せだ……ユフィはちゃんと眠れた？」

「ええ、とても良い目覚めです」

「俺もすごくいい気分」

ヨルハは子供のような無邪気さでそう言うと、柔らかくユフィリアに頬擦りする。

厭《いや》らしさはなく、それどころか夜着のユフィリアを気にして温めているのだと分かる。ヨルハも寝起きそのままで薄着だ。

淑女としてのユフィリアが「婚姻前に薄着で密着するなんてはしたない」と騒ぐ。

婚約者としてユフィリアが「ヨルハ様の要望には善処すべき」と物申す。

ユフィリアの中で二つの意見が侃々諤々《かんかんがくがく》と主張し合っていた。

「ちゅっ、ちゅちゅちゅー！」

おはようございまーす！　と言わんばかりに、小さな団体がやってきた。子供サイズのリスが寝室に入ってくる。

シマリスに似たその存在は、みんなエプロンをつけている。

この家に使用人は一人もいない。その代わり、このリス妖精というオールワークスメイド並みに働く妖精がいた。

いつもにっこり笑っているように見える可愛《かわい》らしいリス妖精だが、ヨルハには結構辛辣なツッコミ属性持ちである。

「おはようございます」

「チュイっ！」

ユフィリアには丁寧に挨拶するその後ろで、別のリス妖精がげしげしとヨルハを足蹴にして「出てけコノヤロー！　レディの身支度の時間だ！」と追い出している。

家主（職業：皇帝）に対して随分な扱いだ。

ヨルハも慣れたもので、容赦ないリスキックをくらいながら「また朝食で」と手を振って出ていく。

頑丈なヨルハにとって、非戦闘員（特技は家事）の妖精の攻撃なんてあってないものだ。

そんな背を見送るユフィリア。その瞳が、少しだけ寂しげに揺れる。

寝起き用の白湯とぬるま湯を張った洗面器を持ってきたリス妖精にお礼を言いながら、ユフィリアはとある不安が胸に巣食っていた。

（……ヨルハ様はお優しい、とても大切にしてくださる）

この上なく、ユフィリアに愛情を注いでいる。溺愛を隠そうともしない。

睦言《むつごと》を囁くし、抱きしめる。キスだってする——同衾もしているが、一線は越えていない。

同じ寝台を使った数は両手では足らないくらいだと言うのに、一切踏み込んでこない。

（……まだ、婚約中だもの。挙式して、正式に夫婦になればきっと……）

抱いてくれるはず。

そんなことを考えている自分が、猛烈に恥ずかしくなる。己から求めるなんて、淑女らしからぬ浅ましさだ。

もとはと言えばこの状態がおかしいのだ。婚約している仲とはいえ、年頃の男女が同衾するなど奇妙なことである。

年端のいかない子供や、夫婦であるならともかくとして普通ならあり得ない。

ヨルハの勢いに流されてこの生活が続いているが、順序があべこべだ。

「ちゅう？」

思い耽《ふけ》っているユフィリアに、リス妖精が首を傾《かし》げる。

「あ、ごめんなさい。なんでもないの……」

ユフィリアはゼイングロウについて目下勉強中だ。

ミストルティンで生涯を終えると思っていたユフィリアは、まだまだ獣人文化について勉強が甘い。

「その……聞きたいのだけれど、ゼイングロウでは未婚の男女が同衾するのは普通のことなの？」

遠慮がちにユフィリアが尋ねると、部屋の中にいたリス妖精たちが一瞬ぴたりと止まった。そして、恐るべき速度でユフィリアから目を逸《そ》らす。

ふわふわの毛並みで顔色なんて分からないが、真っ黒いつぶらな瞳が泳いでいる。捕食者から逃げるイワシにも劣らぬ激しい泳ぎっぷりだ。

（この国でも普通ではないのね……）

今更だが、寝室を分けるべきか。ヨルハが知ったら泣いて拒否しそうなことを考えていた。

頬に手を当てて悩むと、その思考を察知したのかリス妖精たちがユフィリアに縋《すが》ってくる。

「ちゅー!?　ちゅっちゅちゅちゅー!!」

いつもより大きく、やや高めに鳴く。何を言っているかさっぱり分からないが、必死に宥《なだ》めて止めているような気がする。

リス妖精の一匹は自分の身の丈ほどのハリセンを持って、ヨルハの出て行った方向を指さしている。

「ヨルハ様に嫌なことはされていないわ。寝るのも嫌じゃない……し……」

そう、嫌ではない。きっと、それ以上のことも。

言いかけて、ユフィリアは自分の本心に気づく。

ユフィリアは不安なのだ。あれだけユフィリアを求めてくるヨルハが、ユフィリアの体を欲さないことを。

ゼイングロウは世襲制ではない。その時に、最も強い者が皇帝として君臨する。

皇后夫妻であっても血の繋《つな》がった後継者が要らないから、子作りも必要ない。

強いて言うなら、ヨルハの心の拠《よ》り所くらいだろう。ヨルハはその圧倒的な格の高さから、国民から敬意と畏怖が注がれている。

番《つがい》は生きているだけでその役目を果たしている――少なくとも、文献を見る限りはそう記載があった。

（……ただ『いる』だけでいい存在なの？　番ってなんなんだろう。獣人独自の感覚は私には分からない）

強烈な恋慕や愛情は感じるけれど、色欲を向けられたことはなかった。

元婚約者のエリオスですら向けてきた欲望が、ヨルハにはないのだろうか。この上なくユフィリアを傍に置きたがるのに。

顔を赤くしたり、物憂げになったりと一人忙しいユフィリア。そんな彼女の様子に、リーダー格のリス妖精は何かを察したようだ。

ユフィリアの肩をぽんぽんと叩《たた》くと、妙にシニカルな笑みを浮かべる。

訳が分からずユフィリアは首を傾げる。

「え？　えーと、その？」

「ちぅちっ」

生ぬるい眼差《まなざ》しでふりふりと横に首を振るリス妖精。

言葉はやはり分からないけれど、気にするなと言われたような気がする。

外見はとってもキュートなのに、人生の大先輩のような尊大な態度。それは嫌味な感じは微塵《みじん》もなく、頼もしさを感じて笑ってしまう。

ようやくユフィリアが笑ったことに、リス妖精も安心していつものリススマイルになるのだった。

席に着くヨルハとユフィリア。

どちらともなく互いに視線を交わし、笑い合う。まだユフィリアは少し気恥ずかしそうだが、その姿をヨルハは眦《まなじり》を下げて優しく見つめている。

朝食はリス妖精が丹精込めて作った自慢の料理だ。

その日のメニューはリス妖精が決めている。ミストルティン料理が四割、ゼイングロウ料理が四割、残り二割はリス妖精の気分だ。

家事が得意なだけあって、様々な国の郷土料理を知っている。多国籍料理が並ぶことも珍しくない。

今日はパンとサラダとスープで、ミストルティン風だ。

黒く艶やかな木目が映えるテーブルと、セットの椅子。それぞれの席の前に可愛らしい素朴な刺繍《ししゅう》を施されたランチョンマットが敷かれている。

白い皿の上に卵サンドと、ハムとチーズとレタスのサンドイッチ、ベーコンと野菜がよく煮込まれた具沢山のコンソメスープ、新鮮なベビーリーフと特製ドレッシングのサラダだ。

卵料理も付けるかどうか聞かれたがユフィリアはこれで十分お腹《なか》いっぱいだ。

逆にヨルハは卵料理だけではなく、ボイルされたソーセージも追加している。サンドイッチもユフィリアの二倍以上食べていた。

早食いではない。テーブルマナーも素晴らしい。だが、驚くべきスピードで切り分けられて、する する口の中に入っていく。

朝から健啖《けんたん》家のヨルハを見ていると、ユフィリアも自然と食が進む。

（ハルモニア伯爵家にいた時は、いつアリスがヒステリーを起こすか気が気でなかったものね……）

やれ野菜が嫌いだ、ケーキが食べたいと朝食から駄々をこね始めたものだ。下手をすると食器が飛んでくる。

ケーキが食べたいと言いながら、ダイエットメニューにしろという無茶ぶりもしていた。

父のイアンはそれを黙認し、母のソフィアは癇癪《かんしゃく》を起こすアリスを憐《あわ》れんだ。ブライスは素知らぬ顔で、怒りが飛び火をする前にユフィリアに矛先を向かわせる。

無茶苦茶なアリスが問題を起こすと、なぜかユフィリアが責められる日々。

ブライスとユフィリアとアリス。三人とも同じ両親から生まれたのに扱いがこんなにも違う。

（アリスは処刑されたそうだけど……実家からは何も連絡がなかったわね。

きっと自分たちに火の粉が飛ばないように必死だったのね。本当に変わっていない）

予想はしていたけれど、落胆した。思ったよりショックが少なかったのは、ヨルハの存在が大きいだろう。

もし傍にいたのがヨルハでなければ、ユフィリアはどれほど絶望していただろうか。

（考えたくもない。ヨルハ様に出会えなかった『もしも』なんて……）

長年の歪《いびつ》な関係で家族への信頼が磨《す》り減りきっていたし、積極的なヨルハの献身的な愛情が空っぽなユフィリアの中で支えになっていた。

ヨルハの苛烈さは少し恐ろしい。それでも信頼が勝る。ヨルハの怒りには理由があった。彼が許せない一線を、アリスとエリオスは破ったのだ。

物理的にも、心情的にもハルモニア伯爵家と距離ができていたのも理由の一つ。

ミストルティンにいた頃のユフィリアは、あんな家族でも彼らに頼るしかなかったのだ。

アリスの処遇は予想できていたけれど、早く切り替えられたことに自分でも驚いた。以前なら、自分が力不足だからと諦めながらも自責していたはずだ。

アリスが死刑を宣告されたのは、ユフィリアとマリエッタを誘拐したのが原因だ。

昔から我儘《わがまま》な言動が多い妹だった。ユフィリアがゼイングロウに嫁ぐことになり、唯一苦言を呈す姉がいなくなって箍《たが》が外れたのだろう。

好き放題したアリスは間もなく勘当された。そして、思い通りにいかないからと、隣国の次期皇后とその親友の貴族令嬢を誘拐した。

まともな姉妹の関係性ではなかったとはいえ、ユフィリアも驚いた。アリスのやったことは嘆願や口添えでなんとかできる軽い罪ではない。

その時、アリスは平民だった。減刑もなく厳罰に処された。その末路が処刑だ。

アリスを溺愛していた両親と兄は何かしら咎《とが》めてくると思ったけれど、不気味なほど音沙汰がない。

（……溺愛、と言うより偏愛？　無償の愛ではなく、愛玩に近かった）

可愛がってはいたが、ろくに叱りもせず成長を促すことはせず、アリスと向き合おうとしなかった。

ハルモニア伯爵家にいた時は、贔屓《ひいき》され続けるアリスを羨ましく思うこともあった。常に尊重され、優先され――――その分だけユフィリアは蔑《ないがし》ろにされた。

今のユフィリアには、かつての家族とは比べるべくもないほど愛してくれる人がいる。そして、ユフィリアもその人を愛している。

(それに、何かあるならマリーや陛下から報告が来る可能性のほうが高い。……どうも、ハルモニア伯爵家は失敗したみたいだから。社交界からのけ者にされている)

ユフィリアへの対応も酷《ひど》かったが、アリスへの対処も間違いだらけだった。

王家から呆れられ、多くの貴族から顰蹙《ひんしゅく》を買ったハルモニア伯爵家を誰も相手にしない。事業も立ち行かなくなり、困窮していてそれどころではないのだろう。

「どうしたの、ユフィ？　何か苦手なものがあった？」

「いいえ、今日もとても美味《おい》しいです」

あの味気ないハルモニア伯爵家の朝食が思い出せなくなるくらい、この食卓は温かい。

ユフィリアの笑顔に嘘《うそ》がないと安心したヨルハは、蕩《とろ》けるような笑みを浮かべる。

「今日は朱金城へ登城するのですよね。ご一緒しても？」

「もちろん。ユフィには引き出物……結婚式に配る、来賓向けの贈答品を選んでもらいたい。いくつか候補は絞ってあるし、過去の資料も用意した。それ以外にも意見を出していいから、君に決めて欲しいな。正直、流行や風習だけでなく獣人と人間は感覚から違うから参考にしたい」

「まあ、大役ですわね」

ある程度参考になるものがあってありがたい。ゼロからだと困ってしまう。

今までの傾向が分かるだけでも参考になる。

「あと、ユフィに護衛をつけるから。そいつらも紹介する。式の前後は人の出入りも増えるし、番だと盛大になる。もう決まったことなのに、諦めの悪い一部がうるさいんだよね」

「やはり人間は受け入れがたいでしょうね……」

ヨルハは皇帝。それも最強の獣人だ。

獣人は強い者がモテる。男女関係なく強さこそ美徳。格を持つ者などは特に秋波が絶えないのだ。

当然ながらヨルハも別格に人気だが、かなり淡白にあしらい続けていたそうだ。

この情報はコクランやシンラから聞いた。幼い頃からヨルハを知っているので、あまりの無関心で内心ひやひやしていたとも言っていた。

(ゼイングロウの方がすべて、お二人のように受け入れてくれるわけではないのよね)

あまり出てきていないが、少数派の反対派だっているのだ。

しかし、それもユフィリアにとっては驚きである。番と呼ばれる特別なパートナーとはいえ、国のトップの伴侶がろくにゼイングロウを知らない人間。しかも異国人なのだ。正直、もっと反発があるとは思っていた。

「反対派は獣人って番を伴侶にすると、絶対に後妻も第二夫人も取らなくなるから嫌なんだよ。権力が好きな奴らは、妃《きさき》を娶《めと》らせて付け入る隙がなくなるから」

つまり、人間ではなく『番』という存在そのものが厄介なのだろう。

その深い愛は、死が二人を分かつまで続く。死が引き裂けば、獣人側が残されると後追いや早死にするくらい寵愛《ちょうあい》を独占し、心変わりの事例はない。

ヨルハは「俺だってユフィリア以外の妻はいらない」と、何気なく言う。

「そ、そうなのですか」

当たり前のように言ってのけるものだから、聞いているほうが照れてしまう。

ユフィリアが色白の顔を真っ赤にし、耳や首筋まで染まっている。

出会ってからずっと言い続けているのに、その初々しい反応が可愛らしくてたまらない。

「俺からすれば、ユフィ以外は存在自体雑音だから本当に勘弁して欲しいよ」

「あ、あのリス妖精さんは……」

「アイツらはそれほどじゃないな。精霊の中でも、いるんだけどそこまで邪魔に感じないというか。そういう存在だからとしか言いようがない。服を汚すと小 姑《こじゅうと》みたいにうるさいけど」

何故だろう。ヨルハの隣のリススマイルから強い圧を感じる。

ヨルハは気づいていて無視しているのか、サンドイッチをまた一つ平らげてお代わりを要求する。

それにつられるようにユフィリアもサンドイッチを口に運んだ。


透き通る水面の上に、朱塗りの柱と黒い瓦が印象的な建物。ミストルティンではお目にかかれない建築様式で、装飾や配色の基本も違う重厚さがある。

ミストルティンで生まれ育ったユフィリアには、異国情緒が色濃く感じられた。

本来はかなり離れているのだが、ユフィリアたちの住む精霊の木から直通で行けるので便利だ。

二人が到着すると、朱金城ではすでに多くの役人たちが働いていた。

神獣ヨルハの結婚式が近い。お相手も番で大変めでたい式に、皆は大張り切りだ。

ヨルハとユフィリアに気づくと、体の前に手を揃《そろ》える独特の一礼をする。その手の形や位置によって、玄妙な意思表示がある——のだが、ユフィリアには理解しきれない。

裾の長い上着を着ていると分かりにくいのに、服の問題以外にもサイズ感以外はほぼ動物（二足歩行）もいるのだ。手の揃え方が判別しにくい。

何か手に持っているか、手を擦る癖がある獣人もいる。主にげっ歯類系にその傾向が多い。

「おお、ヨルハや。ユフィリア様もおいでか。ちょうどよい」

やってきたのはイグアナの獣人シンラだ。深緑色の上着に、抽象的な雲の模様が染め描かれた白い着流しを黒い帯で締めている。

好々爺《こうこうや》然とした穏やかな顔だが、悠然として風格があった。白髭《しらひげ》に触れながらゆったりとした足取りでやってくる。

「何かあったのか？」

「婚礼衣装で少々トラブルがあってのう」

「ユフィの着るものに何かされた？」

「いんや。糸の手配の関係で諦めた帯があったじゃろう？　手に入ったそうじゃ」

普通なら形式に則《のっと》った挨拶が入りそうなのだが、それを飛ばして本題に入る二人。

ユフィリアはその感覚が慣れず、聞いているだけで少しどぎまぎしてしまう。

ゼイングロウはその辺の感覚がフランクだ。最高格の神獣であるヨルハとそれに近しい幻獣のシンラとコクランは、他と一線を画す。

「そうか、手に入ったか。番探しをするまで、目標額を貯めることしか考えてなかったからな」

入手は難しいと諦めていた分、嬉《うれ》しい誤算だ。静かに喜色を浮かべるヨルハ。

当初は他の番持ちから「とにかく金は貯めておけ」と言われ、嫌々やっていた。そもそも乗り気でなかった番探し。見つけてからは手の平がくるっくると回りに回った。

番への贈り物にお金は足りたものの、疎《おろそ》かになっていた品物探しや素材の確保に苦労をした。資金があっても現物入手が間に合わないのがまだまだある。

「ユフィに絶対に似合うと思ったんだ。十年以上前にコクランの細君が祭事に着ていた召し物が本当に綺麗《きれい》で――」

振り返り、ユフィリアに身振り手振りで話し始めるヨルハ。それを笑顔で聞きながら、内心では冷や汗が出てくるユフィリア。

獣人の特性なのか、格持ちの傾向なのか、ヨルハの愛情は激しく重い。それに苦しさを感じたことはない。ただ、自分に不相応なのではないかと不安になることはあった。

格というのは力の敷居であり、獣人では身分に近い意味を持っている。

ミストルティンでは王族、貴族、平民と区切られる。さらに貴族は爵位で序列が決まっていた。

血筋による継承が大半で、長子だからと引き継がれるのも多い。その個人の能力や器量が鑑みられないことも散見される。

（……やっぱり族長は格持ちが多いのかしら？　お名前は聞いているけど、詳しくは知らないのよね）

霊獣、幻獣、聖獣、神獣と後半に行くにつれて強靭《きょうじん》な獣人だ。もちろん、格によって段違いの力を持つ。

獣人は大きく分けて十二支族と呼ばれる大家が存在しており、領主のように土地と住まう民を治めていた。ざっくりとした分類なので、グレーゾーンもあるが大半の種族がそこに分類されている。

梟《ふくろう》のヨルハは酉《とり》の一族。イグアナのシンラは、巳《へび》の一族だ。

ヨルハは皇帝なので国の仕事を優先し、酉の一族の実質管理は次席に任せている。

「引き出物を選ぶのは衣装の確認の後でよろしいでしょうか、ユフィリア様？」

「ええ、わたくしは構いません」

「それはありがたい。では案内をさせましょう」

ユフィリアが了承すればシンラはにこりと笑って、別の者に引き継いだ。

年長者である彼は、色々な経験があるので周りから頼られるのだろう。かなりお年を召しているが、かくしゃくとしている。ずっと動きながら指示を飛ばしていた。

去り際にヨルハと小さく言葉を交わして、シンラは一礼して去っていった。

「ヨルハ様、新しい帯とは……」

「蚕の中でも特別な個体から紡いだ糸でできた帯だよ。ここ数年、蚕の餌である樹木が病気になって、生産が激減していたんだ」

「まあ、そのような貴重なものを使ってよろしいのですか？」

「当然だよ。ユフィが着たら生産者も喜ぶ。なんせ、ユフィは俺の番なんだから」

甘い美貌と共に、ユフィリアの杞憂を否定するヨルハ。ユフィリアにはそれを纏《まと》う価値が十分ある。

「しかし樹木の病気ですか……」

「古木だから、どうしても弱ってしまう。しかも前任者からの引継ぎに失敗があったみたいで、新しい木の栽培も上手《うま》くいっていないようだ」

それは由々しきことなのではないだろうか。

ユフィリアはちらりとヨルハを見るが、必要な帯が手に入った以上の興味はなさそうだ。

広い国土を持つゼイングロウでも特別と称され、番のユフィリアに贈るほど高級となれば嗜好品としての価値は高いのではないだろうか。

(現状では量産が困難。布にするだけの生産力はなくても、美しい糸のままでも価値ができそうね。稀少《きしょう》性を売りにして、単価を上げるのもいいかもしれない……)

それに、ユフィリアが纏う婚礼衣装は要人たちの目に留まるはずだ。

ゼイングロウの絹は質がいい。その中でも上澄みならば、手に入れたいと求められる可能性は十分にある。

貴族の中には、稀少性やこれだけの金額をはたいたという点に重きを置くタイプも多い。

貴族の衣装に絹は定番だ。馴染《なじ》みのある絹糸ならば、万人受けもしやすい。

(とにかく帯を見て、糸の具合を確認ね)

だが、絶対に良い品だという確信がある。

ユフィリアにと願っていた帯が手に入ったと知ったヨルハの顔は、嬉しそうだった。それだけで、満足なくらい。

シンラから引き継いだのは鹿の角と耳を持つ男性。彼に案内された部屋には、白い婚礼衣装と鮮やかな帯があった。

色鮮やかな絹糸が描く艶《あで》やかな色彩。緻密な刺繍で描かれた花が大小に描かれている。

もともと予定していた帯も花柄だったが、こちらのほうが段違いだ。他の帯がぼやけて見えるほど、格別に美しかった。

「どう、ユフィ？」

「綺麗……とても綺麗です。こんなに美しく鮮やかな柄……布も糸も、初めて見ました」

優しく問うヨルハに、感嘆のため息と共にユフィリアは答える。

ミストルティンでも花柄の刺繍は見たことがあるが、それとはまったく違う。ここまで繊細で大胆で奥行きがあるものではない。

貴族令嬢として十七年間生きてきた。シルクドレスに袖を通すことは何度もあったし、それを纏う貴人たちも何人も見てきた。

物心ついた頃には、ユフィリアが一番を貰《もら》うことはなかった。家の中では、常に優先されるべき妹がいた——その妹はもういない。そして、ここはハルモニア伯爵家ではない。

いつも欲しい物を黙って見ていた。我慢して微笑《ほほえ》んで、奪われ続けていた。そうすることを求められ、強要されていたから。

今は違う。両親や兄はいないし、ヨルハはそんな卑屈な反応をされたら悲しむ。

審美眼だってそれなりだけれど、とても素晴らしい物だってすぐ分かった。

「これを、本当に私が着ても良いのでしょうか？」

「当り前だよ」

「嬉しいです……ヨルハ様、ありがとう」

素直に嬉しいと言える。欲しいと求められる。得た後に奪われる恐ろしさや悲しさではなく、満足感がある。

ユフィリアの中で幼いユフィリアが泣きながら笑っている。

ヨルハといると、昔の傷がゆっくり薄まって癒えていく。

「ユフィ、本当に？」

「はい」

「お色直し、増やす？」

「増やしません」

ワンチャン行けると思ったが玉砕。ヨルハが少ししょんぼりした。良い感じの流れだったが、ユフィリアは感極まっている状態でもしっかり者のままだった。

「……行けると思ったのに」

その後ろで、予定を変えられそうだったと知った役人たちは安堵《あんど》する。

あの冷徹なくらいマイペースなヨルハが、ユフィリア相手にはこの通りだ。

ユフィリアは知らないが、彼女の配慮により救われた獣人は多い。主に仕事面で、隙あらばお色直し増量や演出をグレードアップしようとするヨルハに、さっくりとてこ入れをしてくれる。

（ユフィリア様が番様で良かった……！）

（もしフウカ様みたいな美人なだけで派手好き浪費家だったら終わってた）

（しっかり者で聡明で、気性も穏やか！　番様最高！）

口に出したらヨルハの殺気と眼光が飛んでくるので、心の中で拍手喝采を送る。

高位の格持ちほど番率が高い。ヨルハが性格最悪の番を迎えてしまったら、ゼイングロウ帝国は揺れた可能性が高い。

ユフィリアが来るまで、ヨルハに言い寄っていた女性は多かった。

だいたいは十代半ばから二十代半ばで、ヨルハとの釣り合いを考えていたが、中には攻めた年齢層もいた。下はロリコンを疑われる十代前半、上はもはや母親と言っていい四十近くと幅広い。

強引な縁を望む者は家柄や美貌自慢を拗《こじ》らせている者が多かった。

しかしユフィリアを見て、彼女を溺愛するヨルハを見て諦めた。人が変わったように愛情表現を惜しまないヨルハは、以前の彼を知る者からすれば青天の霹靂《へきれき》だった。

人目を憚《はばか》らず愛を囁き、溢《あふ》れて零《こぼ》れるほどの寵愛を注ぐ姿。

同時に、ユフィリアの敵に対する冷酷な一面。

賢い者たちはすぐに身の振りを決めたが、愚かしくも絶望的な可能性に縋った一部もいる。

「気に入ったみたいだし、こっちに変更しようか」

「はい」

「前の分は家に運んでおこう。何かに使えることもあるだろうし」

「え、それはよろしいのですか？」

これは国税で賄われたものではないのだろうか。宮殿に皇后用として残すならともかく、あの個人宅であるスペースに持ち帰って良いのだろうか。

皇帝の家であるのは確かだが、アットホームな雰囲気があるので違和感が拭えない。

困惑するユフィリアに、目を丸くして首を傾げるヨルハ。その仕草は彼が梟だと思い出させる。

「婚礼の反物関係は、俺の私財から出したものだから」

「国庫からではなくて？」

「俺の番を美しく着飾らせるのに、他人の財布から出た金を使うほうが分からないよ」

ユフィリアがなんとも言えない気持ちになると、周囲の獣人たちは首を振る。

番を得た獣人は独占欲が半端ない。何から何まで、自分が集めたもので番を囲い込みたがる習性がある。これくらい『よくあること』なのだ。

「ヨルハ様がそうおっしゃるなら、持ち帰らせていただきましょう」

「それなりに上物の帯だから、合わせる着物を今度選びに行こう。花嫁衣装と同じ白もいいけど、淡い水色や黄色も相性が良さそうだ」

ユフィリアのこめかみに唇を落とすヨルハ。

水色はユフィリアの瞳に、黄色はヨルハの瞳の色に近い。白は二人ともが持つ色だ。見え隠れするヨルハの執着だが、ユフィリアは「もう白も水色も黄色もたくさん持っていますわ」と窘《たしな》めている。

またもや貢ぐ機会を失い、しょんぼりする。

「それに、まだ袖を通してない着物やドレスもありますの。お気に入りもたくさん。クローゼットの中でさえ、色々試したい組み合わせがあって迷ってしまいます」

ヨルハはユフィリアの着る物、身に着ける物をこまめに褒めてくれる。ユフィリアもおしゃれのし甲斐《がい》があると言うものだ。

そんなユフィリアの可愛らしい反応に、自分のプレゼントがお気に召していると分かってご機嫌のヨルハ。

（ユフィが、番が可愛い。こんな可愛くて大丈夫なのだろう）

ふらふら近づいたところで、ヨルハの首根っこが掴《つか》まれた。

「衣装確認は終わったな？　ユフィリア様は予定通りに、ヨルハは俺らと楽しい書類決済だ」

現れたのはジャッカルの獣人コクラン。

褐色の肌と黒髪が印象的な、背が高く逞《たくま》しい男性だ。若々しく見えるが年齢は四十を越えていると言う。こざっぱりとして気風の良さそうな、雄々しい美貌である。

迎えに来たコクランに、若干迷惑そうな顔をする。

「何が楽しくてお前みたいなむさくるしい奴と」

「新婚生活を楽しみたかったらさっさとやれ」

ユフィリアと引き離されると分かり、露骨に顔を顰《しか》めるヨルハ。それでも抵抗しないのは、やらないといけないのは重々承知しているのだろう。

「ユフィ、ユフィ。俺のユフィ。すぐ終わらせて、迎えに行くからね」

「おー、ガンバレガンバレ。ちゃきちゃき仕事を片付けてくれや」

ユフィリアに哀愁漂う別れを告げるが、手慣れた様子で引きずるコクラン。

不貞腐《ふてくさ》れるのが年相応どころか、子供っぽい。普段は泰然か溺愛モードの極端なヨルハの可愛らしい（とユフィリアは少なくとも思っている）一面だ。

「いってらっしゃいませ。お仕事頑張ってくださいね」

そんな二人を見送り、ユフィリアも笑顔で手を振った。

正直、ヨルハはユフィリアと別れるたびにこんな感じなのでいい加減慣れてきている。今生の別れのような悲哀だが、数時間後にはとびきりの笑顔で戻ってくるのだ。


用意された部屋にはたくさんの引き出物候補があった。

職人の技術が光る透明感ある切子のグラス、高級茶として名高い青茶の入った茶筒、山で採掘される水晶の裸石や加工品、染料で有名な産地で染めた反物とどれも魅力的だ。

その中で真っ黒な破片のようなものに目がとまる。多分木材だろうけれど、ユフィリアには何か分からない。インテリアにしては武骨だが扱いは丁寧。絹張の上に置かれ、見るからに高価そうだ。

「これは？」

ユフィリアが問うと、傍にいた兎《うさぎ》の耳を持つ役人が口を開く前に別の声が割り込んだ。

「香木ですわ。特別な木の樹脂できておりまして、西の一族の持つ森林で育つ、特に薫り高い伽羅《きゃら》から採られたものですの」

後ろからやってきたのは紅の衣装に派手な刺繍が施されたドレス姿のフウカだった。

そのメリハリのある体を主張するような細身のドレスは、ミストルティンではあまり見ない型だ。

首元まで詰まったマーメイドドレスが一番近いだろうか。ただ、太腿《ふともも》まで深くスリットが入り、きわどい脚線美が覗《のぞ》いている。靴はスパンコールがびっしりついたハイヒールだ。

一方、ユフィリアの今日の衣装は、仕事のためにシンプル。

上は蝶《ちょう》が舞い踊る桜色の着物、下は落ち着いた臙脂《えんじ》色の袴《はかま》。着物の合わせや帯まわりには繊細なフリルレースがふんわり揺れている。

一見すればユフィリアのほうが地味に見えるが分かる者には分かる。ユフィリアの衣装のほうが一桁高い。

なんならその白銀の髪に挿された簪《かんざし》一つで、フウカの着ている一式が買える。

その簪の流麗な細工と蜻蛉玉《とんぼだま》は有名な工房の職人しか作れない逸品。そして羽根はヨルハのものだし、深い溺愛が嫌と言うほど分かる。

見れば見るほどヨルハの主張が激しいのだ。簪は黄金と蜻蛉玉なのだが、描かれているのは番の鳥。着物の桜色の中にいる蝶は二人を思わせる翅《はね》の色。袴にはないと思いきや、腰帯に咲き誇る刺繍には愛をつづる花ばかり。

鼻の良い獣人は気づく、ユフィリアから漂うヨルハの残り香。それこそ頻繁にくっついていなければ出ない強さで纏っている。

それほど五感が鋭くなくとも、ユフィリアに近づくにつれてヨルハの気配を感じるのだから、本能で理解してしまう。

鈍い獣人でも理解する。現に、呼ばれていないのに勝手に出てきたフウカの顔が引きつっていく。

「説明ありがとう存じます。これは市場に滅多に出回らない珍品なのですね」

フウカの挑発を笑顔でいなすユフィリア。これくらいの嫌味、想定内だ。

それより気になるのは匂い。フウカの纏う香りは強い。一部の嗅覚の鋭敏な獣人には強すぎる香に「臭い!!」と言わんばかりに顔を顰められている。

どんなに良い香りも強すぎては悪臭だ。

フウカは格を持たない獣人。人より少し運動神経の良い程度だ。五感も人間と変わらない程度――強い香水を常用していたので、嗅覚は余計に鈍くなっているのだろう。

（……獣人の方はあまり香水を好まないと思ったけれど、この香木を使用する時も特別しっかりつけるものなのかしら）

伽羅の使用方法を考えつつも、ユフィリアは笑顔を絶やさない。完璧淑女として、顔を顰めなかった。

正直なところ、ゼイングロウに来てから強い香りとは無縁の生活だったのできつく感じる。

五感の鋭敏なヨルハやリス妖精もいるし、香りは柔らかく纏うように気を使っていた。

「まっ、まあ、これくらいは基本ですわ。当然の嗜《たしな》みですわね」

思った反応を得られず、歪《ゆが》んだ笑みで、負け惜しみに吠《ほ》えるフウカ。

だが、そんな彼女に周囲の様子は冷ややかだ。勝手にしゃしゃり出てきて気まずくなって、ユフィリアに当たっている。

役人たちは目配せして、どうやってフウカを追い出そうかと考えた。

もしこの場にヨルハがやってきたら、無作法な侵入者を許さないだろう。その場でフウカを引き裂きかねない。

そもそもゼイングロウで贅沢《ぜいたく》好きに育ったフウカと、ミストルティンで淑《しと》やかに育ったユフィリアでは土台が違いすぎるので比較すべきではない。

それに――

(……確かにこの香木は高いですけど……)

(番様から仄《ほの》かに香る白檀《びゃくだん》、この伽羅より貴重よね。使い方も上品だし)

(これ絶対にヨルハ様が採ってきたのだよ。近場じゃ出ないもの。ゼイン山脈の未開の地から見繕ってきたとしか)

ゼイングロウの領土――と言うには未開の地が多いゼイン山脈。強力な魔物が跳梁跋扈《ちょうりょうばっこ》しているので、奥地ほど手つかずだ。

ヨルハは折を見てはユフィリアが喜びそうなものを探しに行っている。

微塵も相手にされていないフウカと、そこにいるだけで寵愛を独占するユフィリア。

露骨なほどヨルハの態度は違う。番とその他には歴然とした差があるのに、それを認めないとばかりにフウカは突っかかってくる。

ヨルハには盾突けないからユフィリアに当たって、さらにヨルハに嫌われる負の循環。

隠しきれない敵意を向けてくるフウカに、ユフィリアは苦笑しながらも香木を見る。

（珍しさという点ではいいかもしれないけれど、香りは好みが分かれる。馴染みのない香りを敬遠するかもしれない）

ミストルティンの流行《はや》りともだいぶ違う。

ここ最近の人気は柑橘《かんきつ》系だった。数年前はローズ系、その前はムスクとハーブ系だ。馴染みのある素材を混ぜ合わせた調香をすれば、ハードルは下がるだろう。

ただ、ミストルティン以外から――メーダイル王国からも客が来るのが問題だ。彼らはゼイングロウと不仲なのだ。休戦協定は結ばれているものの、長年いがみ合っている。

メーダイルの主流は香水や香油。香木はメジャーではないので、珍しさはあるけれど、逆に言えばそれしかない。

大国であるし、できれば考慮した引き出物にしたい。これはユフィリアだけでなく、ヨルハやゼイングロウの評価にも繋がるのだ。

安易に決めるべきではない。

ここは一度フラットに考えたい。過去の事例を参照すべきかと、資料を手に取る。全く同じでは芸がないが、傾向を知るのは大事である。

「ちょっと、小娘！　私の話を聞いていましたの？　獣人を統べるヨルハ様は酉の一族出身なのだから、当然その地のモノを選ぶべきでしょう！」

伽羅の前から離れたのが不服だったのか、フウカがユフィリアに怒鳴る。

小娘呼びに役人たちの顔が青ざめる——朱金城は広くとも、あのヨルハだ。聞こえているとも限らない。

「で、ですが他の一族も自信をもって特産品を推薦しておりますし……」

「そんなの賑《にぎ》やかしに決まっているでしょう！」

いや違う。商人や職人から情報を集め、各一族が厳選を重ねた推薦品の中から、役人がさらに篩《ふるい》にかけたものがここに並んでいる。

伽羅も通過したからお眼鏡に適《かな》ってはいるが、決定はしていない。

フウカがユフィリアに掴みかかろうとした時、別の腕がそれを制した。

「フウカ様、控えてください。それ以上の番様への暴言、暴挙、強制は看過できません」

部屋の外で待機していた護衛が、立ちはだかる。中の不穏な空気に、黙っていられなかったのだ。

護衛は二十歳くらいの若い女性だった。

(彼女は確かミオ……いえ、ミオン？)

黒豹《くろひょう》の獣人のミオン。

漆黒の尖《とが》った耳と長い髪は高い位置でくくられ、すっきりとした黒目は切れ長の一重。すっと通った鼻梁《びりょう》。薄めの唇は生真面目に引き結ばれている。中性的で綺麗な顔立ちだが、人を寄せ付けない雰囲気がある。

鎧《よろい》はなく、細身の引き締まった体に茜《あかね》色の胴衣を纏っている。腰の帯が他の護衛より華やかで、帯留めには翡翠《ひすい》があしらわれた金具になっている。きっと、彼女は階級が高いのだろう。

「私に命令しないでくれる？　それが許されるのはお父様か族長たち、そしてヨルハ様だけよ」

顔には汗を滲《にじ》ませながらも、強気に言い返すフウカ。圧倒されているのに、虚勢を張っている。

「然様《さよう》ですか。我々はヨルハ様からのご命令でユフィリア様をお守りしております」

ズバッと最強のカード『神獣皇帝による勅命』で叩き返すミオン。

今までフウカは酉の一族次席の娘ゆえに好待遇を受けていた。だが、現在その父親ヒヨウはヨルハの不興を買い、降格されている。

ヨルハの代わりに酉の一族のまとめ役をしていたヒヨウ。今では弟のヒオウがその座に就いていた。

栄華を誇っていたが転がり落ち、窓際族である。

(それもあってヨルハ様にご執心のようなのよね。これ以上ヨルハ様の顰蹙を買わないほうが良いのに……)

鈍いユフィリアでもヨルハの激重感情は分かっている。

ユフィリアの前では少しは取り繕っているが、隠しきれてはいない。

フウカのぎゃんぎゃんと甲高くヒステリックな声が響き、それに淡々と言い返すミオン。完全に矛先がユフィリアからミオンにずれている。

興奮して周りが見えなくなっているフウカを警戒しつつ、役人たちはこっそりとユフィリアを安全圏に移動させる。ミオンはフウカを挑発して部屋から誘い出した。

見事な連係プレーである。

「さあ、番様！　邪魔者は出て行ったので続きをしましょう！」

「……そうですね」

遠ざかっていくフウカの声を聞きながら、ちょっと複雑さを感じつつもユフィリアは頷《うなず》く。

きっと役人たちもフウカが邪魔だと思いつつも、少し前まで権力を握っていた重鎮の娘だから邪険にできなかったのだろう。

そうでなくても、あの苛烈な性格も恐ろしかったはずだ。

(八つ当たりで引き出物の見本品を壊しかねないし)

その後、ユフィリアは役人たちから色々と説明を受けながら熟考した。

引き出物候補には爪研ぎや魔物肉のジャーキーなども入っていて人間にはちょっと持て余す品も数点あるので油断ならない。

ちなみに試食したジャーキーは硬すぎて、ユフィリアには噛《か》み切れなかった。

(他の獣人の方々は余裕で食べていたから、あれくらいの硬さは普通なのね……)

これは来賓用の食事も少し気にしたほうがいいかもしれない。

ゼイングロウからは十二支族の族長やその家族。子供からお年寄りまで年齢層も幅広い。ミストルティンやメーダイルは成人済みの中高齢層が多かった。

ミストルティンの国王夫妻は歯や顎が弱くなる年齢ではないが、外交官や高位貴族には高齢や持病の関係で怪しそうだ。

メーダイルの出席者には外交官が多く、皇族はいない。

文面では理由をつけているが、内心ではゼイングロウの慶事を快く思っておらず、適当な貴族の代理人を立てているのだ。

「あの、式で出されるお料理なのですが、柔らかい物をお出しするようお願いできますか？　来賓の中にはご高齢の方もいらっしゃるから」

ユフィリアがジャーキーで苦戦していたのを見て、獣人もハッとした。

ジャーキーは噛めば噛むほど塩味と凝縮された肉の旨味《うまみ》を感じるのだが、人間の力では食べきるまでに顎が痛くなってしまう。

ユフィリアの顎は小さく華奢《きゃしゃ》だが、若くて健康である。そんな彼女でもこの様子だ。

「そうですね。料理人に伝えておきます」

役人が素早くメモを取る。ゼイングロウには人間が少ないので、ユフィリアの意見は大事である。

（それに主賓より大切な番様が食べられないメニューなんて出したら、ヨルハ様がどんなに怒るか！）

ユフィリアは優しく言ってくれるし、なるべく穏便に済ませてくれるが、ヨルハは違う。判断を間違えば秒で機嫌が氷点下まで下がるのだ——ユフィリア関連は特に。

そんな役人たちの心配をよそに、ユフィリアは食べかけのジャーキーを持って悩んでいた。

とても美味しいので残念だ。味も濃いのでお酒のおつまみにも良い。保存性も高く、来賓たちが土産《みやげ》として国に持ち帰りやすい。

だが、食べ方に難儀するのはいただけない。このジャーキーはユフィリアの指より太く分厚い。

キャンディーのようにずっとしゃぶっているのも大変だ。

「麺のように薄く細めに加工できればいいのですが……」

それなら噛み切れるはずだ。

だが、ここにあるのは完成品。この形を細く裁断するのは難しいだろう。こういった干物や乾物類は、干す時点である程度形が決まっている。

このジャーキーの素材はゼイン山脈でも滅多に出てこない魔物を使っている。まさにゼイングロウらしい品物と言える。

(この国ならではは米のお酒もそうよね。ミストルティンでは葡萄《ぶどう》酒や蒸留酒が多いもの。平民では麦酒も人気らしいけれど)

ユフィリアはまだ口にしたことがない。

ゼイングロウでは湿地だったところを水田として利用し、稲作が盛んである。ミストルティンと同じような作物――小麦や葡萄や芋も作っているが、米も一般的なのだ。

そもそも、ミストルティンとは比較にならない広大な領土を持つゼイングロウだ。多種多様な特産物があるのも頷ける。

「式に出すお料理を見せてもらえる？　食事と飲み物、両方お願い」

ユフィリアの言葉に役人はリストを差し出す。

最初のドリンク以外は、三種の清酒と二種の葡萄酒が出る予定で、好みの飲み物を選択する方式だった。

今回はゼイングロウ皇帝夫妻の結婚式。祝いの席だが、同時に政の席でもある。この場で失敗すれば、国の評価に関わることもある。来客は飲みすぎないように調節するはずだ。

（きっと、本当に飲みたいものを我慢する人だっている。気に入ったのなら、国に持ち帰りたい人だっているはずだわ）

料理人たちだって、自慢の料理に合う酒を用意している。この式典に相応《ふさわ》しい品格や逸話のある品だ。

（お酒とおつまみ……となると、グラスにも凝りたいわね）

ふと思い出したのは、ヨルハとお揃いの切子。

美しく鮮やかなグラデーションに、透明度の高いガラス。繊細で大胆な彫刻が素晴らしかった。

（この引き出物だと酒飲みの欲張りセットみたいになっている気が……）

お酒を嗜《たしな》む人はともかく、そうでない人たちはどう思うだろうか。

しかも来賓の中には親友のマリエッタもいる。同い年の彼女はバンテール侯爵令嬢だ。果たして、彼女は喜ぶだろうか。

とても面白がりそうではある。

ふと思う。マリエッタにも喜ぶものを用意したい。

実の家族に冷遇されていたユフィリアが心休まるのは、学園だった。そこには、いつも笑顔で出迎えて、ユフィリアの話を聞いてくれるマリエッタがいたから。

こんな勝手な私情を挟むなんて、自分でも驚いた。でも許されると分かっている。ヨルハはユフィリアの意思を、捻《ね》じ曲げたりしないから。

(本当は、もっと早く決まるはずだったんだけれど候補品の選出が難航したのよね)

引き出物にどれを選んでも良いように、各一族は生産基盤を整えているそうだ。

ユフィリアのお眼鏡に適えばヨルハの歓心を得ることにも繋がるだけでなく、ゼイングロウ皇室御《ご》用達《ようたし》と銘打つこともできるので、各自気合いが入るのだった。


ミオンに乗せられまんまと朱金城から追い出されたフウカは、怒り心頭だった。

へこへこと頭《こうべ》を垂れていた連中が、白けた眼差しでフウカを見るのも我慢ならないし、少し前まではヨルハとお似合いだと囃《はや》し立てていた取り巻きも、ヨルハが番を連れてきたら一気に手を引いた。

父のヒヨウがヨルハの顰蹙を買ってから、それは一気に加速した。

何もかもが上手くいかない。今日だって、ヨルハに会うことすらできなかった。

艶やかに着飾って、念入りに化粧をして、歩きにくい踵《かかと》のとびきりお洒落《しゃれ》な靴を履いて会いに行ったのに。

「お父様！　あいつらムカつくの！　なんとかして！」

家に戻るなり、金切り声で叫びながら、フウカはヒヨウの部屋に入る。

髪を振り乱し、乱暴に衣の裾を蹴りながら走り寄った。そして己の不遇を身振り手振りで訴える。

「番様、番様って……！　私がなるはずだったのに！　ヨルハ様の妃があんな人間だなんて！」

役人と護衛に囲まれ、手厚く遇されていたユフィリア――あの場所にいるべきなのは、フウカのはずなのに。

あの冷徹な黄金の瞳を甘く蕩けさせ、睦言を囁くのはあの人間じゃない。そんなことあってはならないとフウカは訴える。

膝に縋りついて泣き叫ぶ娘に、大きな手が添えられる。

安楽椅子でゆったりと座っていたヒヨウは何度も深く頷き、フウカの叫びを肯定する。

「おお、フウカよ。可哀想《かわいそう》に……そうだ。お前は間違ってなんていない。ヨルハ様に釣り合う年齢、並ぶに相応しい美しさ、優れた舞の才能。きっと近すぎてヨルハ様も気づいておられないだけだ。気づいたのなら、お前に羽根を渡し、求愛のために舞い、歌を贈るはずだ」

羽根を贈るのも、歌や舞を披露するのも鳥の獣人の定番のプロポーズだ。

フウカの乱れた髪を撫《な》でながら、ヒヨウは忌々《いまいま》しそうにつぶやく。

「ふん、周りもたかが人間に浮かれおって。ヨルハ様とて、最初は乗り気ではなかったのだ。無知な人間に、早々に苛立《いらだ》って飽きられるはずだ」

そうに決まっている――そうでないと困る。

ヨルハは特別だ。周囲から逸脱しているレベルで優秀で、万能な存在。そんな彼の強さに皆が憧れ、畏れ敬う。

そんな彼が本気になれば、ゼイングロウを完全に支配するなんて簡単なこと。

今まで興味がなかったから、下の者に任せていた。政治だって最終的な判断は下すものの、シンラやコクランの上奏が強く反映されている。

西の一族のことだって、ヒヨウに任せきりだった――なのに、番を見つけてから急にお払い箱だ。別に娘を皇后にしろと言っているわけではない、側室でも良かった。

軽くあしらわれることはあっても、罰せられることはなかったのに。

(ユフィリアとかいう人間の娘は、ヨルハ様と同居している上に言動にも口出ししているらしい。あの気ままなヨルハ様が鬱陶しがらないはずはない)

西の一族から神獣の格を持つ者が生まれ、ヒヨウはすぐさま馳《は》せ参じた。すり寄ったともいえる。

幼い頃からヨルハを見て、彼がどういう人間かを熟知している。

干渉を嫌い、触れ合いを嫌い、とても神経質な一面もある――五感の鋭い獣人の中でも、上澄みの上澄みであるヨルハが、他人と長時間いるのは苦痛なはずだ。

最初は番だと我慢できても、時間が経《た》てば積み重なって取り返しのつかない嫌悪になる。

ヨルハがふらりとゼイン山脈へ飛ぶのは、そう言った煩わしさから解放されたいからだろう。獣人同士でも馴《な》れ合いを好まないのだ。人間ならなおさらだ。

だが、あれが皇后になられては困る。一度なったら、引きずり降ろすのに苦労する。ゼイングロウにおける番への崇拝や憧憬は根強くあるのだから。

基本、獣人は人間にそれほど好意を寄せてはいない。良くもなく、悪くもなくフラットだ。

獣人嫌いのメーダイル帝国なら話は別だが、ミストルティン王国は良き隣人として考えている。

そして、それを抜きにして『番』は特別だ。高位の格を持つ番は非常に歓迎された。

ユフィリアは獣人にも好まれやすい白銀の髪に、美しい黎明《れいめい》を思わせる紫を帯びた空色の瞳を持っている。それだけでなく穏やかな喋《しゃべ》り方、物腰、ヨルハへの敬意を持ちながらも時には諌める胆力まであった。

ヨルハが溺愛する番がどんな人物か、十二支族の上層部でも最初は物議を醸していた。なにせ、今までとは態度が違いすぎる。

ひたすらに番を甘やかすヨルハの姿に危うさも感じていたが、実際はその番が良心として働いている。

無茶なことを言い出せば宥め、窘め、言い含める。ユフィリアの言葉なら、周りの意見もどこ吹く風と強硬姿勢だったヨルハも意見を変えた。

このままにしておけば、ますますヒヨウたちに不都合な存在になる。

「安心しろ、フウカ。手は打ってやる」

相手は脆弱《ぜいじゃく》な人間の小娘だ。

少し怪我《けが》をすればあっという間に弱る。死んでしまえば、番も消えて皇后の座も空く。

ヨルハは悲嘆に暮れるかもしれないが、それをフウカが慰めればいい。フウカが皇后に召し上げられなくても、序列の高い妃としてあればお手付きになるはずだ。

（……番を失った獣人は早死にすると聞く）

殺すのはヒヨウが確固たる基盤を得てからのほうが良いかもしれない。

相手は人間。獣人とは違い番の概念が薄い。ならば、それを利用して番との間に決定的な亀裂ができるようにすればいい。

ヨルハが番を拒むように仕向ければいい。きっと、裏切られたヨルハは失意に暮れる。

政が疎かになれば、その部分はヒヨウが代わって働けばいい。宰相としてこの国を動かせる。

神獣は滅多に生まれない。今までだって、神獣がいなくてもゼイングロウはなんとかなっていたのだから問題ない。

実に生かすか殺すか悩ましい。番は影響力が強いし、ヨルハの最大の弱点だ。使い道は多くある。最大限利用するべきか、あと腐れなく消すべきか悩ましいところだ。

もしヒヨウの考えを読める者がいたなら、その杜撰《ずさん》な計画を鼻で嗤《わら》っただろう。

娘の手前、余裕を見せていたヒヨウだが、内心では焦りを感じていた。ヒヨウ自身もその焦りを認めたくないと、見て見ぬふりをしていた。

いくらフウカが色香を纏って迫っても、微塵も興味を持たなかったヨルハ。そのヨルハがユフィリアの前では見たことのない笑みを浮かべ、表情で、声で、態度で――行動すべてで愛を乞うている。

ユフィリア相手に、今まで相手にされなかったフウカが太刀打ちできるだろうか。

フウカで番の穴を誤魔化すことができるのか。

その場にコクランやシンラがいれば、迷うことなく首を横に振っただろう。

しかしこの部屋にはヒヨウとフウカしかいない。他の者は使用人で、二人に意見が言えるはずがない。

歪で不相応な欲望を抱く二人を止められる者は、そこにはいなかった。

薄暗くなり始めた空に、景色が暗い影を落とす。嵐の予兆のような強い風が吹き抜け、木々を揺らす。乱暴に揺れる枝から、いくつかの影が飛び去っていった。

第二章　黒豹の護衛たち

その日、珍しくユフィリアを前にしてもやや不機嫌そうなヨルハが言った。

「ユフィに専属の護衛と侍女をつけるから」

「ありがとうございます」

本来なら全部自分が世話をしたいのに、と顔に書いてある気がする。

しかしヨルハは多忙の身だ。大きな催しを控えているし、その主役の一人でもある。ずっとユフィリアの傍《そば》にはいられない。

「とりあえずコレ。気に入らないのがいたら外すから、いつでも言って」

ぶっきらぼうに示したのは、数人の男女。

護衛は先日も護衛をしてくれていた黒豹《くろひょう》の獣人のミオンと、彼女によく似た二人の青年だった。涼やかな目元がミオンと良く似ているが、彼らは髪が短く、左右に色違いの髪留めをしている。

着ている胴衣は同じ色だが、ミオンと帯や留め具が違うから階級は違うのだろう。

「この方は先日の……」

「覚えていただいて光栄です、番様《つがいさま》。私はミオン。こちらは双子の弟で右がクオンと左がレオンです」

フウカを追い払ってくれたミオン。ユフィリアの反応に覚えていたことを察したミオンは、少しだけ表情を緩めて嬉《うれ》しそうにする。

ミオンに紹介されたクオンとレオンは、どこか芝居がかった仕草で一礼する。

「「以後お見知りおきを」」

「はい、よろしくお願いしますね」

ユフィリアが穏やかに挨拶を返すと、黒髪の隙間からぴょこんと丸い耳が飛び出た。今まで伏せていたのが、つい動いてしまったのだ。

それに気づいた二人がいそいそと直す。

(見られたくないのかしら……？)

「……お前たち、いい加減耳を隠すのはやめなさい。無駄だから」

ごそごそと隠そうとする弟たちに、ミオンが冷めた声で言う。

二人の耳はヨルハのように自在にコントロールできないのかもしれない。

「姉さんはいいじゃん角耳でカッコいいんだから！」

「俺らは丸耳だから嫌なんだよ」

黒豹の耳にも、色々と事情があるようだ。そんなに変わるものだろうかとミオンを見ると黒髪の間から見える耳は、先ほどの二人の耳より鋭い形をしている。

「どちらも素敵だと思いますが……」

人間にはない部分だし、それぞれに良さがあると思う。

ユフィリアの言葉に裏はないと感じたのか、三対の黒い耳はぴくぴくと動く。

「いえ、いえ！　ユフィリア様！　全然違うんです！　丸耳は可愛《かわい》い系、角耳はカッコいい系！」

「ネコ系男子のトレンドは、クールな立耳&角耳！　そして長い尻尾！　毛並みの艶やかさは老若男女問わずに常にマスト！」

クオンとレオンが力説する表情は生き生きしていた。そわそわと揺れる尻尾からしても、感情の動きを隠しきれていない。

（獣人の方は髪や瞳の色や状態が容姿の良し悪しを見るポイントとして重要視するみたい）

髪はその獣人の被毛の美しさにも比例する。鳥系の獣人だと羽、爬虫類《はちゅうるい》系の獣人だと鱗《うろこ》が該当する。その美しさの基準として、色や艶も重視される。

ユフィリアは銀髪だ。その中でもくすみがなく明るい白銀の髪は、稀少《きしょう》性もあってかなりポイントが高い。

（ヨルハ様は満遍なく褒めてくださるから、あまり気にしていなかったけれど）

そういえば、グレンもユフィリアの髪に称賛を口にしていた。

（……スキンケアやお化粧も大事だけれど、ヘアケアにも力を入れましょう）

ヨルハの姿を思い出す。ついついその迫力の美貌に目が行くが、長い髪はとても綺麗《きれい》である。絡まっているところも、枝毛も見たことがない。

もともと結婚式に向けて美容に力を入れていたが、ヨルハの隣に並んで霞《かす》むようなことにはなりたくない。

結婚式と言えば、気がかりになっているのは引き出物だ。目の肥えた来賓が来るのだから、なおのこと悩みは尽きない。

(ゼイングロウの特産には薬草類も多くある。ミストルティンなんかは錬金術に注力しているし、メーダイルにだって需要があるわ)

ゼイン山脈でしか入手できない素材は多い。

だが、強い効果があれば副作用も考えねばならない。使い方によっては、良薬にも劇薬にもなるのだ。

だが、ゼイン山脈の素材は引き出物としてはド定番。安牌《アンパイ》だが、芸がないともいえる。

(悩ましいわ……)

ずっと角耳のすばらしさを熱弁する黒豹の護衛たちを眺めながら、頭の中では迷走中なユフィリアだった。


和やかに自己紹介する護衛たちに隠れるように、メイドたちは静かに立っている。

その耳が僅かにぴくぴく動いている——緊張からではない。背後が気になっているのだ。

彼女たちの背には扉。その向こうで、数人のメイドたちが頭を突き合わせていた。ちらりと部屋の中の様子に変化がないのを確認してから、カートに乗せられた茶筒と薬缶《やかん》を開けて、素早く匂いを嗅ぐ。

「うん、両方ヨシ」

「あ、待って。このカップはダメ。縁にうすーく何か塗っている」

「今度はそっちか。茶菓子は大丈夫そう？」

「ん、問題なさそう」

てきぱきと連携して、怪しげなものや危険そうなものを避けていく。

「あ、そのお菓子ちょっと変。何か……なんか違う」

メイドの一人がスンスンと鼻を動かした後、焼き菓子を持ち上げてひっくり返す。

よく見れば、小さな穴と湿り気があった。

「……ちょこざいな」

思わず舌打ちをする。そんなお行儀の悪いメイドに、同僚が軽くチョップをする。

最近、番様用の茶菓子や食事に混ぜ物が増えてきた。

人間の番に対して獣人すべてが歓迎しているわけではないが、大半がヨルハからの顰蹙《ひんしゅく》を買うのを恐れて何も言わない。反発派や中立派は様子見がほとんどだ。

だが、一部——ヨルハの妃《きさき》を身内から出そうと躍起になっていた者は、過激な考えを持っている。

いまだに一瞬見た夢想を捨てきれず、ユフィリアへ危害を加えようとしているのだ。

ヨルハが不機嫌ながらも護衛とメイドを直属で選んだのは、ユフィリアのため。

（あー、またヨルハ様に報告しなきゃ。ヤダなー。怖いんだもん）

事前に阻止してもヨルハは不機嫌になる。もしユフィリアに何かあった時など、考えたくない。

表情は変えず、その纏《まと》う雰囲気が一気に鋭く冷え込むのだ。

毒を盛るほうも馬鹿だ。この凶行を公表しユフィリアを怖がらせたくないから、ヨルハは黙っているだけ。

犯人にははらわたが煮えくり返っている。きっと殺すだろう。

（……まだ始末しないってのは、何かお考えなのかしら？）

より激しく、苛烈な罰を与えるために。

ヨルハは無関心だ。邪魔ならすぐに始末するはずなのに。そうでないのは、ユフィリアが関わっているから、ただ殺すだけでは飽き足らないのかもしれない。

ユフィリアに手出しすればこうなる――見せしめにでもするのだろうか。それとも、ヒヨウはまだ露見していない何かを隠しているのかもしれない。

そんな気がした。


着々と結婚式の準備は進む。会場の準備、段取り、ゲストの出欠とどんどん内容は詰められている。

そんな中、一向に進まないことが一つ。ユフィリアを悩ます引き出物だ。

他のことは多少のアドバイス程度で、全面的にユフィリアに決定権があり、取り仕切っている。

（私が他にできることと言えば、ヨルハ様のお色直しの追加や無茶ぶりを窘《たしな》めるくらい）

それはユフィリアにしかできない奇跡の御業である。本人はあまり自覚がないが、ヨルハに意見するのは非常に勇気がいる。ユフィリアが間に入ることにより、役人や使用人たちはかなり負担が減っていた。困った時は、頼みの綱の番様である。

そんなことを露知らず、自分の不甲斐《ふがい》なさに気落ちしていたユフィリアは、気分転換に調合をしていた。

結婚式が近いので、怪我をしないように揮発や薬液の飛び散りには注意している。

飛び散りには気をつけていたものの、それ以外は油断していた。ユフィリアは本来小匙《こさじ》で一杯だけ入れるはずの素材を、間違えてたくさん入れてしまった。普段はしないような凡ミスである。

気づいたのはだいぶ経《た》ってから。入れた後に、本来のレシピとは違う反応をするビーカーの中身に首を傾《かし》げた。

そこでミスに気づき、手を滑らせてビーカーを落とした。運良く割れなかったが、中の液体は相変わらず変化している。

正しい手順だと発泡するはずなのに、ひゅぽんと気の抜けた音と共に小さく雲を作る。

「……あ！」

本来は綺麗な薄青色のはずが、星屑《ほしくず》が煌《きら》めく夜空のような色の液体になっている。

「どどど、どうしよう！　ええと、この場合は……」

薬を持ったまま部屋の中を無駄にうろうろしていると、ビーカーの中は気づけば朝焼けのようなピンクやオレンジ色のグラデーションになっている。

匂いも違う。お菓子と言うより、砂糖そのものごとく甘い香りがする。

ビーカーをじっと見つめ、そっと机に置いた。そして、錬金術の教本とにらめっこして、自分が何を作ってしまったか調べようとする。

色々な本を開くが、こんな事例はない。レシピの分量割合や温度、素材の状態による変質の事例はいくつかあったが、どれも当てはまらない。

ユフィリアが原因を突き止めようとしている間にも、ビーカーの中のファンシーカラーは煌めいている。

慌てているユフィリアの背後で、リス妖精が休憩という名のティータイムをお知らせにやってきた。

しかし、いつになく忙《せわ》しなく動くユフィリアに、首を傾げる。明らかに取り込み中だ。

「ちゅー？　きゅ？」

どうしたもんかと考えたリス妖精は、机の上に何やらファンシーな色の甘い香りのする何かを見つけた。

このリス妖精、実は甘党だった。

いけないと分かっている。分かっていても、魅惑のシュガーな香りに引っ張られていく。

マグカップのようにビーカーを持つと、パステルな液体をのぞき込む。ここから、すごく甘い匂いがするのだ。

小さな匙をビーカーに突っ込み、取り出して匂いを嗅ぐとなんとも芳しい。

ちょっとだけ、ちょっとだけと鼻を近づけてピンクの舌を伸ばす。

「……ちゅ!?」

特別意訳：甘い!!

砂糖よりこくがあって、蜂蜜より癖がなくて舌の上でふわっと消える口どけはとてもクリーミー。

ちなみに、原材料には砂糖や蜂蜜、乳製品は一切使われていない。

リス妖精はちらりとユフィリアを見ると、彼女はまだ一生懸命本を読み漁《あさ》っている。こちらの行動には気づいていなかった。

「きゅ……キュキュッキュー」

特別意訳：あと一口、一口だけ……！

最初こそは遠慮がちに舐《な》めていたが、だんだんと豪快な食べ方になっていく。

気がつけば、ビーカーの中身を掻《か》き出して、逆さにして必死に振って一滴でも多く舐め取ろうとしていた。

その時、リス妖精の上に影が差した。顔を上げると、真っ青になったユフィリアが立っている。

「な、何をしているのですか!?　それは訳の分からない薬ですよ!?　原材料に毒草は含まれていませんけれど……！」

リス妖精のもふもふフェイスを掴《つか》んで、口の中をこじ開けようとする。口内にある薬だけでも吐かせようとしたのだ。

どんな変化が起きているか分からない以上、摂取はもってのほかである。

「キャ――――ッ！」

「キャー、じゃありません！　ぺっしなさい！　ぺっ！」

ユフィリアが作っていたのは、良い夢を見せる薬『ドリームエッセンス』だ。枕に垂らすと安眠と睡眠の質向上が期待される。

植物由来の自然で控えめな香りで、獣人にも使いやすい――はずである。

メイドや護衛に使い心地を聞いてみたいところだ。

ヨルハは論外である。ユフィリアが作ったと判明した時点で、悪夢を見ようが魘《うな》されようが最後の一滴まで使い切るだろう。

普段は頼りになるのだが、ユフィリア絡みだと判断のブレが激しいのが玉に瑕《きず》である。

「これは食べ物じゃないの！　あとで何かあったら……！」

「どうしたの、ユフィ？」

ユフィリアがリス妖精を逆さにして揺すろうとした時、のんびりした声が割り込んだ。

リス妖精の悲鳴はどうでもいいが、ユフィリアの尋常でない様子を察してヨルハがやってきたのだ。

「この子が！　お薬の失敗作を食べちゃったんです！」

ユフィリアがぎゅっとリス妖精を抱きしめるが、逆さのまま心配された本人（本リス）はなんとも微妙な顔である。

つまみ食いがここまで大ごとになるとは思わず、自分の悪戯《いたずら》の招いた事態に気まずいのだ。

「チチチッちゅー」

「いい匂いがしたし、美味《おい》しかったって言っているから大丈夫じゃない？　こんなでもそれなりに上位の妖精だし、呪毒みたいな性質《たち》の悪い魔法薬じゃないと腹痛すら起こさないよ」

リス妖精、意外と強靱《きょうじん》な胃袋をしていると判明し、ユフィリアはほっとしてへたり込んだ。

そして小さく「そもそも精霊の木に住んでいれば、それだけで生きていける奴らだし」とヨルハは付け足す。

人々の食文化を学習するのは、リス妖精の好奇心だ。

本来ならお菓子もご飯もいらない魔法生物なのだが、しょっちゅうユフィリアと共に料理をし、ご相伴に与《あずか》っているのが若干腹立たしいヨルハ。

ユフィリアが満足できる仕上がりになればヨルハに振る舞われるのだが、嫉妬は止まらない。

「気になるなら、俺が振り回して胃の中のモノを全部出させようか？」

にこりとヨルハが微笑《ほほえ》み、手を差し出す。その笑みに不穏なものを感じたリス妖精はユフィリアにしがみつく。

ヨルハを止められるのは、ユフィリアだけ。可愛らしいリス妖精は、哀れなほどガタガタと震えていた。その黒い瞳にたくさん涙を浮かべている。

ユフィリアは色々考えた結果、とりあえず現段階は大丈夫そうなので遠慮した。

（あの素材なら、胃の中でも毒素を出さないだろうし……）

ユフィリアもリス妖精がぶん回されゲロリンピックを開催し、吐瀉《としゃ》物を撒《ま》き散らす姿を見たくない。

ヨルハはやると決めたら、容赦しないはずだ。

その時、ユフィリアの足にもふんと今まで感じていた毛並みとは違う柔らかさを感じた。

足元を見ると、巨大なケサランパサランがいる。

ユフィリアの足にくっついているケサランパサラン。先ほどまで、涙目のリス妖精がいたはずだ。

困惑するユフィリアとは違い、ビジュアルが多少――否、大きく変わったとはいえ、これがリス妖精だと気配と匂いで判別できるヨルハは、無言でその巨大毛玉を持ち上げた。

「安全か分からないから、外に投げ捨てておこう」

「きゅー！　チュアアアアア！」

特別意訳：てめー分かってやってんだろう！　ざけんなあああ！

溢れるモフリティでよく分からないが、リス妖精は全力で抵抗していた。もっふんもっふんと毛玉が揺れている。

悲鳴にも近い抗議で、やっとその毛玉がリス妖精と気づいたフィリアは大慌てで止めた。

「待ってください！　リス妖精さんを投げないでください！」

「ユフィがそう言うなら……」

すぐさま止めてくれたユフィリアに、リス妖精の目に感動の涙が浮かぶ。

この朴念仁マイペース梟《ふくろう》とは違い、奥方（予定）はなんて優しいのだと感動している。

「稀少な治験？　臨床実験？　とにかく投薬結果としては極めて大事なので！」

興奮気味にぎゅっとリス妖精を抱きしめるユフィリア。その言葉に、リス妖精の感涙は引っ込んだ。

一方ヨルハは、ユフィリアの役に立つならとあっさり窓から投げるのは諦める。

「解剖する？」

「それはちょっと……」

さすがにそれはしたくない。ユフィリアが遠慮すると、少し残念そうなヨルハ。

自分よりユフィリアの手料理を食しているリス妖精たちに、ちょっとした仕返しのつもりでの発言だがメンタルを木っ端微塵《みじん》に吹き飛ばすオーバーキルである。

リス妖精はヨルハならやりかねないと、めちゃくちゃ震えている。

獣人の番にかける情熱は、時に常軌を逸する。特にヨルハはその傾向が強い。

ユフィリアが真面目で常識人であり、ストッパー役となることが多いからか、ますます激重感情が増している気がする。


その後、リス妖精は入念な健康チェックが行われた。外見もとい毛並み以外には特に異常は見られなかった。

ケサランパサラン状態だと仕事ができないどころか、日常生活に支障をきたす。綺麗にカットされていつものスマートスタイルに戻ったリス妖精。

その時になって気づいたのだが、毛艶がすこぶる良くなっている。サロン帰りかのように、ふわふわの艶々だ。

他のリス妖精にも羨ましがられ、つまみ食いリス妖精はご機嫌である。数日経っても、リスの体調に特に変化がなく良好である。

一方、綺麗になったリス妖精を見て、不機嫌そうなヨルハ。

「ユフィに迷惑かける奴なんて、ハゲ散らかせばいいのに」

勝手に飲んだことを、ユフィリアより根に持っているようだ。

謎の薬の影響を気にして、ユフィリアが毎日リスを診察しているのがその怒りに拍車をかけていた。

「見たところ、体調には悪影響はなさそうですね」

安心しつつも、どんな本にも載っていないあの薬の反応や変化が気になって仕方がない。

もう一度同じ薬を作ろうと思い、なるべく同じ素材と分量で試したのだが失敗が続いている。

試行錯誤で分量は完全再現まで至った。煌めく星空のような状態にはなるのだが、その後の変化であるパステルな色合いにならないのだ。

結婚式の準備をしつつも、リス妖精の経過観察を記録する。

そして、時間が許す限り調合で同じ薬剤を作ろうと奮闘していた。

(分量には間違いがないはず。気温？　湿度とかも関係する？　でも、深い色合いになった後、そのまま放置するとどんどん色が黒ずんでいって別物になる)


今日も、煌めく藍色の謎薬剤までは作れた。だが、問題はここからだ。

ビーカーに額がくっつくほど凝視しているが、望む反応に向かう気配はない。

「ユフィ、顔近づけすぎ。危ないよ」

夢中になっていたユフィリアを窘め、ヨルハがビーカーとの間をその手で遮る。

急に瞼《まぶた》を塞がれたので、ユフィリアは当然驚いて、手を滑らせた。ビーカーはテーブルに落ちたが、運良く割れていなかった。たまたま置いてあった布巾が、衝撃を和らげてくれたのだろう。

一方、特注の強化ガラスのビーカーなので、割れないことは知っていたヨルハ。念のため自分の裾で薬の飛び散りを受けて、大事な番が汚れない配慮する余裕すらもある。

（い、いつの間に……）

完全に不意を突かれたユフィリアはまだ混乱中である。

そもそもヨルハは気配が薄く、長身にもかかわらず足音も静かなもの。別の何かに気を取られたユフィリアが、その動きを看破するなんて無理である。

ふと、ビーカーを見ると星空のような煌めきから、徐々に色が淡くなっていく。薬剤が変化していることに気づく。

「え！　なんで！　どうし……まさか落としたから？　衝撃で反応が変わるの？」

そういえば、あの時もうっかり落としてしまった気がする。

その後は狼狽《ろうばい》してうろうろと持ち歩いていた。なるべくその状況を再現するために、ビーカーを持って室内を歩き回る。

ヨルハは不思議そうに、ユフィリアにぴったり寄り添っていた。

これだけ接近しているのに、ユフィリアとぶつからずにいるのはさすがと言うべきか。

しばらくすると、パステルカラーになっていた。あの甘い香りも完全再現している。

「成功したわ！　毛玉になる薬！」

「ああ、この前の」

「リス妖精さんは毛が伸びて膨らむ以外に変化はなかったけれど、人にはどんな影響が出るのかしら……」

じっとビーカーを見つめるユフィリアに、不穏なものを感じるヨルハ。まさか自分で臨床実験をするつもりじゃないのかと、不安になる。

しっかり者のユフィリアだが、錬金術に対する情熱は並外れたものがある。

「こういう時はコレ！　薬型を使います！」

そう言ってユフィリアが取り出したのは、人型に切り取ったぺらっぺらの紙だ。

ヨルハは黙って見る。ユフィリアが自分に使わないのなら、安心だ。

「私の髪を貼り付けます。そして、専用の薬剤の塗布。髪が溶けるまで馴染ませて、膨らんだら完成」

薄い紙が切れないように、たっぷりの薬剤を塗り付ける。貼った髪が溶けるにしたがって、紙は立体的になりざっくりデフォルメなユフィリアになった。

「小さいユフィだ。可愛い……」

「あ、ちょっと……今からそれで実験するんですから」

「こんなに可愛いのに!?　どうしてそんな残酷なことができるの!?」

小さいユフィリア（薬型）を抱きしめて放さないヨルハ。それを返しなさいと迫るユフィリアに、泣く泣く差し出した。

その表情が「小さいユフィに酷《ひど》いことをしないで」と訴えている。

恋人としては叶《かな》えてあげたいが、錬金術師として薬型の無駄使いをしたくない。

「とりあえず、これに薬を飲ませて――」

匙で口元に薬を近づけようとしたら、思ったより柔らかくもったりとしていた。匙の上で揺れて、ぼとりと薬型の頭部に落下した。

その瞬間、薬型ユフィリアの髪が一気に伸びた。人間ユフィリアと同じくらいの背を覆うほどの流れるような銀髪だったのが、今では身長を追い越してテーブルの上で引きずっている。

薬型はその後、輪郭がぼやけて最初と同じ薄っぺらい紙人形に戻った。

「小さいユフィが!!!」

「薬効の検証が終わったんですね」

真っ青になって叫ぶヨルハとは違い、ユフィリアは冷静にピンセットで紙人形を摘まんで顕微鏡に乗せる。

何故《なぜ》かと言えば、効能や副作用が薬型に浮き出るから。そしてその文字が小さい。小型で高性能の薬型は、持ち運びや保管に便利なだけではない。結果も細かく表示されるが、薬効を見るのに顕微鏡や虫眼鏡などレンズ器具が必須なのだ。

「毛髪の育毛促進と美髪効果ですね。予想通りです」

ちなみに後で塗布ではなく飲ませてみたら、薬型ユフィリアは細長いケサランパサランになった。

服薬すると全身に薬が回り、全身の毛が伸びるようだ。

ユフィリアは体毛が薄い。それでも毛玉になったのだから、人間は絶対飲んではいけないブツだ。

再度リス妖精にも協力を仰ぎ、パッチテストをやったらそこだけ長毛化した。だが、もともと禿《は》げている部分に塗ったら毛根が復活し、毛並みが揃った。

「……飲んでも塗っても使えるのは便利だけど、ちょっとしたパーティグッズにしかならないわね」

毒性はないし、味や香りも良い。少なくとも料理上手なリス妖精たちは「甘くて美味しい」と飲むことを苦に感じていない。

ユフィリアが活路の見出《みいだ》し方にあぐねていると、ヨルハが首を傾げた。

「俺はすごく人気出ると思うけど」

「そうですか？」

「獣人って、毛並みや羽の美しさを大事にするからね。それに、獣人じゃなくても髪質やハゲを気にする人は多いよ。ミストルティンもメーダイルも魔獣の毛をウィッグにしてる。毎年一定量は加工用に輸入しているし」

それは初めて聞いた。確かに社交界でも髪を美しく結い上げ、綺麗に見せるために銀粉や金粉をはたく人もいる。

ユフィリアは自毛の質が良く、艶やかな白銀の髪をしていたので気にしていなかった。

「あ、そういえば獣人では試してないね。俺も飲んでみようか？」

「薬型！　薬型を使いましょう！」

ひょいとビーカーを手に取るヨルハ。そのまま残っていた薬を呷《あお》ろうとするので慌てて止めた。

一国の主（生身）で実験は色々アウトである。

ヨルハは少し残念そうにしていたが、ユフィリアの説得には折れるしかない。

あの後、美髪剤は爆発的人気を得た——リス妖精の間で。

料理で火傷《やけど》をした、運悪く魔物に襲われて酸や毒液で爛《ただ》れたなど欲しがる理由は様々だ。

問題となっている患部にだけ塗ればいいのだが、全身毛玉のリス妖精としてはまとめて毛並みをリニューアル&美味しくいただけるとあって服薬希望が多い。

結果、毎日のように作っているユフィリアである。

(一応薬型で試した後で使うけれど、リス妖精って薬に抵抗ないの?)

躊躇《ためら》いなく掻き込む姿を目にするたびに、ユフィリアは複雑だ。

新薬は症例に乏しく、どんな副作用があるか分からない。妖精と人間とでは考え方も違うのだろうか。

今のところリス妖精は問題なくお望みのハイモフリティを手に入れている。

副作用と言えば、全身の毛並みが伸びてケサランパサラン化するくらい。それに対応し、家の一室をカットサロンにしている。仲間同士協力し合い、伸びすぎた部分は手早く器用に散髪《トリミング》している。

(ヨルハ様は獣人にも需要があるって言っていたけれど、お勧めするのは躊躇うわ。積極的なリス妖精さんたちと違うから)

自分でも試したが、新薬として正式登録してからのほうが良いだろう。

ミストルティンで特許を取れば、第三者がしっかりチェックしてくれる。ゼイングロウは薬学や医学が少し遅れているのもあってか、薬のレシピを公的に登録して保護していない。

代わりに秘伝の薬は一子相伝、もしくは口頭で直弟子にしか教えない。そして第三者に流出を防ぐためか、書物で残さない傾向がある。

もし、継承者が次代に教える前に亡くなってしまえば秘伝は消える。

きっと、今までも多くの医学や薬学の知識が消えていったのだろう。

(私はきちんと残しておきましょう。ゼイングロウの風習を、私が強硬に変えろと訴えても反発を招く。いくらヨルハ様の『番』とはいえ、すべてが賛同しているのではないのだから)

ユフィリアが各地の秘伝に興味を持ち、文書として残すべきだと訴えればヨルハは応じるだろう。

法律を変えてでもやりかねない。

だが、強制すれば反発される。ゼイングロウの薬師たちは大事にしていた調合レシピを奪われるのではと危惧するだろう。

薬師の中では、一つのレシピで食いつないでいるところもあるかもしれない。

(そうなると、死活問題よね。もし、私が秘伝のレシピに相当するモノを開示して、流通させれば少しは変わるかな?)

ミストルティンでは一般的なレシピでも、こちらでは重宝されるかもしれない。

だが、問題はユフィリアがまだまだゼイングロウや獣人の文化に疎く、彼らに絶対に響くというものが良く分からない。

獣人は身体能力が高く丈夫。そのせいか医学や薬学が軽視され、放置されているのだ。

ユフィリアにとって大怪我でも、獣人にとってみればほっとけば治るという感覚が多い。

ユフィリアにちょっかいをかけようとするたびに叩《たた》きのめされるグレンなど、失神や流血沙汰になっても、周囲は気にしないのだ。

ああ、またやっている。くらいの感覚である。

（うーん。でも、話のネタくらいにはなるかも。この美髪剤はトリートメントと育毛両方に効果がある。毛艶を気にする獣人たちにも、ケア用品として渡せば使ってくれそうよね）

なんといっても、ヨルハのお墨付き。

ユフィリア以外には無関心なヨルハでさえ「需要がある」と断言したのだ。試してみる価値がありそうだ。

色々考えた結果、護衛やメイドたちに話を振って、反応を見てみることにした。

ヨルハのお眼鏡に適ったくらいなのだから、ユフィリアに敵対心はないはずである。

翌日、少し多めに調合した美髪剤を獣人たちに披露した。

使い切れる小瓶に分けて、テーブルに並べる。その隣にはテスト用の薬型も置いてある。

ユフィリアの隣には、効果を実証してくれるリス妖精。先日髭《ひげ》のセットに失敗し、顔の一部が縮れの大地と化している。

髭をちょっとカーリーに仕上げようとして、熱した鏝《こて》で巻こうとしたところジュッと髭と一部の毛並みが巻き込まれたのだ。

ユフィリアに美髪剤を「どうぞ」と渡されると、すぐさま一気に呷った。ずぼっと飲み干す音が豪快である。小瓶の中身を丸ごと吸引する勢いだ。

意外な肺活量を発揮してくれたリス妖精は、一瞬にしてケサランパサランと化し、速やかにカットされて美しい毛並みを披露する。髭も毛艶も完全復活だ。

自分史上最高の毛並みを得た妖精リスは、カット終了と同時に、ドヤアアアアと決め顔&ポーズまでしている。

「――というわけで、使ってみたいと思う人はいますか？」

「「「「はい!!!」」」」

思った以上に立候補者が出た。

手を挙げた人数と、薬の数が合わない――ユフィリアだけでなく、手を挙げた本人たちも分かったのだろう。

すぐさま臨戦態勢になり、勝者の権利となりかけたが「じゃんけんで！」とユフィリアがストップをかける。

いつになく殺気が本気であった。あれは絶対に血を見る戦いになると、素人のユフィリアですら分かる殺伐とした空気だった。

数分後、仁義なきじゃんけんを制した勝者が美髪剤を手にする。まさに幸運の女神が微笑んだ者たちだけのご褒美だ。

その中に黒豹のクオンとレオンもいた。

薬型でテストした後で、二人とも自分の耳に塗る。一気に伸びた毛並みに「おお！」と歓喜の声を上げた。

「ユフィリア様！　伸びました！　生え変わるだけかと思ったら、伸びましたよー！」

「そうですね」

そっちのパターンもあったか、とユフィリアは今更ながらに気づく。

レオンの隣でクオンは何やらゲル状のもので伸びた部分を加工している。ワックスの類《たぐい》だろう。

「……なんか変じゃないか？」

「三角耳っていうより……兎耳《うさぎ》？」

一応は形を整えたクオンとレオンは互いを見合わせ、微妙な顔になった。毛が伸びたのはいいが、理想のスタイリングにならなかったようだ。

二人は不思議そうに首を傾げるが、心底呆《あき》れたようにミオンが口を開く。

「いや、不自然だろう。耳を盛りすぎだ。少しは切ってから整えなさい。業突く張りども」

人間でいうと、バレバレな厚底靴を履いているようなものだろうか。

背を誤魔化すことに特化したシークレットブーツというものがある。踵を高くし、靴底を厚くして身長を盛るのだ。

だが、やりすぎるとアンバランスになって目立つ。ちっともシークレットじゃなくなるのだ。

ミオンに言われ、しぶしぶサイズダウンすることにした二人。

他の獣人たちも、あれこれと己の理想のために試行錯誤をしていた。

（どこの国も、それぞれにお洒落のこだわりがあるのね）

皆に感想や意見を貰《もら》ったが、評判は上々である。

これを是非引き出物にという意見まで出てきて、その人気ぶりにユフィリアが困惑するくらいだ。

獣人たちの使用結果を確認後、新薬としてミストルティンの錬金術師協会に申請して登録手続きをする。

個人で使う分には自己責任だし、ゼイングロウにはそう言った登録機関がない。

錬金術師協会だと、多くの人で薬型の治験や実験を行うのでさらに正確な結果が分かり、安全性もはっきりとする。今後は錬金術師協会から公認された開発者として扱われ、レシピは保護されるのだ。

酷い副作用などの問題があると、新薬としての登録は難航する。その問題が大きすぎると、レシピ自体が棄却されてしまうのだ。

初めての登録だということもあり、返答が来るまでの間、悶々《もんもん》としていたユフィリア。

そんな考えは杞憂に終わった。一週間後、問題なしなので登録したと返事が来て一安心である。

錬金術師協会からも認められたので、ささやかながらお祝いすることになった。

オリジナルのレシピを持つことは、錬金術師の目標の一つだ。

レシピ登録は著作権登録のようなもの。誰かがレシピを勝手に盗用しないためにも、大事なことなのだ。

「ユフィ、レシピ登録おめでとう」

「ありがとうございます」

いつもより豪勢な料理。いつもよりちょっとグレードの高い食器、お洒落な盛り付け、デザートにはたくさんの果物を惜しみなく使ったフルーツタルトが用意されている。

夜会やお茶会で出てくる見栄えばかり気にしたパーティ料理より、こちらのほうが好きだ。

社交用ではなく、内輪だけのお祝い。こそばゆいような気持ちと雰囲気が心地よかった。ずっとそんなささやかな幸せとすら無縁の生活だったから。

ユフィリアは家族仲が悪い――否、ユフィリアに無関心と言うべきだろう。

嫁ぐ際、ユフィリアの結納金は破格と言える大金だった。その金額に目が眩《くら》み、ろくに相手を調べないで結婚を承諾した。その後も、手紙一つすら寄越さない薄情ぶりだ。

（……いえ、きっと現状を知ったら放っておかない）

悪い意味で。

ユフィリアの恋人であり婚約者がゼイングロウ帝国の皇帝だと知ったら、金の無心をするだろう。それだけでは飽き足らず、高級な特産物を融通しろと言ってくる可能性もありえた。

ヨルハはユフィリアを溺愛している。きっと、家族の仕打ちも調べ上げているだろう。

寵愛《ちょうあい》する番を蔑《ないがし》ろにしていた実家を快く思うはずがない。苛烈さと冷淡さを併せ持つヨルハは、時に恐ろしく頭が切れるし行動力がある。

（関わって欲しくない。ヨルハ様を煩わせないで欲しい）

ユフィリアを見る黄金の瞳をゆるりと甘く細めるヨルハに、笑みを返すユフィリア。

口に入れた肉料理が美味しかったのか、ユフィリアにも勧めてくる。

酸味のあるほろ苦いソースが、上質な肉の脂の甘味を引き立てる。ゼイン山脈に生息する鹿肉を血抜き後、ハーブ塩を揉《も》み込んで低温熟成させた一品。

リス妖精にもお礼を言うと、尻尾をフリフリさせながら笑顔で胸を張っていた。

「そういえば、卯《うさぎ》の一族がユフィに会いたがっていたよ」

「卯……となると、兎の獣人さんたちですか？」

卯の一族は、十二支族の一つだ。

ユフィリアは丁重な扱いをされているが、遠巻きにされていると言える。独占欲の強いヨルハの手前もあり、許された護衛や使用人、役人たちしか声をかけてこない。

それもあってか、卯の一族とはほとんど交流がない。敵対してはいないが、良好な関係を築いているとも言い難い一族だ。

「あの辺もげっ歯類系の獣人が混在しているね。獣人でも温和な連中だし、嫌じゃなければ会ってやって欲しいな」

「そうですか？　では、お会いしたいです」

ヨルハが大丈夫と言うくらいなのだから、安全な人たちなのだろう。

獣人の国に、人間の妃など思うところがある者がいてもおかしくない。

ヒヨウとフウカなどは、ユフィリアを受け入れたくないのが端々に感じられた。

本当に怖いのは、彼らのような露骨な敵意を向けてくる者ではない。好意や善意の中に、悪意を忍ばせている者たちだ。

獣人たちは、社交界の人間たちよりもさっぱりとした気質が多いようだから、あまり疑いたくないけれど。

ユフィリアがこっそりとそう思っていると、ヨルハは「ああそうだった」と、思い出したように口を開く。

「もし『嫌なコト』されたら、教えてね？　ちゃんと教育しないといけないから」

それは平和的な言語疎通によって終了する教育なのだろうか。

ちょっと不安なユフィリアである。

夕食後、ヨルハとの夜の散歩を終えたユフィリアが湯浴みに向かった。結婚式に向けて、色々とやることがあるので二時間は戻ってこない。

髪や肌の手入れをしつつゆっくりお風呂で温まった後は、追加の保湿パックやマッサージが待っているのだ。

花嫁の晴れ舞台に美を磨く。その大役を担うリス妖精も、気合いが入っている。

「今日はどうだった？」

ヨルハの独り言のような問いかけに、半開きの窓からしなやかな動きの人物がやってきた。

ミオンは柔軟な動きで驚くほど足音がない。窓枠から降りると、ヨルハの前に跪《ひざまず》いた。

「相変わらずヒヨウ殿から刺客が絶えません。在宅中、執務中、移動中に三度の襲撃がありました。朱金城での茶や菓子にも毒を仕込んだので、下手人を捕らえております。隠す気がないのか、焦っているかは不明ですが着実に頻度が増えているようで……」

「鬱陶しいな。酉の一族の顔役を外されて暇なんだろう。いくら雑魚を寄越しても変わらないのに」

その娘のフウカも、まだヨルハの妃の座を諦めていないらしい。

ユフィリアに突っかかってきたり、ヨルハに付き纏ったりしている。正直、あの粘っこい白粉《おしろい》と香水は嫌いなのだが、ヨルハのツンドラより冷たい視線にめげずにアタックしてくる。

「弟のヒオウは身内のやらかしの管理もできないのか」

「ヒオウ殿は事業や資金源を差し押さえ、蟄居《ちっきょ》させるご様子。ですが掌握に時間がかかっているようです。罪状をつまびらかにするためとはいえ、溜《た》め込んでいた隠し財産や裏帳簿が多くかなり苦労しておられます」

やらかさないが露見しない限り、ヨルハはヒヨウの好きにさせていた。

財や権力に固執する獣人自体が珍しかったために、そういう観察対象にしていた。そして、周囲がそれにいつ気づき、どう対処するのかと様子を見ていた。

幸か不幸かヒヨウのやり口はせこかった。ちまちま溜め込んでいたので、致命的な損害も出なくて、気づかれにくかったのだ。

ヒヨウはそういう意味では細かい数字が分かるほうだった。だが、その才能を要らない方向にばかり使うのだから、結局はボロが出る。

現在の酉の一族の次席はヒオウ。彼は金勘定が苦手である。

もともとそれなりの役職についていたが、ヒヨウとは違って利益とは関係ないところにいた。

それもあり、今までとは勝手の違う仕事に手間取っているのだろう。

「まあ、ユフィに気づかれていないならいいよ」

そう言いつつ、冷徹な眼差《まなざ》しでミオンを見て、外を見るヨルハ。

何気なく腕のあたりに触れたと思うと、一本の羽根を持っていた。そして、小さなゴミでも放るように手首を動かした。

投げた方向から、小さく呻《うめ》く声と共に落下した音。

「あれも始末しておけ。掃除も怠るな」

「……御意」

打ち漏らしていた。ミオンは己の失態に猛烈な後悔と羞恥、そしてヨルハの反応への恐怖を覚えたが咎《とが》めはない。

きっと、ミオンたち護衛の守備範囲外に潜んでいたか、ミオンが動いた後で一気に距離を詰めてきたのかだ。

（……これが神獣の力。寅《とら》の一族の精鋭ですら、足元に及びもしない）

文字通り、圧倒的な格の違いを感じずにはいられない。

今は何も言わないということは、まだヨルハの許容できる範囲の出来事なのだろう。

それを超えたらなどと、想像もしたくない。

一礼してミオンは護衛任務に戻る。それを一瞥《いちべつ》もせず、頬杖《ほおづえ》をついて夜空を見上げているヨルハ。

その黄金の瞳に星も月も映っているが、その輝きは彼の心を震わせることはない。

彼の心を動かせるのは、番ただ一人だけなのだ。

ヨルハは世闇の静寂に耳を傾けている。

遠くで梟が鳴いている。凝りもせず今度はユフィリアの明日乗る予定の牛車に仕掛けをしているようだ。

「ミオン、牛車を見てきて。ユフィの乗り物に細工している馬鹿を三人捕まえて、尋問しろ。死んでもいいから、情報は吐かせるように」

「御意」

その夜、三人の下手人が捕まった。

彼らはしらばっくれた。最初こそ強がっていたが、指をいくつか切り落とすとあっさりとヒヨウの指示でやったと自供した。

「……ヨルハ様。あの下手人、人間でした」

「ああ、やっぱり？　この国で人間なんて珍しいほうなのに」

ヨルハは気のない返事だ。きっと知っていたのだろう。確信に近い予想で。

ゼイングロウは強い魔物が多く、普通の人間は積極的に来ない。ゼイン山脈ほど魔窟ではないにしろ、人間からすれば脅威なのだ。

そのはずなのに、どこからそんな後ろ暗い仕事を引き受ける人間を調達したのか。

ミストルティン王国は番の斡旋《あっせん》に積極的。ゼイングロウ帝国内にはヨルハに正面から盾突く者はいない。残るはメーダイル。

獣人を嫌悪し、侮蔑する差別主義を平然と掲げる南の帝国。

(我が国と昔から険悪なのは、ヒヨウも知っているだろうに。ついにあの銭ゲバ陰険糞野郎《くそやろう》どもと手を組むまで落ちぶれたか)

ヒヨウは返り咲くのを諦めておらず、フウカをヨルハの妃にしようと画策している。

正式な婚約者であるユフィリアの暗殺を目論《もくろ》んだだけでなく、関係が冷えた他国と密通したヒヨウ。

その娘が、神獣たるヨルハの妃になるなどありえない。

ヨルハは相変わらずユフィリア以外の女性は煩わしいし、ヨルハだけでなく十二支族たちも黙ってはいないだろう。

ヒヨウが酉の一族の次席を追われても、周囲から非難は出なかった。その程度の人望しかないのだ。

ヨルハの陰に隠れていたから、あの程度の人間でも黙認されていた。そう考えるのが正しいだろう。

何度も失敗してヒヨウの手札も切れてきたのだ。秘密を守れない下手人を使わなくてはならないほどに。

(……ユフィとの結婚式前に血生臭いことはしたくなかったんだけど)

真っ白で無垢《むく》なユフィリア。人を殺したことなんてないだろう。彼女は助けるために動く人だ。

彼女を守りたい。煩わせたくない。嫌われたくない。

平然と命を奪う選択をできる己を、知られたくないし、見せたくない。

ユフィリアに相応しい優しく寛大な恋人でいたいのに、邪魔者たちがそうさせてはくれない。

一方で、ユフィリアを傷つける奴らは簡単に始末してなるものかと怒りが煮えたぎる。

ヨルハは優しい人になんてなれないのだ。もしなれるとするならば、ユフィリアにだけだろう。


草木も眠る深夜に一人の男が安楽椅子で天井を見上げていた。

その様子は間違っても落ち着いていないし、忙しなくて貧乏ゆすりや、腕や手を組んだり外したりと常に動いている。

ぎょろぎょろと血走った眼は常に何かを探すように視線を這《は》わせていて、不気味だった。

そんな彼の私室を、小さく叩く音が響く。

「入れ……っ」

跳ねるように半身を起こし、扉の方向を見る。許しを得て入ってきたのは、見るからに怪しい黒ずくめだった。

全身を黒い衣装で覆い、目の部分ですら最低限の切れ込みしかない。

「どうだ？　仕留めたか？　あの人間の女の死体は山に捨ててきただろうな!?」

縋るような口調で問い詰めるが、黒ずくめは首を振った――横に。

それを見て、一瞬止まった男はがっくりと項垂《うなだ》れる。もう何度目か分からない。期待した成果はなんら得られなかったのだ。

「ヒヨウ様。標的には寅の一族の精鋭が付いております。今代の寅は粒揃いで、気力体力の充実した若者、そして熟練の手練れも多くいます。子飼いでは足元にも及びませぬ」

ヒヨウは、その問いに激昂《げっこう》した。

近くのテーブルに放置してあった酒の器を掴むと、黒ずくめに叩きつける勢いで浴びせた。

「なんのために貴様らを育ててきたと思っているんだ！　番なんて忌まわしい……！　あの人間さえいなければ、フウカが妻になれるというのに！　あの恥知らずめが、人間が獣人の国の皇后になるだと⁉　あのような小娘に頭を下げるなど、冗談じゃない！」

怒りのままに喚《わめ》き散らすヒヨウは、頭を掻きむしるように髪を乱す。地団太を踏み、罵声を吐き続けた。

最初は毒や刺客で脅して妃の座を降りるように仕向けるつもりだった。

だが、全然上手《うま》くいかない。ユフィリアが気づく前に処理される。回数を重ねるうちに殺意が強まっていき、同時に焦りも加速していった。

相手は獣人ではなく脆弱《ぜいじゃく》な人間の小娘。ヒヨウは容易に終わると思っていたのだ。

実際は何をやっても空振り続きだ。尻尾切りできる凶手を差し向けて、嫌がらせも並行して行っていた。なのに、それがことごとく失敗する。運が悪かったのかと思ったが、何度も続くと気づく。

すべて妨害されている。ヒヨウの手札が読まれているようだ。

その間にもヨルハの番への寵愛は深まる一方だ。すぐ飽きるだろうと思っていたのに、その執着は増すばかり。

先日、ゼイン山脈にやたらと行くのは気晴らしではなく、番へ贈り物探しの一環だと知った。

ユフィリアとの仲は睦《むつ》まじい。だが、ユフィリアは大人しいだけの令嬢ではなかった。時にはいきすぎたヨルハの行動を窘めている。振り回される人々のために心を砕くそれを見て、周囲はユフィリアに敬意と親愛の目を向けるようになっていた。

ヨルハは有能だが、他人の苦労や心の機微に無関心だ。その部分を丁寧な心配りでユフィリアが補っている。

誰もが似合いの二人だと憧憬の目で噂《うわさ》をしている。

何から何まで、ヒヨウの予想とは違う方向へ行っていた。

(何故だ!? あのヨルハ様が人間の小娘如きに……!)

荒れ狂う感情と抑えきれない昂《たかぶ》った息。爛々《らんらん》とした瞳が、その怒りを物語っていた。ヒヨウの暴言であり妄言である発言を咎める存在はここにいない。

酒を浴びせられた黒ずくめは、ずっと頭を下げて大人しく聞いている。

しばらくすると、なんとか落ち着いたヒヨウは倒れ込むように椅子に座り直す。だらりと両腕を垂らし、全身から力が抜けていた。ゆっくりと首を巡らせ、酒瓶を掴むとそのまま乱雑に呷る。

「おい、ヨルハ様にはバレていないだろうな？　尾行なんてされていたら、次はどんな処罰をされるか分かったものではない」

今までヨルハは誰かを気にかけることなんてなかった。

公平で、平等で無関心。だからこそヒヨウは好き勝手できた――増長していた。ヒヨウは身の丈を弁《わきま》えず、自分の間違いに気づかない。

番が見つかった時、この国に来た時、いつだって引き返せた。

見逃されている間に、改める機会はあったのだ。

「はっ、重々承知しております」

ヒヨウに注意された黒ずくめは大仰に頭を下げる。癇癪《かんしゃく》持ちだが、ヒヨウは金払いがいい。そういう点では大事な客だ。

育てたなんて言っているが、持ちつ持たれつ。金の切れ目が縁の切れ目の仲だ。

ヒヨウは扱いやすい。強欲で自尊心が高いので、へりくだると存外ころりと機嫌が直る。

「祝言だけは上げさせてなるものか……寅の一族が厄介なら、こちらも精鋭を集めろ。護衛対象は無力な人間だ。打ち取る好機はいくらでもあるはずだ」

好機はあると言いつつも、ヒヨウの目に余裕はない。一刻も早く、ユフィリアを始末したいと物語っている。

ユフィリアの人柄が知られるにつれて、皇后へと迎えることに反対する者が減っていくのが分かった。

ゼイングロウに来たばかりの頃、ずっと戸惑っていたユフィリアは今ではしっかりヨルハの暴走を抑えている。

同時に、ヨルハとユフィリアに着実に信頼と愛情が育まれていくのが目に見えて分かった。視線や言葉、表情が豊かに穏やかになっていく。

時に熱っぽく、時に安らかに、時に楽しそうに。

（……私の娘には笑顔一つ寄越さないというのに！）

必死にヨルハに愛を乞うフウカは、空回りするばかり。

獣人たちの主の寵愛がユフィリアとフウカのどちらかにあるかなんて、誰の目から見ても明らかだ。

上手くいかないと強情に喚き散らすフウカと、戸惑いながらも柔軟にゼイングロウという国や獣人たちに理解を示すユフィリア――どちらが皇后の器だなんて比べなくても分かる。

やはり、始末しなくてはならない。

存在が明るみになってしまったからには、生かしておいてはいけないのだ。

ヒヨウの考えは酷く自分勝手であったが、それを咎める人はいない。彼の周囲には、すでに彼に従う部下しか残っていなかった。

もう後がない――ヒヨウの勢力は日に日に衰えている。

ヒオウに地位は奪われ、財は押さえられ、今まで通じていた者たちもどんどん手を切られて離れていく。

邪魔な番を殺したいが、神獣の怒りに触れるのが恐ろしい。ヒヨウの欲望と本能がせめぎ合う。

（殺すしか……殺すしかない）

番を殺せば――きっとヨルハは諦めざるをえなくなる。その前に、最愛が死んだ失意と絶望が、純然たる殺意となってヒヨウの命を刈り取りに来るだろう。

そんな当たり前のことすら気づかないほど、ヒヨウは追い詰められていた。

月明かりすら届かない木々の陰に、一羽の梟。

まん丸な目で、うっすらと明かりの漏れる窓を見ている。

黒ずくめの男が去り、残った男も酒を飲んでいびきを掻き出すと、音もなく羽を広げて飛ぶ。

向かう先では小さな鼠《ねずみ》が、枯れ草や雑草を掻きわけて歩いていた。背後から強襲され、あっさり背中から掴まれて、小さな悲鳴を上げるがもう遅い。

あっという間に地面とは距離が離れ、肉体に食い込む鋭い爪にもがいてもどうにもならない。

梟はその周囲でも一段と立派な大木へ向かう。降り立つのは、枝ではなくバルコニーの手すりだった。

この大樹は普通の木ではない。特別な力の宿る精霊の木――ヨルハとユフィリアの住居である。

バルコニーに衣擦《きぬず》れが近づく。背の高い人物は、迷いない足取りで梟の前に立った。

「……いや、土産はいらないから。自分で食べな」

やや呆れながら言うのはヨルハだ。それに対し梟は首を傾げた。

まだ息があるというより、キィキィと必死に暴れて逃げようとする野鼠。もし家に入られて、ユフィリアが驚いたら大変だ。

ヨルハはお節介を焼いた梟の目を見つめながら、小さく嘆息する。

「馬鹿は引き際を知らないから嫌いなんだ。とっとと隠居すれば、勝手に生きるくらいは許してやったのに」

冷笑を浮かべて優しくくすぐるように撫でると、梟からもヨルハにすり寄ってくる。

しばらく撫でた後、梟は満足して飛び去っていった。

ずっとつまらないものを監視させてしまったが、運よく食事も確保できたようだからあとはゆっくり休めるだろう。

ヒヨウは分かりやすい前例になってもらう。

ヨルハの番に手を出したらどうなるか、今もなお見せしめになっている。惨めで、哀れで、苦しみながら追い詰められていく姿こそが生かす理由だ。

こういうやり方もできるというういい見本になる。

(シンラやコクランは嫌そうにしていたけどね)

趣味が悪いと正面から言われた。今のヒヨウは以前の力強さが抜け落ち、十歳以上老け込んで見える。髪を整え、服装も豪奢に飾るのが好きだったのに、そんな余裕もない。

どんどん落ちぶれていく半面、血走った目がやたらぎらついている。届かなくなった栄華に縋り、まだみっともなく足掻くのだろう。

ヨルハは部屋に戻ると、寝台の天蓋をゆっくりと開ける。

健やかな寝息を立てるユフィリアがおり、表情を緩めた。気をつけていたが、眠りを妨げていないようで何よりだ。

――最初は味方が三、中立が五、敵対が四。

手遊びのように指を動かす。

ヨルハが番を連れ帰ると報告した時の、十二支族の反応はそれぞれだった。

表立って反対はしないが、内心は面白くない、不安だとまだ見ぬ神獣の番を警戒していた。

――味方が六、中立が四、敵対が二。

ユフィリアがこちらに来て、人となりを知ると中立は明らかに味方に流れた。少し分かっただけで派閥の割合がぐらついたのだ。

やや敵意のある警戒していた一族も、皇后失格と断じるのは早いと考えを改めた。じっくりと様子を見るべきだと静観に回った。

精霊の木に気に入られているという点も大きいだろう。

中立派や反対派は、入居時点でトラブルが起きると踏んでいた。ユフィリアはあっさりとクリアし、むしろヨルハより気に入られている。

精霊の木に認められなければ、近づくことも入ることすらもできない。一時の客人くらいならともかく、住むとなるとさらにハードルは上がる。

ヨルハもその可能性は考えていた。もし、精霊の木がユフィリアを拒むなら、力ずくで従わせるか、退居して新居を探すことも考えていたのだ。

それにリス妖精もユフィリアにすぐに懐いた。近頃はヨルハを邪険にするくらいに。

ヨルハの想定以上に、ユフィリアはよくやってくれている。

高嶺《たかね》の花とやや遠巻きにされているが、あれは敬愛と畏怖、そして嫉妬深いヨルハの悋気《りんき》を避けてのことだ。

(ヒヨウは一人で抵抗しているけれど、西の一族の総意としては味方だから問題はない)

報告では、弟のヒオウが彼を押えようと奮闘している。

人を纏める器はヒオウのほうが大きい。ヒヨウは狭量で利己的だから、損得勘定は得意だが人心掌握は苦手である。もともと、将来的には交代する予定だったから、少し早めても問題ない。

敵対しているのは、辰《たつ》と卯。

辰――龍人たちは気位が高い。悪い言い方をすれば、高慢な貴族や、自然を捨てて権力の味にド嵌《はま》りした都会エルフに少し似ている。

(辰はまあ……強者のプライドがあるから人間を叩き潰すなんてしないだろう)

それこそ、根性曲がった弱い者いじめだと周囲から揶揄《やゆ》される。強者の矜持《きょうじ》としてそれはしない。

ヨルハは図体《ずうたい》がデカいうえ、神獣の格を持つので圧倒的な強者認定されている。手心なしの対応をしてくるから、同じ手は使えない。

それは問題ではない。ユフィリアにさえ何もしなければヨルハだって怒りはしない。

(卯はわざわざ俺に頼んで、ユフィに接触してきた)

思い出すのは卯の族長。

わざわざ小さく愛らしい兎の姿でやってきて、取り次ぎを願い出てきたのだ。

その場にユフィリアがいれば、女性に好まれる愛くるしさに惑わされそうな姿。危険人物ではない、か弱い存在だとアピールして頷かせるつもりだったのだ。

地味に、否――潔いくらい狡《ずる》い。

卯の一族の武力は高くないが、俊敏で小器用な者が多いのだ。ちゃっかりと利益を分捕るのが上手い。

世渡り上手に見えて、臆病で神経質な一面もある。

基本は弁論で戦うタイプなので、ユフィリアに強硬なことをしないだろう。

それにあの目。ヨルハに声をかけた時、縋るような追い詰められた者独特の空気があった。

断ると、普段はしない手荒な手段に出るかもしれない。そんな気がした。あくまで勘だが、ヨルハのこの手の読みは外れない。

こそこそしているのは気に食わないが、悪い予感はしない。

ユフィリアはゼイングロウのため、ヨルハのためにと努力をしている。報われない努力のすべてが無駄だとは思わない。それは糧となり、経験となる。

だけど、ユフィリアの今までは、報われないことが多すぎた。

耐えて、耐えて、ずっと淑女の仮面を張り付けていた。完璧淑女と呼ばれるほど、ユフィリアは完成していた。そうなることを強要されていた。

彼女の努力に相応しい結果が伴うべきだ。

ヨルハはそっとユフィリアの髪に触れる。本当は頬に触れたいけれど、起こしてしまうかもしれない。

「おやすみ、ユフィ」

寝ているはずのユフィリアが、微笑んだ気がした。

翌日、ユフィリアとの面会の承諾を聞いた卯の一族がすっ飛んできた。

朱金城の一室を借りて、面会の場を設けることとなった。互いのスケジュールの都合上、それが最速で時間が取れるタイミングだったのだ――逆を返せば、それだけ卯の一族が急を要しているのが分かる。

やってきた兎の出で立ちは立派だ。何せ、彼は族長だ。

パッと見は人間と変わらないヨルハとは違い、彼は二足歩行の兎と言った具合だ。頭に烏帽子《えぼし》と水干を着ているが、それがなかったらジャンボサイズの兎である。

（と、とても愛らしいわ。それなりのご年齢とお伺いしたけれど、この姿だと年齢が分からない）

こてりと首を傾げ、黒いつぶらな瞳がこちらを見る。ふわふわな薄茶色の毛並みと丸っこいフォルムが、ぬいぐるみ感がある。

ヨルハ曰《いわ》く「狡《こす》いおっさん」らしいが全然そうは見えない。

ミストルティンの社交界にも外見と中身に齟齬《そご》のある人は見たことがある。それでもこれにはときめいていしまう。

リス妖精も愛らしいのだが、あの妖精たちは全体的にツッコミ属性かつ男気の溢れる性格が多い。

「お時間をいただきありがとうございます、神獣の番様。ワタクシは卯の一族の長《おさ》のゲットと申します」

「お久しぶりです、ゲット様。前回お会いした宴《うたげ》の時はあまりお話しできなかったので、機会をいただけて嬉しく思います」

腐っても淑女だ。だらしなくなりかけた顔を引き締めるユフィリア。

ぺこりとゲットが頭を下げると、長い耳が揺れる。深く頭を下げたので白い丸尻尾が見えた。

「突然の申し出、驚かれたでしょう。実は最近ユフィリア様が、素晴らしい育毛剤を手に入れたとお聞きしまして……」

育毛剤と言われて首を傾げたが、ゲットの後ろにいたクオンとレオンが自分たちの耳を指さすので分かった。美髪剤のことだ。

もしや、ゲットの烏帽子の中身は綺麗に肌が露出しているのだろうか。失礼な考えだが、愉快な想像をしたのはユフィリアだけではなかった。

同じ思考に行きついたクオンとレオンが互いの口を押さえて真っ赤になっている。ミオンがいつも以上に顔を引き締め、強張《こわば》った状態で直立不動になっていた。

メイドたちの動きが異様に速くなり、そそくさとこの場から逃げようとしている。

「ええと、ワタクシではない……いえ！　ワタクシが使うことにして結構！　ですのでその！　市場に流通させる前に、ワタクシに試供品でも買い取りでもいいので、いくつか譲っていただけないでしょうか!?」

そんな空気を知ってか知らずか、ゲットは必死の懇願である。

なりふり構っていられない様子。ヨルハの言葉は気になっていたが、ゲットの必死さは嘘ではないように思える。

「ええと、育毛剤と言われているのはきっと、美髪剤のことだと思います。ミストルティンでは新薬のレシピとして登録済みですが、こちらの国……ゼイングロウの民の大半である獣人の方々は、今まで使用していないのです。薬型という道具で検査して、使っても問題ない方であればご使用いただいても大丈夫ですよ」

「で、では！　おいくらで！」

「その、まだ市場への流通は考えていなくて……商売としてのお話は進んでいませんの」

お洒落やちょっとしたお遊びに便利な薬。それがユフィリアの認識だ。

現に、ユフィリアに協力してくれた獣人たちはファッション感覚で使っている。医薬品としての価値はないので、もう少し研究してからと考えていた。

「ではいつ⁉　いつならばワタクシの里に卸せますか？」

困惑するユフィリアの足に、ずべしゃーとスライディングしながら縋りつくゲット。黒いつぶらな瞳がうるうると涙で潤んでいた。

憐憫《れんびん》を感じて良心がぐらつくが、いつと言われても正直答えようがない。

（ヨルハ様が獣人には需要があるといっていたけれど……ゲット様の様子は尋常でないわ）

「ええと、必要ならばご用意します。あまりに多いとなると時間がかかってしまいますが、結婚式後ならば多少時間にゆとりがあるので」

「それでは遅いのです！」

ユフィリアの提案に、即座に首を振る。

「ヨルハ様と番様のご結婚式には、多くの有力な一族が参加します。お二人の式に合わせ、婚礼を同時に行う若者も多くいるのです……！　それには絶対間に合うように……」

ゲットの目からは滂沱《ぼうだ》というより、噴水のように涙が溢れている。

どうやらゲットの事情は時間に猶予がない様子。

人目も憚《はばか》らず涙をこぼすゲットを見ていると、幼気《いたいけ》な可愛い兎に意地悪をしているようで、良心がチクチクと痛む。

「是非、是非この契約書に署名をぉ〜！　独占契約！　せめて卸す総数と大体の日取りだけでも後生ですからああああ〜〜！」

筆と紙を持ってなにとぞなにとぞと縋りついてくる。

涙でくしゃくしゃなバニーなお顔はキュートなのに、言っている要求は不穏な気がするのは気のせいだろうか。

ぐいぐいと物理的に押しながら、荒い息で契約をせかしてくるメルヘン兎。やっていることはちっともメルヘンではない。地上げ屋系の気配がする。

もふもふと毛並みがぎゅうぎゅうと迫ってくるが、唐突に圧が減った。

「おい、中年兎。お前らは金の匂いがするとその見てくれであざとく騙《だま》すのやめろ。ヨルハに耳を引きちぎられて子《ねずみ》の一族にぶち込まれるぞ」

ゲットの首根っこを掴んでいたのは、黒髪と褐色の美丈夫。戌《いぬ》の族長コクランだった。

黒いノンスリーブの胴衣に複雑な刺繍《ししゅう》の布を肩から流して腰帯で締めている。一見するとラフなスタイルなのに、生地の良さと刺繍の豪華さが品格を与えている。

その衣装は体格が良く、精悍《せいかん》なコクランによく似合っていた。

一方、片手で捕まって宙吊《づ》りになっているゲットはしょんぼりと身を縮めている。

「チィッッッ!!　あと一押しだったのに」

素晴らしく鋭い舌打ちだ。ヤクザのような舌打ちと共に、さっきの明るくポップな声ではなくイケてるボイスが聞こえた気がする。

ユフィリアが目の前の光景に混乱していると、ゲットは先ほどの渋い顔も声もなかったようにキュルンした瞳のラブリーラビットしている。

「そうだな。あと一押しでヨルハがお前の首を捩《ね》じ切りに来ただろうよ」

コクランがそう言うと同時に、窓枠に影が差した。

翼をふわりと消し、眼光に苛立《いらだ》ちが満ちたヨルハが降り立っていた。

今度こそゲットは恐怖を感じる。ヨルハの迫力のある美貌に、鬼が乗り移っていた。肉食獣のようなしなやかな足取りで、驚くほど静かに距離を詰めてくる。肌を焼くような殺気は距離が縮まると共に増してくる。

「あの程度の距離で聞こえていないと思ったのか……？」

「ひえええええ！　これはヨルハ様！　いえいえ、そのののの？」

少しでも逃げようとめまぐるしく足を動かすゲットだが、コクランに捕まっているので空を掻くだけだ。

普段は冷静というより冷淡で、何事にも興味の薄いヨルハ。番への執着ぶりは聞いていたが、まさか来るとは。

「ヨヨヨ、ヨルハ様？　本日はお式の演目を確認なさっていたのでは？」

「そうだな。やたら演奏や伴奏付きの音が響くものが多かった」

しらじらとした空気に万事休すと察したのか、ゲットの顔がしわくちゃに縮み込んだ。

そう。ゲットは今日の予定に音が鳴るものを多く入れるように手を回していた。絶対にヨルハが察しないように準備をしていたのだ。

「不思議だな。ユフィの声は聞こえたんだ。何やら困っていたようだから」

冷徹な声が、大きな手がゲットに迫る。この際コクランでもいいから助けてくれと救援を求めるが、コクランは無言で首を振った。

コクランが言ったところで、ヨルハは止まらない。それに、ここにはコクラン以上の適任がいる。

「つまり、ヨルハ様はお仕事中に余所見《よそみ》ならぬ余所聞きをなさってらしたの？　心配してくださるのは嬉しいですけれど、過保護すぎです」

少し困ったような、拗《す》ねたようなユフィリアの声。ヨルハには効果覿面《てきめん》で、殺気が霧散して声へと振り返って膝をついた。

さっとユフィリアの手を握ると、眉を下げるヨルハ。

「だって、ユフィは慣れない場所で頑張っていてくれる。頑張り屋だから、無理をしてしまわないか心配なんだよ」

その言葉は事実なのだろう。

金や権力に物を言わせ、隣国の伯爵令嬢だったユフィリアを強引に娶《めと》った。ユフィリアも実家では冷遇されていたので、毎日愛を囁《ささや》かれ、プレゼントを贈られ、国王直々に輿入《こしい》れを願われたので嫁ぐしかなかった。

ヨルハにはその負い目があるが、ユフィリアにしてみればゼイングロウで快適で幸せな日々を過ごしている。

だからこそ、ユフィリアはヨルハやゼイングロウに報いたい。

「お気持ちは嬉しいです。でも私は私のできることに尽力したい……ダメですか？」

ヨルハの手を握り返すと、真摯な紫がかった空色の瞳が黄金の瞳を見つめる。

ユフィリアの眼差しと、真剣な表情に折れたのはヨルハだった。

「本当に無理なことや、嫌なことされたら、言って欲しい。じゃないと、俺はユフィに内緒でそいつをどうにかしてしまうから」

「もう、ヨルハ様ったら」

不貞腐《ふてくさ》れながら妥協するヨルハは子供みたいだ。ユフィリアは困ったように笑うが、周囲は笑えない。

やると言ったらやる。ヨルハはその力も覚悟もある。絶対に原型をとどめないようなえげつないやり口で叩き潰しにかかると想像がついたからだ。

「で？　ユフィに契約をゴリ押したのはどうして？」

「うう……すみません。すみません。ヨルハ様にお願いした時より、こちらの状況が悪化したのです」

コクランに吊り上げられながら蹲《うずくま》り頭を抱えるという奇妙な姿のゲットは、絞り出すように口を開く。

まさに苦渋の決断だったのだろう。

ヨルハとコクランに睨《にら》まれた状態で、ついに観念したようだ。

「実を言いますと、我が里では毛が抜ける病が流行しているのです。かゆみと痛みが伴い、掻きむしっているうちに毛が抜け落ちて皮膚の炎症が広がっていく……。最初は蚤《のみ》を疑って砂浴びや水浴びを増やすなどで気をつけていたのですが、回復や終息の兆しはなく……今では体が弱り果てて床に臥《ふ》した者も出ているのです」

ゲットだけ床に座らされた状態で、ユフィリアとヨルハ、コクランは椅子に座っている。しょぼくれるゲットを見かねたユフィリアが彼も椅子にと言ったが、ヨルハが許さなかった。

とつとつと語る卯の一族の状況は良くないものだった。

(結婚式前にというのは、そういうことだったのね……この様子だと家族にも患者がいらっしゃるのかも)

ユフィリアとヨルハの婚姻は、国を挙げて行う。

名家である十二支族の族長はもちろん招待されているし、彼らも名誉ある祝祭を楽しみにしていたはずだ。

人間の貴族がドレスや宝石に贅《ぜい》を凝らすように、獣人たちは髪や瞳、翼や毛並みを綺麗に磨き上げて出席するのだ。

兎の獣人たちだって同じだ。そんな時期に脱毛症が流行るなんて、混乱の極みだろう。

ユフィリアたちの式に呼ばれていなくても、この祝いに合わせて祝言を上げる若者もいる。晴れの舞台にボロボロの姿で、痛みもかゆみも伴うのではそれどころではないはずだ。悪化すれば、体が弱って臥せってしまうくらいなのだから、危険性も高い。

「あの、一度症状を診させてもらえませんか？　ただ美髪剤を渡すだけでは根本的な解決にならない可能性があります」

はっきりした原因の分からない症状に、安易に薬を渡せない。そういう思いもあった。

下手をすれば、症状を悪化させてしまうかもしれないのだ。

「それはなりません！　ユフィリア様はヨルハ様の大事な番様！　もし貴女《あなた》様にまでうつってしまえば、大変なことになります！」

ユフィリアが患者はどのような状態なのか直接見たいと訴えると、ゲットは首を振る。

ヨルハも渋い顔をしている。自分は病気知らずな分、ユフィリアが倒れたりしたら手の施しようがない。軽い風邪を引いたユフィリアですら看病できないポンコツなのだ。

そもそも、苦しむユフィリアを見たくないし、危険から遠ざけたい。

「ユフィ、俺も反対だ。原因が分からない以上、獣人より体力のない君が行くのは危険すぎる」

「もちろん感染には気をつけます。ですが、卯の一族はゼイングロウでも栄えある十二支族の一つ。今後もヨルハ様に助力し、国を支えてくれるだろう貴方《あなた》がたが苦しむのを無視はできません。それは次期皇后として相応しくないでしょう」

獣人たちは人間よりはるかに強力な肉体や鋭敏な感覚を持っている。

そんな彼らが苦しむような病気だ。人間のユフィリアが罹《かか》れば大変なことになるかもしれない。

それでもユフィリアに縋ってきたというのは、卯の一族の状況がそれだけ切迫している証拠でもある。

(でも、脱毛症……皮膚炎も併発しているというけれど、そちらが原因で脱毛している可能性もある。普段は毛皮に隠されている分、直に空気に触れたり直射日光に晒《さら》されたりするのが肌のストレスになっているのも考えられる。でも、痛みを伴うほどのかゆみも気になる。掻きむしって脱毛した？　何か毒を浴びた？　極小の毒針を持つ毛虫……チャドクガの幼虫のような？　いえ、植物の毒の可能性がある。花粉のように飛散しやすい……それも違う！　毒ではない！)

簡単に視認できる毒ではないはずだ。目では捉えにくく、被害者の多さを見ると拡大傾向がある。

まるで、毒が次から次へ増殖するようだ。風邪に感染するように。

ただの毒だったら、数人程度にしか影響が出ない。生き物には自浄能力があるし、最初の人が酷く、二次被害が出たとしても小さい被害になるはず。

体の丈夫な獣人たちがこうなるのはおかしい。

「……ヨルハ様、今までで似たような症例はありましたか？　それらの残した書籍などはあるでしょうか」

「過去の事例は探さないと分からない。俺の知っている限り、ここ二十年はないと思うよ」

ユフィリアの問いかけに、ヨルハは記憶を辿りながら答えた。

お世辞にも有益な情報ではないと、自分で言いながらも分かっていたがユフィリアの反応は違った。

「いくつか、原因に心当たりがあります。確認ですが、卯の一族は森や山の深くに行くことや、動物の解体やそれに近いことをした覚えは？」

「しますよ？　卯の一族は魔物の狩猟はあまり得意ではありませんが、薬草や鉱石などの素材探しは得意なんです。器用なので、他の一族から依頼された魔物や獣を捌《さば》くこともあります」

「そうですか。となると、経路の特定は難しいかな……」

「何かお分かりになったのですか？　いえ、その前に育毛剤！　いえ、美髪剤を！」

顎に手をやり、考えるように視線を巡らすユフィリア。

少しでも情報を得ようとそわそわしているゲットを、ヨルハが一瞥して黙らせる。

「お気持ちは分かりました。ですが、薬を使う前に、薬型で副作用などの確認をしてからです。私は一級錬金術師の資格を持っていますが、知識は人間基準ですので、状態が良くない方に対しては特に繊細な配慮が必要です」

薬型を試すのには対象の体の一部が必要で、髪、血液、爪などを使うのが一般的だ。

一刻も早く美髪剤が欲しいゲットは「すぐに戻ります！」と走ってどこかへ行き、小一時間ほどで戻ってきた。手にはぼそぼそとした埃《ほこり》のようなものを瓶詰にしていた。

「これは、抜け落ちた毛の一部です」

ゲットは悲しげな顔で、瓶の蓋を開ける。

そこから漂う匂いに気づいたのか、ヨルハは少しだけ眉を上げ、コクランに至っては顔色が変わる。

「……おい、それってまさかお前のところの」

「ええ。やはり気づかれましたか。この毛は、幼い孫です。ワタクシの孫が、一番容態が悪いのです。最初に脱毛症になったのは息子です。少し毛が抜けるようになったら一気に全身に広がり……今では大半の体毛を失い、寒くても布団が触れるところすらかゆいと。敷布団に擦《こす》れるだけで出血するほど皮膚が脆《もろ》くなっているのです」

子供は大人に比べ、体力が少ない。免疫も少なく、急激な体調変化を起こすことがある。

ゲットがやたらと急《せ》かす理由が分かった。小さな孫の危機に、藁《わら》にでも縋る思いだったのだろう。

被毛がある生き物は、それで守られているから皮膚が弱い。

「お借りしますね」

強引すぎるほどの押しの理由を知っては、ゲットを責めることもできない。彼も身内の重篤な状態に、なりふり構っていられなかったのだろう。

ユフィリアは痛ましく思いながらも、瓶を受け取った。

ゲットが席を外している間、ユフィリアも検査用の薬型や溶液を持ってきてもらっていたのだ。

ピンセットで掴んだ毛は、掻きむしって付着した皮膚や血のせいか粉っぽい。どこも汚れが目立つ。

気になりつつも溶液に毛を溶かし、薬型に塗る。

そこにできたのは、小さなよく分からない生き物だった。妙にぷっくりとした質感で細長い。毛がなく、顔も良く分からない。気持ち悪い虫のようだ。

それは机の上でのたのたと体をくねらせると、べちゃりと溶けた。

「……これは」

その不気味な結果に、誰もが絶句する。

「孫が病気だからでしょうか？」

「いいえ、病気でも形はちゃんとするはず。不純物が入ったのでしょう。近くに誰がいました？　他の方の毛と混ざってしまったのかしら」

ユフィリアが混乱していると、コクランが首を振る。

戌の一族出身で、ジャッカルの獣人のコクランはこの中で一番嗅覚が良い。

「それはないと思うぞ。他の奴の毛が混ざった匂いはしなかった」

これでは薬の作用を調べるどころではない。

今までに経験のない事例に、ユフィリアは焦りつつも頭の中はめまぐるしく考える。

「この瓶を、いただいてもよろしいでしょうか？　詳しく調べたいの」

「ユフィ。それは」

「お願いです、ヨルハ様。本当に気をつけて扱います。素手では触れません。原因を調べないと……

今は卯の一族だけかもしれませんが、これが他の一族にも広がっていたら大変です。脱毛症や皮膚炎の方は、自慢の毛並みや羽、鱗が損なわれたらきっと落ち込むし、人に見られたくないでしょう。我慢して、隠している方もいるかもしれない。考えたくないですが、他の部族から持ち込まれた何かが原因というのもありえるのです」

そう言ったユフィリアは、ヨルハの恋人ではなくいっぱしの錬金術師の顔をしていた。

人を、ゼイングロウの民を思う憂慮や責任感。その覚悟を言葉の一つ一つから感じる。

ユフィリアの強い決意は揺るがないと分かり、一瞬だけ苦々しい顔をしたヨルハ。その目がにわかに厳しくなり、怒りの覇気を帯び始めて周囲が委縮する。

いつもとは違い、すぐに頷かないヨルハ。ユフィリアはいつになく険しい眼差しを向けるヨルハを、果敢に見つめ返す。

静かな攻防は数秒。

同じ室内にいる者たちは気が気ではなく、武闘派じゃないゲットに至っては泡を吹きそうだ。

だが、くしゃりと髪を掻き混ぜるヨルハがため息一つ。

「本当に気をつけてよ……」

あ、折れた。

「もちろんです。私の一番近くにいるのはヨルハ様ですもの。扱いには細心の注意をしますわ」

まさに泣く泣く、と言った具合のヨルハ。にこにこと嬉しそうなユフィリア。

尻に敷かれている。すごく敷かれている。ヨルハはユフィリアにとことん弱かった。

第三章　凋落

ユフィリアたちが卯《うさぎ》の一族の問題に直面していた頃、ミストルティン王国でとあるパーティが催されていた。

趣味の話で盛り上がる者たちがいる一方、互いの腹を探り合い、笑みで躱《かわ》し、戯れに約束をちらつかせる。いつも通り、それぞれの思惑が飛び交う紳士淑女の社交場だ。

そんな貴族たちの間では、あることで話題が持ちきりだった。

ゼイングロウの皇帝の婚姻にどこの家が呼ばれているのだろう。ミストルティンからは王家とどこの貴族は確定らしいと情報合戦が繰り広げられていた。

そんな中、ひときわ大きな人垣の中心にいるのは明るいピンクの髪をした可憐《かれん》な令嬢だった。

「バンテール侯爵令嬢、かの国から招待状をいただいているって本当ですか？　羨ましい！」

「親交のある商人から聞いた話ですが、今のゼイングロウは結婚式の話題一色だとか」

「皇后になられるユフィリア様がお使いになった、飛竜のゴンドラで出迎えがくるんじゃないかって……」

「ゼイングロウと言えば、ユフィリア様がお召しになっていた毛皮のコートが――」

ゼイングロウ。

番《つがい》。

ゼイングロウの皇帝夫妻の結婚。

ユフィリア。

この話題が尽きることはない。内心飽き飽きとしながらも、マリエッタ・フォン・バンテール侯爵令嬢は笑顔をキープしていた。

ユフィリアの親友であり、今も唯一交流が続いているのがマリエッタ。彼女をきっかけに、ゼイングロウの上流階級とコネクションを作ろうと接触してくる。

現にマリエッタの家はゼイングロウとの交易で、多くの融通が利いている。優先的に取引がされるし、大口の契約がいくつも結ばれた。事業経営は順風満帆どころか、史上最高トップスピードをぶっちぎっている。

ふと、遠くに壁の花というか、壁のシミのようにぼんやり立っている人物を見かける。

華やかなパーティの中、眼鏡越しでもわかる精彩を欠いた表情と曲がった背筋。近づくだけで辛気臭さが移りそうな、亡霊じみた様子を皆が避けている。

彼はブライス・フォン・ハルモニア。ユフィリアの実兄だ。

ユフィリアの実家なのに、彼の周囲は寂しいものだ。何せ、彼——否、彼らは悪い意味で有名だ。

長年にわたりユフィリアを冷遇し、コネと金目当てに酷《ひど》い婚約者をあてがい続けた。それに飽き足らず、金でユフィリアを売り飛ばすようにゼイングロウへ送り、持参金を事業と妹に食い潰させたともっぱらの評判だ。

しかも妹のアリスは、ユフィリアの元婚約者を奪ったという疑惑がある。その後にユフィリアの新しい婚約者が皇帝だと知ると、彼女がミストルティンに戻ってきた時に誘拐して殺そうとした。

連座責任に問われるのを恐れ、ハルモニア伯爵家はアリスを勘当し、貴族として庇護《ひご》の受けられないアリスは平民として処刑されたそうだ。

やり方は違えど姉妹とも見捨てたハルモニア伯爵家は人でなしと呼ばれ、冷たい視線に晒《さら》され続けている。

それでも爵位や領地の没収はされていないだけマシだろう。

(そういえば、ハルモニア伯爵夫妻の姿を最近見ないわね。特にソフィア夫人……あの方はアリスを溺愛していたから、処刑はさすがに堪《こた》えたのかしら)

誘拐事件に巻き込まれていたマリエッタ。あれは自身の迂闊《うかつ》さもある。

久しぶりにユフィリアと会えると浮かれて、友人たちに喋《しゃべ》ってしまったのをアリスに聞かれていた。

そのせいで、ユフィリアをおびき寄せるための囮《おとり》に利用された。

思い出すだけで腹立たしい。

あれだけ冷遇しておいて、今ではユフィリアにすり寄ろうと必死らしいが、これまでの所業もあり上手《うま》くいっていないと聞く。

(遅いのよ、お馬鹿さん)

ユフィリアほど素晴らしい人はそうそういない。マリエッタは自分の目を信じているし、事実その通りになった。

心の中で酷評していると、視界の隅で辛気臭い男が会場を後にするのが分かる。

きっと、今回もまともな商談どころか、そのきっかけすら掴《つか》めず空振りしたのだろう。

ブライスは伯爵家の次期当主なので、以前までは女性が周囲から絶えなかった。今では、扇で顔を隠されながらこそこそと何かを言われるような有様だ。

縁談なんて、以前と同じ条件では無理だ。かなり格式の低い家か、問題のある家、下手すれば持参金目当てで商家からも選ばなくてはならないかもしれない。

ユフィリアがいなくなった瞬間から、大事なネジを失ったように、すべてが瓦解して転がり落ちていったハルモニア伯爵家。

（……あの噂《うわさ》、本当かしら。ブライス様の様子を見る限り、あながち嘘《うそ》ではなさそうだけど）

淑女の笑みを絶やさないまま、マリエッタは思考を巡らす。

だが、自分には干渉するべきことではないと、頭の隅に追いやった。


ハルモニア伯爵家の紋章が描かれた馬車が、閑静な高級住宅街を走り抜けていく。

その中の一つの前で馬車が止まると、ややあって城門が開いて入っていく。窓から見える庭はぱっとしない。よく見れば庭木は不揃《ふぞろ》いに伸び、咲き時の花が少ない。理由は分っていた。庭師を減らしたからだ。

今は正門から入ってきたからまだ見目が整っているほうである。

裏手に回れば、雑然としていた。木の枝葉が伸びすぎて薄暗く、ほとんど緑一色で、彩りにかけている。通路の石畳には細かな隙間から出る雑草や落ち葉が目立ち、掃除が行き届いていないのが分かる。

暗いのは庭だけではない。家の中はさらに陰鬱としている。

「おかえりなさいませ、ブライスお坊ちゃま」

ブライスの帰りを待っていた執事が一礼する。

少し前なら、従僕やメイドたちも並んで出迎えていたが、今は寂しいものである。それも仕方がないことだ。庭師だけでなく、使用人の数もかなり減らしたのだ。

必要最低限で回しているので、ブライスの帰りを歓迎する余裕すらもない。

「父様と母様は？」

「イアン様は執務室。ソフィア様はいつも通り、自室におられます」

「出かけていないだろうか？」

「メイドたちにはくれぐれも一人にはしないよう言い含めております」

ブライスの言いたいことは承知しているのだろう。執事の返事は淀《よど》みない。

それは同時に、この屋敷になんら変わりはないということ。良くも、悪くも。

隣国の皇后を輩出する家だというのに、ハルモニア伯爵家には薄暗い靄《もや》がかかっているようだ。家人も、使用人たちの表情も鬱々とした雰囲気を隠しきれない。

ハルモニア伯爵家は斜陽貴族になりつつある。事業は不調続きで、融資も断られるばかり。新しい人脈の開拓も芳しい結果は得られていない。

次期当主の婚約者探しすら難航する有様なのだから、ブライスでハルモニア伯爵家は途絶えるかもしれない。分家や親戚筋も、没落した家をわざわざ継ぎたくはないだろう。

イアンは社交場に嘲笑されるのを厭《いと》い、外出しなくなった。かといって、積極的に執務をするわけでも、領地視察に赴くわけでもない。

色よい返事の貰《もら》えない事業提案の結果や、領地から上がる報告書を見て項垂《うなだ》れるばかり。最近では、執務室で酒に溺れていることもある。

ソフィアも似たようなものだ。部屋に閉じこもってばかり。

(いや、母様はもっと悪い)

イアンは酒の力を借りて現実逃避しているが、ソフィアは素面でそれより酷い状態だ。

古ぼけた人形を抱いて、死んだ娘の名を呼びかけているならまだいいほう。最悪なのは、外出している時だ。

思い出すだけで気が重い。従僕に上着を預け、ため息を漏らすイアン。その時、悲鳴が聞こえた。

何事かと思ったが、ソフィアの部屋のほうからだと気づくと慌ててそちらへ向かう。ソフィアはイアンかブライスの言葉なら、比較的耳を傾ける。

部屋の前には、ティーワゴンが放置されていた。部屋の中には、血を流したメイドが倒れている。

死んでいるのかと青ざめたが、揺すっていると呻《うめ》いて目を開いた。

「おい、どうした？　何があった？　母様は？」

「ソフィア様がアリス様を探しに行くと急に暴れ出し、止めようとしたら突き飛ばされて……」

メイドが昏倒《こんとう》している間に、ソフィアは逃げたのだろう。

また醜聞が増えると思うと、ブライスはぞっとすると同時に気が重くなる。イアンは当てにならない現状、自分が動くしかない。

社交も、事業も、領地も、家のことも全部ブライスの肩にのしかかってきていた。

すべてが上手くいっていないのに、家族はばらばらだ。協力も連帯もあったものではない。

「探しに行くぞ！　手の空いている者をかき集めろ！　一部は屋敷や庭をくまなく探させ、残りは私についてこい！　急ぎの仕事をしている者以外、すべてだ！」

ブライスが声を荒らげて指示を出すと、執事もそれに従い采配をする。

大量解雇があだになったのだろう。それなりの大きさの屋敷なのに、少ない人数で回しているから管理が行き届いていない。伯爵夫人がふらふらと出て行っても気づかないくらいだ。

正門から玄関で会わなかったから、裏口から出ていった可能性が高い。

鬱蒼《うっそう》とした裏庭の雑草の一部に、人が通った形跡がある。けもの道のように、背の高い草が割れているのだ。

それを辿《たど》っていくと外に出た。

（もう使っていない裏口か……）

正門から続く玄関は家人や、来客用の出入り口だ。食料などの搬入口は別にある。屋敷の改修で利便性の悪い古い裏口は使われなくなった。

ソフィアは誰かに見つかると連れ戻されるのが分かっているのか、人目を避けてこちらから出ていったのだろう。

苛立《いらだ》ちながら外に出ると、そう離れていないところで何か騒ぎが起きている。

（ああ、クソ！　間に合わなかった……）

落胆と脱力を覚えながらも、顔を上げてそちらを向く。

簡素な部屋着に肩にケープを引っ掻《か》けただけのソフィアが、若い女性に絡んでいる。

「ああ！　アリス！　私の可愛《かわい》いアリス……！　心配したのよ。ここにいたのね？　もうイアンも怒っていないわ。おうちに帰りましょう」

ソフィアは早口で急《せ》かしながら、女性の腕を掴んでいる。

その女性はどう見ても平民だ。髪が落ちてこないように頭につけた頭巾、着古したブラウスとつぎはぎのあるエプロンとスカート姿。

髪はこげ茶で、瞳は黒。日に焼けた肌にそばかすが散った愛嬌《あいきょう》のある顔立ちだが、美人でもない。ほっそりとした腕や体つきもそうだが、どこもアリスには似ても似つかない。

（……以前は金髪や髪色の明るい少女を選んで声をかけていたが、もう見境がないな）

アリスは金茶の髪に赤い瞳でふくよかな少女だった。顔立ちは可愛らしいほうだと思うが、表情や仕草の端々に高慢さや性格の悪さが滲《にじ》んでいた。

兄の自分ですら、そう感じる妹だったのだ。

だが、そんなアリスをソフィアは溺愛していた。アリスを可愛がるあまり、もう一人の娘であるユフィリアを蔑《ないがし》ろにするくらい。

同じようにブライスもアリスを優先し、ユフィリアのことをろくに気にかけなかった。

イアンも、器量の悪いアリスを可愛がっていた。あれは愚かで不出来な娘を愛する、慈悲深い父親を演じることに酔っていたのだろう。憐憫《れんびん》ですらなかった。

「母様、帰りますよ。彼女はアリスではありません」

「あら、ブライス。何を言っているの？　アリスは、アリスはここにいるじゃない」

「その平民が？　アリスは伯爵令嬢ですよ」

なんてくだらないやり取りだ。確かに生まれはそうだったが、アリスは罪を犯して貴族籍を剥奪され、平民の罪人として裁かれた。その遺体を引き取りもしなかったし、焼かれた後の骨すら拾っていない。

ソフィアの中のアリスは伯爵令嬢で、可愛い娘のままだからそれに合わせただけ。

ブライスの言葉に、ソフィアはしばらく考えて、腕を掴んでいた女性を見る。

女性のほうは、見ず知らずの相手に付き纏《まと》われて困惑していたし、恐怖を感じていている。早く解放されたい。だが、相手は貴族だから迂闊なことはできず、困っていたのだろう。

「……ああ、嫌だ。何を勘違いしていたのかしら。全然違うじゃない」

嫌悪の視線もあらわに、今までの不自然なほどの笑みをかき消したソフィア。女性を掴んでいた腕を離すと、素早く払った。まるで、汚いものを触ったように。

ソフィアは良くも悪くも貴族の夫人らしい女性だ。選民意識が強い。貴族は平民より偉く尊い。人間は獣人より優れ、聡明な存在。人間であり、貴族の己はとても高みにいる存在で、その辺にいる烏《う》合《ごう》の衆とは違う。

ごく自然に、そう考える人だった。

「家に帰らなきゃ。アリスが待っているわ。アリスはお肉とデザートが大好きだから、メイン以外にも肉料理の用意を忘れずにね。二種類は必須よ。デザートは甘めで、料理長のパン・プディングとケーキを三つは用意しなきゃ……」

ぶつぶつと虚《うつ》ろの空を見上げながら、早口でまくし立てるソフィア。髪は乱れたままで服は草の汁や土で汚れている。足元に至っては素足だった。

運よく怪我《けが》はしていないようだが、こんな姿を知り合いに見られたらまずい。多少言動がおかしくとも歩くならなんとかなる。ブライスはすぐに屋敷へと連れ戻した。


「坊ちゃま！　お帰りなさいませ……奥様は、ご無事のようですね」

ご無事という前に僅かに執事の声に途切れがあった。無事というには躊躇《ためら》われるくらい、服装は乱れていた。

目立つ怪我はないが、お世辞にも正常な精神状態とは思えない。ぶつぶつとアリスのことだけを呟《つぶや》き続けるソフィアは異様だ。

最初はときどき話が通じないことがあるくらいだったが、どんどん悪化している。

とりあえず、ソフィアを自室に戻るように促して、イアンに会いに行く。

部屋の前まで行き、ノックをするが返事はない。

「父様？　母様の件で少々相談したいことが」

「……入れ」

低く唸《うな》るような声だ。機嫌が悪いのが、顔を見なくともわかる。

前までは神経質に撫《な》でつけられていた銀髪に艶がなく、白髪に見える。赤い瞳は精彩なく淀み、顔色も悪い。深酒が増え、不摂生が続いたのも理由の一つだろう。

心なしか着ている金の房飾りのついた深紅色のハーフコートやシルクの白シャツまでくすんで見えた。

以前のイアンはブライスに当たることはなかった。その前に、別で当たり散らして嫌味を吐き出していたからなのだろう。

今になって、この家の歪《いびつ》さが分かる。

一方的に役割を押し付けられ、努力を正当に評価されない。誰かが犠牲になって、円滑に手を回すのが当たり前に思われる。

心は窮屈で、居心地の良さなんてどこにもない。

以前ならこの時間は家族五人で食卓を囲み、なんてことのない話をして――その日常は、遠い夢幻のようだ。

「ソフィアがどうかしたのか？　いや、それより今日はどうだった？　バンテール侯爵に取り次いでもらえそうか？　ソリオ子爵家との事業の話は……」

「それよりは母様です。また部屋を抜け出し、また若い女性をアリスと勘違いして連れ帰ろうとしていました。今日は金茶髪にも見えないほぼ黒に近いような髪色の平民に話しかけていました。母様は一度療養させたほうがいいかと。田舎の別荘にでも……」

「またその話か。それはおいおい考える。それより事業は？　融資してくれそうな提携者は見つかったか？」

「それは……」

やや強引にソフィアの話を遮ったイアンは、社交の結果を聞いてくる。口籠《くちごも》り首を横に振るブライスに、イアンはますます不機嫌になった。

ブライスの望む結果は何一つ得られなかった。

露骨に失望の滲む視線に晒され、ブライスも居心地が悪い。そんな目をするなら、イアンが行けばよかったのに、本人は執務があると家に残った。そこにいても事業や融資のお断りの手紙に囲まれて不機嫌になるばかりだ。

「ダメか……もう王都の、いや、国内の貴族にあてはないのか？」

沈痛な面持ちのイアン。

ユフィリアを嫁がせることに引き換えで得た資金は、底をつきかけている。アリスがいた頃の散財だけでなく、その後の事業に不振が続いている。

それだけでなく、今年の領地では獣の魔物が荒らしたせいで主産業の小麦が大打撃を受けた。収穫直前の小麦を食い、農地を踏み荒らして領地で消費する分すら賄えるか微妙な線だ。

事業で挽回《ばんかい》しようにも、新たな話を立ち上げても誰も食いついてこない。

「今年は番様《つがい》とやらの輿入《こしい》れがあるとかで、輸入品の人気はゼイングロウ製品ばかりだ……」

その番様はハルモニア伯爵家の長女ユフィリアだが、イアンは他人事《ひとごと》のように言う。ユフィリアが大国の皇后になると認めたくないのだろう。

イアンは交易事業でメーダイルの宝石や織物を入手したが、売り上げは今一つだ。

安定した需要があると踏んでいたが、ここ数年メーダイルの商品の人気が続いていた分、飽きられているのだろう。真新しさを感じず、今年に流通が増えたゼイングロウの独特な模様や柄に市場を奪われた。

失敗続きを恥じたのか、イアンはすっかり外に出なくなってこのような有様である。

「ユフィ……そうだ。あの子はゼイングロウにいるんだ」

ふと、何を今更なことを呟き出した。

ユフィリアの嫁ぎ先をしっかり確認しなかったから、今の境遇があるともいえる。

数か月前にミストルティン中の貴族令嬢が集められて、秘密裏に行われた『番探し』。当初、番探しは難航していた。半分諦めムードが漂い始めていた頃、見つかった。

番探しは伏せられていたが、宮中で盛んに行われるお茶会や舞踏会。ゼイングロウからの使者が滞在している情報から、噂は出ていた。

イアンはゼイングロウという大国は評価していても、獣人は見下していた。なので、噂される番探しもくだらないと一蹴していたのだ。興味が持てなかった。

まさか、蔑ろにしていた長女のユフィリアが選ばれるなんて微塵《みじん》も考えていなかった。

唐突にアクセル公爵家と王家からの圧力があり、エリオスとの婚約を白紙に。そしてすぐさまユフィリアをゼイングロウへ嫁がせるように要請された。

その性急さに驚いたが、結納金に目が眩《くら》んで特に考えずに許可したのだ。

ユフィリアが番に選ばれ、ゼイングロウ皇帝の寵愛《ちょうあい》を一身に受ける立場となったことなど、知りもせず。

目先の金に囚《とら》われ、ろくに確認もせずユフィリアを言われるがまま差し出した。

その姿が、王侯貴族からどれほど滑稽だと呆《あき》れられていたかなんて、その時は予想すらしていない。

金の卵を産むガチョウを、ろくに懐かせもせず粗雑に捨てたようなものだ。

当然ゼイングロウの皇帝はその扱いを知り、ハルモニア伯爵家に良い感情を持たなかった。婚約者となったユフィリアへの溺愛は、隣国のミストルティンにまで響いているのに、一切の交流がない。

逆に今も交流が続いている親友のマリエッタ。彼女の家、バンテール侯爵家は凄《すさ》まじく羽振りが良い。毎日のように社交界へのお誘いや、事業の話が寄せられているそうだ。

「ユフィは次期皇后なんだろう？　皇帝の寵愛を受けているそうじゃないか。あの子は愛想がないが、美しいからな。外見に飽きられてしまう前に、繋《つな》いでもらおう。なんとか資金の用立てを頼めばいいじゃないか……！」

「父様？　何を言っているのですか。ユフィを嫁がせた時の我々の対応は褒められたものではないでしょう。また顰蹙《ひんしゅく》を買ったらどうするのですか？」

小国の没落しかけた伯爵家と、隆盛した大国の皇帝。戦いにすらならない。

一睨《ひとにら》みされただけで、ハルモニア伯爵家は木っ端微塵にされる。ただでさえ悪い評判が、地の底に叩《たた》きつけられる以上に落ちるだろう。

「そこをなんとかするのがユフィの役目だろう！　勉強ばかりで小賢《こざか》しさが取り柄なんだ！　そういう細かいことはユフィにやらせればいい！」

怒鳴り散らし、机を拳で叩きつけたイアン。飛びかけた書類を殴りつけるように押さえたが、力が入ってぐしゃぐしゃに潰してしまう。

（……確かに、まだ輿入れはしていない。ユフィはまだ戸籍上は伯爵令嬢だ）

だが、その身柄はすでにこちらにない。文通すら難航しているのだから、対話するのはもっと難しい。

イアンができるのは勘当すると脅すくらいだろう。だが、勘当したとしても、ユフィリアはそのままゼイングロウで皇族として生活が保障される。

イアンが何を言おうと、ユフィリアの将来には関係ないのだ。

皇帝が婚約者の溺愛ぶりは有名だ。ブライスにすらそれだけ分かっているのに、イアンは理解していないのだろうか。それか、理解したくないのかもしれない。

発言が支離滅裂すぎる。利益に貪欲で警戒心が強い父親が、急激に愚かで浅はかに見えてきた。

「手紙を出しても、ろくに返事もしない。なんて親不孝な娘だ。アリスのことだって、ユフィが上手く立ち回っていればなんとかなったはずだ」

そんなわけがない。いつだって姉を羨み、敵対心を燃やし、幸せになることを妨害してきた妹だ。

イアンやソフィア――違う。ユフィリア以外の家族全員で増長させた強欲な子供。ユフィリア以外、アリスの悪癖や暴走を止めなかった。

可哀想《かわいそう》なアリスと繰り返して誤魔化していた。

今更嘆いても仕方ないとブライスは首を振る。自分だってイアンやソフィアのことを言えた義理ではない。

ユフィリアがいなくなって、ようやく気づくような鈍感さだ。見て見ぬふりをした結果が、ユフィリアが予定より早く家を出たから露見しただけ。

最初から、ハルモニア家は歪《ゆが》んでいた。

「ゼイングロウへ行くぞ。近々、ユフィの結婚式があるんだろう？　国王夫妻も出席するそうじゃないか。親族の我々が行くのも当然のことだ」

イアンの唐突な言葉に、ブライスは咄嗟《とっさ》に聞き返した。

「は？　いえ、その……随分早いですね。婚約して半年も経《た》っていないのでは？」

「ゼイングロウの皇帝の強い要望らしい。そうだ、最初からそうすればよかった。直接言えば、ユフィだって逃げられない」

「招待状は来ているのですか？」

あれだけ手酷くユフィリアを見捨てたのに、と。その言葉は飲み込んだ。完全に、どの面下げてという状況だ。

そう言いたいが、言えない。異様な父親の雰囲気に、言葉が出ない。

急に上機嫌になりながらも、赤い目を爛々《らんらん》と血走らせるイアンに気圧《けお》されていた。

「ブライス。お前も用意しろ。ソフィアも連れて行こう。ソフィアもアリスとの思い出が多いこの地にいるのは辛《つら》いだろう。似ても似つかない異国なら、思い出すこともなくなるはずだ。獣人相手なら、無暗に連れ帰ることもしないだろう」

妙案だと意気揚々としゃべり出すイアンはひたすらに不気味だ。

言っていることは身勝手で、騒ぎを起こすソフィアを排斥しようとしている。三人の子をもうけ、二十年以上寄り添ってきた妻への仕打ちじゃない。

イアンの計画は療養ではなく、追放ではないか。

「父様！　これだけは答えてください！　招待状は!?」

相手は皇帝だ。いくら親族でも、いきなり押しかけてよいはずがない。ただでさえ関係はこじれているのだから、慎重に動くべきだ。

何かしらの誘いがあった前提でないと失礼になる。

「家族に会いに行くのに、理由なんているか？」

心底不思議そうに言うイアンに、ブライスは顔を青ざめさせる。

一緒に行ったら、ブライスも非常識な無礼者扱いをされる。ゼイングロウを出禁になるかもしれない。

同時に、この暴走している両親を放置するのは危険すぎることも分かっていた。

ふらふらとおぼつかない足取りで、イアンの部屋から出ていく。そんなブライスを、執事は心配そうに見ていた。

（どうする？　ゼイングロウに、この状況で？　あの父様と母様を？）

切羽詰まったイアンと、正気かも怪しいソフィア。

ブライスは迷ったが、目の届かないところで暴走されるよりましだ。

（母様は療養させたいが……今の父様は何をするか分からない。二人とも様子がおかしい）

どうしようもない不安に苛《さいな》まれながらも、ブライスはこの状況の打破ができない。活路が見いだせず、流されるしかなかった。

ふと、思う。

いつも背筋を伸ばし、なんら苦労を感じさせずに澄ました白皙《はくせき》の美貌。

完璧令嬢、淑女の鑑《かがみ》と言われた自慢の妹。

美しくはあったが、いつも冷ややかで家族と距離を取っていた。

（……昔からそうだったっけ？　いや、むしろよく笑う愛嬌のある子だった）

アリスなんかより、ずっと天真爛漫《らんまん》で人懐っこい。動物や植物、鉱物にも興味津々で忙しない。

傷ついた動物を見つけると、治るまでと両親にねだって手当てするような子だった。

猫、犬、鳥。どこから拾ってきたのか、鹿なんかも見つけてきた。

年齢が上がるにつれて、両親が厳しく叱るようになった。それからは庭師の小屋に隠して保護していたものだ。

ユフィリアは本当に優しい子だった。

いつから、あんな冷めた目をするようになったのだろう。

気づいてはいけない何かを見つけてしまった気がして、ブライスは慌てて自室に戻るのだった。


ゼイングロウでは、ミストルティンの不穏さなど露知らず。ユフィリアは原因究明に力を入れていた。

結婚式は大事だが、卯の一族で蔓延《まんえん》する謎の病を放置はできない。

あれから、いくつかの脱毛症患者の体毛を入手した。どれもこれも、薬型がまともに使えずに、気味の悪い何かになる。

健康体の獣人には種族関係なく問題なく使えることから、脱毛症患者に何か原因があると考えられる。

脱毛症に関してゼイングロウの文献を探したが、過去にもそう言った事例はあった。

その脱毛患者は感染するため、隔離されて終息する——患者が克服するか、死ぬかを待つことになったらしい。対策や治療法についてはほとんどなかった。原因も明らかになっていない。

つまり、収穫はゼロに等しい。

ゼイングロウは気合いで治せ的な風潮が強いのは理解した。

この国では珍しい錬金術師は関わった事例もない。薬型の資料があれば嬉《うれ》しかったのだが、そう上手くはいかないものだ。

(体毛に血液や皮膚が混入したからって、こうはならない。同じ兎《うさぎ》の獣人のゲット様はちゃんと薬型を使えたわ)

となると、問題はやはり採取した体毛などに問題がある。

埃《ほこり》っぽいのは、かさぶた交じりの皮膚が粉末っぽくなっているのが原因だが、それ以外にもあるのだろうか。

ルーペを使って観察したが良く分からなかった。ふと、メーダイル製の顕微鏡が目に入る。

極小サイズも肉眼で確認できる、高性能な道具だ。正直、錬金術にはあまり使わない。そこまで小さなものを見る機会がないのだ。

(ルーペより、良く見えるだろうな)

何気なくゲットの孫の体毛サンプルの入った瓶を手に取る。一番重症なのは、この子なのだ。

シャーレに載せて、レンズの調整をする。明暗の調整やらをしつつ、徐々にピントを合わせていった。

小さな何かが動いている。細長い白っぽい芋虫もどきが、忙しなく毛や皮膚の破片の中を蠢《うごめ》いている。

「……なにこれ」

極小の生き物がいる。それも一つや二つではない。死骸もあるが生きているのも多くいる。

健常者の毛のサンプルを見ると、いない。だが、脱毛症の患者のサンプルには必ずいる。

(……これが薬型の働きを阻害していた原因か！)

別の生き物が混入していたから、正しく機能しなかった。

二つの生き物がまじり合い、どちらでもない何かができてしまったとしたら？

(これは……虫？　こんな小さな動物は見たことない。蛇の動きじゃないし、ナメクジやミミズのほうが近いかしら？)

改めて見ると本当に気持ち悪い動きをしている。にょろにょろとぬるぬるの間の動きをしている。

小さくてもこんなのが肌を這《は》い回っていたら気持ち悪そうだ。

(もしかして、これが脱毛症の原因？　蚊や蛭《ひる》のように、吸血するとか？)

まるで、蚤《のみ》やダニのようだ。別の生き物に寄生し、養分を吸い取り害する。

一番良いのは患者の肌をじかに見ること。これはあくまで採取した――時間の経ったものだ。

しかし、どこからも許可が下りない。特にヨルハは頑として頷《うなず》かない。

(……人体に影響のない殺虫剤を使えば、なんとかなるかもしれない。そもそも虫？　とりあえず、忌避しそうなものを片っ端から試してみよう)

正直、あまり見たくはないが薬型を取るのは安全問題上必須項目だ。もしかしたら、痒《かゆ》みや痛みを取り除けるきっかけになるかもしれない。

その後、色々試した結果、覿面《てきめん》に効果がある植物を見つけた。

その中でも人間や獣人には滋養や薬効があるが、謎の虫が嫌がるという優れもの。

ソリハリ除虫菊。

ゼイン山脈のソリハリ雪原に群生する高山植物。半日蔭《ひかげ》に生息する植物だ。独特の芳香で、その名の通り除虫菊の一種。薬草茶にもなる。

ソリハリ除虫菊は過酷な環境でも生きられる丈夫さに加え、昆虫や動物から身を守るため、強烈な臭気を放っている。

もともと蚊よけなどに使用されるので、夏では馴染《なじ》み深い香りでもある。虫型の魔物にも効果がある。

幸い、この工房にはヨルハが豊富な道具を揃えてくれたし、欲しいと願った素材を取ってきてくれた。

皇帝たる彼を使い走りにするのは気が引けたが、何故《なぜ》かリス妖精や獣人たちは良い笑顔だ。

「そりゃ、番が頑張っているのに自分だけぼーっとしているのは辛いからな」

同じく番持ちのコクラン曰く、何もできず暇を持て余しているのは拷問に等しいらしい。

時間の合間を縫ってユフィリアは試行錯誤を重ね、いくつかの薬を調合する。

そんなある日のティータイムに、ヨルハが心配そうにユフィリアを窺《うかが》う。

「ユフィ、無理しないね？　素材はいくらでも変わりはあるけど、ユフィは一人しかいないんだから」

「ええ、もちろんです。私は卯の一族のことも気になりますが、私たちの結婚式を憂いなく皆に祝ってもらいたい。これで卯の一族が恩を売れたら……なんて意地悪な考えですけど。私はお飾りではなくヨルハ様の隣に相応《ふさわ》しいと認められたいのです」

番だから、ではなくこの人が番で、ヨルハの伴侶で良かったといえるような人物になりたい。

自分を蔑ろにするつもりもない。ユフィリアを心の底から大事に思ってくれる存在が、近くにいるのだから。

ヨルハに並び立つに相応しい人物になりたい。好きな人の隣に、胸を張って立っていたい。

錬金術師として困っている人を救いたい。その気持ちを後押ししているのは恋心だ。

今まではなんでも保守的だった。自信なく俯《うつむ》いて、尻込みしてしまうユフィリア。無難に、妥協して生きてきた。でも、今は見守って、信じてくれる人がいる。

あと一歩届かなかった勇気をくれた人に報いたい。

正直未知の病気は恐ろしいけれど、今までになかった気持ちがユフィリアを奮い立たせていた。

そんな前向きなユフィリアの姿を見れば、ヨルハも強く制止できない。

「ねえ、ユフィ。例の脱毛症の件なんだけれど、他の一族にも確認を取っていい？　報告次第では、ユフィの負担が増えてしまうかもしれないけれど」

「ええ、もちろんです」

今のところ、この薬を作れるのはユフィリアだけだ。

他の一族でも症例が出た場合、ユフィリア一人では手に余るかもしれない。そうしたら、ミストルティンの薬師や錬金術師にも製薬依頼を視野に入れているという。

「周囲に感染するなら、早期の解決が望ましいからね。今のお祝いムードに水を差したくないし、こんなので結婚にケチをつけたくない」

本当はユフィリアに仕事を増やしたくないが、ユフィリアの意思を尊重しての妥協案なのだろう。

ヨルハに頼られて嬉しそうに笑みをこぼすユフィリア。その表情が、どんなにヨルハを満足させたかなんて彼女は知らないだろう。

「あぁ～……ユフィ可愛い。ずるい……」

思わず本音を駄々漏らせるヨルハに、顔を赤らめるユフィリア。

本当は大事にして何一つ苦労させずに、どこかへしまっておきたいくらいだ。ヨルハがやろうと思えば容易にできるが、ヨルハを想《おも》い努力するユフィリアに喜びを感じずにはいられない。

見事なアンビバレンスである。

「一段落したら、デートしよう？」

「はい。あの、以前に行った甘味屋さんに行きたいです」

「いいね」

ユフィリアが、自分から行きたいところを言ってくれるようになった。良い傾向である。

以前なら、曖昧に微笑《ほほえ》みながらヨルハに任せていた。

しかも、ヨルハが紹介した店がお気に入りだというのもポイントが高い。

そんな仲睦《なかむつ》まじい二人を微笑ましそうに見ているリス妖精。これはデートに相応しい装いを見繕わねば。今一度、衣装部屋を確認しに行く必要がありそうだ。

ユフィリアはソリハリ除虫菊を素材にした調薬を開始した。

以前に軟膏《なんこう》や胃薬などを作ったことが役に立ち、色々と種類を作ることができた。その中でも効果が高く、使用しやすい薬のレシピを絞っていく。

卯の一族の状態は一刻を争うので、即効性も重視する。絶対に駆除をしてやると力強い執念を感じるくらい、寄生虫に対して殺意の高い効能になった。

「――というわけで、軟膏と飲み薬です。これは入浴剤で、お風呂の時は薬湯にしてください」

「あのー、ユフィリア様。美髪剤は？」

「今は皮膚が弱っているので、美髪剤の使用はまだやめたほうがいいでしょう。虫を駆除した後、改めて薬型を使ってからです。ソリハリ除虫菊は、古くから薬草として使われているものでもあります。臭気に癖がありますが『良薬は口に苦し』です。気合いで飲んでください」

この場合『良薬は鼻に臭し』だろうか。目当てのモノを貰えないと、ゲットはしょぼくれる。

しかし、その前段階がクリアできないのだから仕方がない。開発者のユフィリアが尽力しているのは、その目の下にある隈《くま》で分かる。

「かゆみも緩和されると思います。そうすれば、掻きむしるのも減るはずですから」

つーんと独特の匂いがする薬をゲットは「それならば」と受け取る。

孫が少しでも楽になるのならば、藁《わら》にだって縋《すが》りたい状況だ。

虫には嫌われるソリハリ除虫菊だが、人や獣人には防虫だけでなく保湿や炎症を止める効果もある。使いやすくし、効能を上げるために他の薬草を何種類も試した。

(ヨルハ様やリス妖精さんたちにはご迷惑をおかけしてしまった……人間の私でもきついのだから、彼らには強烈だったでしょうに)

調合は工房で行っていたが、乾燥作業や濃縮液の抽出などで、かなり臭った。

会う前、特に食事前は湯浴みをするなど、気を使っていたが消しきることはできなかったと思う。

(皆さんの協力あってのこと。是非、ゲット様のお孫さんに、お薬が効くと良いのですが)

殺虫剤の薬型は爪で行った。爪なら硬いので、虫を取りながら洗浄するにも楽だ。

少量なら、混入してもそれほど影響はなかった。逆を言えば、それだけあの虫が入っていたのだ。

明るいところを嫌うようなので、注意深く観察しないと分かりにくい。

(あの虫……多分だけど、寄生虫よね。今まではそんなに症例は出ていなかった。そういう場所に近づかなかったから？　それともあの虫が珍しいから？)

珍しいのならば、あんなに患者が増えないはずだ。もしくは、突然変異や周期的な理由で大量発生していたのかもしれない。

元々は身近にあったものが、先人の知恵や口伝で、危険な病や寄生虫が発生しやすい場所を避けるようにしていた。感染源となりそうな動物や魔物の取り扱いには、防除のやり方があったと考えるのが妥当だろう。

ユフィリアが聞き込み調査と過去の資料の照合を進めている間に、ゲットが報告にやってきた。

なんと、孫に回復の兆しが出てきたそうだ。

「今ではかゆがることもなく、服も着られるようになりました。うっすらですが、産毛も生えてきたのですよ！」

喜びに文字通り飛び跳ねるゲット。ぴょこぴょことジャンプしながら、ユフィリアに報告を上げる。

一番酷いといわれていた患者が回復に向かっていると聞き、ユフィリアも一安心だ。

「それは良かった。他の方は？」

「ええ、皆も快方に向かっております。ああ、ユフィリア様になんとお礼を言えばいいことか！」

「何よりです。念のため薬や入浴剤はストックを用意しておきますね。それと、例の件ですが。調査はどうなっていますか？」

ユフィリアは感染源の特定も同時に調査していた。

誰が最初に症状が出たか。その人物は、どういった生活で、どのような行動をしていたかと事細かな聞き取りを依頼していたのだ。

最初はそれどころではないだろうと、酷い症状の患者は消極的だったが、薬を処方されて快方に向かうと一気に口の回りが良くなったのだから、現金なものである。

「ユフィリア様……患者の行動調査の結果ですが、やはりありました。子供たちが入らずの洞窟へ行ったそうで」

入らずの洞窟。そこに入ると祟《たた》りが起きるといわれる。

理由は危険な生物がいるらしいと曰くがあったり、迷って出られなくなると様々に言われているが、口伝で伝えられていくと共に曖昧になっている。

「孫は、興味本位で一番奥まで行ったのです」

「……おそらく、そこで寄生虫が付いてしまったのでしょう。過去にも同じようなことがあり、その洞窟は立ち入り禁止になっていたのでしょうね」

やんちゃ盛りの獣人だ。人間の子供より、ずっと体力も力もあったのだろう。

同時に、獣化で狭い場所まで入り込めた。そしてその毛並みであの寄生虫が入り込んでも、すぐに気づかなかったのだろう。人間と違い、肌の露出が少ない。

ゲットの孫は獣型よりの姿だと聞く。

「そうそう、孫からお礼の手紙です」

「まあ、ありがとう存じます」

差し出してきた封筒を受け取ると、ペーパーナイフで切って開く。

そこには文字はなく、ユフィリアの手の半分にも満たない丸っこい小さな手形が残されていた。大変可愛らしいお手紙である。

「力が入らず、筆を握るにはまだ早いようでして」

「お大事になさってください」

つい最近まで床を離れられなかったくらいだ。体も動かしづらい中、それでも精一杯のお礼をしたかった気持ちが伝わってくる。

ユフィリアはなんとも言えない温かい気持ちになって、手紙を胸に抱きしめる。

だが、ふとした疑問が残った。

「……失礼でなければお聞きしたいのですが、ゲット様のお孫さんは兎の獣人ではないのでしょうか?」

「狸《たぬき》ですね。私の嫁も狸で、息子と孫も狸です」

なるほど。違和感があるはずだ。

目の前にいるゲットの手の形とも違っているのも、気のせいじゃなかった。

獣人は別種族同士で結婚した場合、大半が両親どちらかの獣人となる。稀《まれ》に、祖父母世代の影響や、隔世遺伝もあるそうだ。

ちなみに、人と獣人でも半々くらい。だが、高位の格持ちだと高確率で獣人の傾向が出て、格は下がりやすい。

(獣人のトップに世襲制が少ないのは、これも理由の一つなのかもしれないわ)

格による力社会でありながら、必ずしも血統に引き継がれるわけではない。

ユフィリアもそうだが、高位の格を持つ獣人は人間を番に選ぶ。獣人は忌避されているのかというくらいいない。

理由は記されていないが、ミストルティンに残る文献でも、ゼイングロウの文献でもそれは共通していた。

ゼイングロウ帝国――その獣人たちの歴史はまだまだ謎に満ちている。

学ぶことは多いとユフィリアが気合いを入れていると、その様子を見ていたゲットは居住まいを正した。

「ユフィリア様。この度は孫を、いいえ、卯の一族をお救いくださりありがとうございます。正直、人間がヨルハ様の伴侶となることは不安でしたが、貴女様《あなた》でしたらなんら不満もありませぬ。むしろこのゲット、ユフィリア様が皇后陛下となり、お仕えする日を楽しみにしております」

すい、と頭を下げるゲット。その深い一礼は敬意と感謝、そして忠誠の証《あかし》だ。

今までのおちゃらけた雰囲気は消えて、当主らしい厳粛さを感じる。

戸惑って頭を上げさせようとしたユフィリアだが、ふと止まる。それは当主としての顔を初めて見せたゲットに対して、失礼だ。

真摯な心には本気で返さねばならない。

「ゲット様、顔をお上げください」

先ほどの慌てた人物とは思えぬ、凛《りん》とした声音。可憐ながらも気品、そして厳格さすらあった。

言葉の重みが、明らかに違う。

貴族令嬢でも錬金術師でもなく、次期皇后の――上に立つ者の気配だ。

それを受け止めたゲットがゆっくり顔を上げると、背筋を伸ばして、扇を片手に持ちながらこちらを見ているユフィリア。二人の視線がかち合う。

「この国に来て日の浅い人間に打ち明けるのは、心苦しかったでしょう。ですが、貴方《あなた》は自身の矜持《きょうじ》と一族の危機を秤《はかり》にかけ、後者を選んだことに敬意を表します。長《おさ》としての判断があり、覚悟ができている方です。私はヨルハ様の妻になるのです。ならば、この国の民を救うよう尽力するのは当然のこと。未知なる私に理解を示し、歓迎の意を表していただけること、心より嬉しく思います」

ああ、見える。

梟《ふくろう》の神獣の隣に、この人が寄りそうその姿が。まだ見ぬ未来が見える。そんな気がした。

この少女は弱い。だけれど、強い。心の強さは本物だ。皇帝の隣に立ち、時に皇帝の代わりに立つに相応しい器量を持っている。

その心の気高さは、輝かしい善性と叡智が伴っている。

ゲットは心が震えるのを感じた。ヨルハは、正しく番を選んできたのだと痛感する。

卯の一族の長が首《こうべ》を垂れてきたのだ。大きな恩もあり、今後も世話になる可能性が高い。卯の一族には、まだまだ彼女の助けが必要だ。

忠誠を見せたゲットの足元を見ず、大切なゼイングロウの民だと当たり前のように言い、獣人の命を尊んだ。

ゲットは従えられたのではない。他の一族より先に気づいたのだ。まだ価値を軽んじられている原石を見つけ、それが磨き上がる工程が見える特等席を手に入れたのだ。

ぞくぞくと抑えきれない歓喜と大きな何かが覆る気配を感じる。ゲットの本能が、大きな予感を告げていた。

その時、鋭敏な彼の耳が無粋な音を拾った。

（……はあ、まったく間の悪い。空気の読めない連中はどこにでも湧くものですね）

せっかくの感動に水を差されてしまった。

思わず不機嫌になったゲットの変化に、ユフィリアは気づいた。

「どうなさいましたの、ゲット様？」

「いえいえ、なんでもございません。ユフィリア様はこれからどうなさるのですか？　朱金城でご公務を？　それともお帰りになられるのでしょうか」

「朱金城で引き出物の確認を。お恥ずかしながらまだ決めていなくて。一度は決まりかけたのですが、保管倉庫が火事に見舞われたらしく選び直しに……」

「なるほどなるほど」

これはどこかの一族か、派閥で諍《いさか》いが起きているのだろう。そんな手落ち、そうそう起きるはずがない。

引き出物候補は火の気のないところで厳重で保管されているはずだ。引き出物に選ばれたのも栄誉だが、それをきっかけにユフィリアやヨルハが愛用すれば皇室御用達《ごようたし》になれる。

神獣とその番はゼイングロウの敬愛と羨望の的だ。真似《まね》したがる国民は多く、需要が増えることは間違いない。

「物騒ですなー。どうやら、南西でも騒ぎが起きているそうですし」

「南西、ですか？」

南西にはどの部門や建物があっただろうと、ユフィリアは首を傾《かし》げる。

確か、数年に一度使うかどうかの祭具が置かれた場所だった気がする。あまり通ったことがなかったので建物の記憶も薄らぼんやりしていた。

ユフィリアの知らないところで、護衛たちに目配せをするゲットは、何やら俯き出したと思ったら懐を漁《あさ》り始める。

「して、例の美髪剤の販路ですが、是非とも我が卯の一族にお任せいただけませんでしょうか。これは孫は関係なく、貴女様の腕を見込んでのことです」

この期に及んで諦めないゲットである。

商魂たくましい一面、また似たようなことが起きてしまった時のためにユフィリアとのパイプを作りたいというのもあるのだろう。

薬学分野は未発達なゼイングロウ。その遅れ分を開拓していけば、ゲットにも十分な利益の見込みがある。

「シンラ様に、苦くない大変飲みやすい胃薬の作り方もご存じとお伺いしまして、そちらの件に関してもご一考を」

ゲットはそのラブリーさを前面に押し出して距離を詰めてくる。もふもふが頬につくのではないかというくらい近づいてくる。興奮でひくひくした口元で髭《ひげ》が揺れてくすぐったい。

「えーと、そのぅ……」

ユフィリアの乙女心が、ラブリーラビットのビジュアルモンスターに屈しかけている。

ゲットのこの押し売りは同族にはうざいしあざといと不評だが、人間には効くのは経験上よく知っていた。

その時、べりっとユフィリアから引きはがされるゲット。ユフィリアが困りながらも、心が揺れていたのであと一歩だったというのに。

「ゲットや……ユフィリア様に何をしている。このお方はヨルハの番様であるぞ？」

死にたいのか、と呆《あき》れと怒り半々のシンラが立っていた。

白髭を蓄えた老人だが、かくしゃくとして隙がない。薄墨と青で山河を模した羽織の下に、白い胴衣を着ており、翡翠《ひすい》の勾玉《まがたま》の帯留めが赤い飾り紐《ひも》と揺れている。

シンラは巳《み》の一族の長。蛇ではなく、イグアナの獣人だ。幻獣の格を持ち、コクランに並びヨルハの側近兼相談役でもある。

「ユフィリア様、申し訳ない。こやつ、獣人の中でも商売上手なんだが、どうも利益に目がない奴でな。特に自分の見た目に弱い人間が多いと知るや否や、けったいな売り込み方を覚えよって」

「需要に敏感だといってくださいええええ！　売れますよ！　知ってますからね！　アンタがユフィリア様の薬を安定して手に入れたいからって、こっちにそれとなく情報流しむぎゅううう――!!」

「ほっほっほっほ」

ユフィリアの薬の情報源はシンラだったのか。

シンラの両手に顔を掴まれ、主に下半分をぎゅっと塞がれたゲットは鮮度抜群の活魚のようにびちびち揺れている。

「まあ、シンラ様。それくらいのこと、いつでもご用意しますのに」

「いえいえ。私だけが使うのももったいないと思っていたのです。良いものは広がるべきでしょう。これをきっかけに、薬を上手く飲めない子が苦手意識をなくし、薬学に興味を持つ子が出ればさらに良い」

静かに頷きながら願わくば、と語るシンラ。

いい年した大人どころか、老齢に差しかかっているシンラですらゼインアロエの苦みに耐えるのはきつかった。あれは立派な苦行である。

ユフィリアがゼインアロエの花びらの苦みを失くしてくれたので、えづく回数は一気に減った。

「しかし、ゼインアロエの赤い花は稀少《きしょう》なので量産は難しいでしょうな」

「葉よりも花弁は高級品ですよ」

花は不定期な開花だ。ゼインアロエの葉よりも収穫が難しい。

だが、ユフィリアは曖昧な笑みを浮かべてしまう。ユフィリアの育てているゼインアロエは、ぽこぽこ花を咲かせているのだ。稀少な赤い花もストックがいっぱいある。

「材料に余裕はありますから、ある程度なら作れますよ。ただ、時間が取れそうなのが結婚後になるかと」

ぼとり、と音がした。シンラがゲットを落としていたのだ。

奇妙な空気が流れる。

「…………さようですか」

真顔になったゲットは、気の抜けたような声でカクカクと口だけを動かして答えた。なんとか絞り出した感じである。

ユフィリアににこりと笑うと、つつつとすり足気味にシンラに近づく。

「えーと、えっとー、ユフィリア様は結婚後のご自身が出歩けるお体でないことを分かっていらっしゃらない？」

「ヨルハはユフィリア様を溺愛しておるからな。忠告もあってか、一つ屋根の下で同衾《どうきん》しても、婚前交渉はせんと言い切っておる。……うん、まあ。その後は、我慢した分、そうなるだろうな」

紳士二人はなんとも歯切れ悪く言葉を濁している。

ヨルハは貴族令嬢のユフィリアの貞操観念に合わせて自重している。

恐るべき自制心だが、何もかもが『番のため』の一言で収まってしまう。

ユフィリアは下世話な考えに辿り着けないようだが、結婚後の公務を半年は融通が利くように調整を進めている。

自由奔放なヨルハが、ユフィリアの前では大人しくしているのが嵐の前兆にしか見えない今日この頃。

知らぬは本人ばかりなり。

そんな話をしているうちに、少し持ち場を離れていた護衛たちが帰ってきた。

ユフィリアの近辺にやや離れて配置された者たちだ。もともと室外にいたので、当然、護衛されている本人は離れたことも、戻ったことにも気づいていない。

どうやら、ゲットの助言通りに『物騒なもの』を見つけてきたようだ。

(このやり口、辰《たつ》の性質とは違う。ヒヨウの残党の仕業か)

必死に泳ぎ回って空ぶっているので、余裕がなくなっているのが分かる。

結婚式は近づいているのに、成果は上がらないのだから焦っているのだろう。

詰将棋《つめしょうぎ》のようにこつこつとヨルハは駒を変えている。ヒヨウの手下が重役から締め出されていき、自身の足元も崩れ始めていた。

一気に刈り取ることも可能だろうけれど、彼らしくない弄び方をしているのは今後のためだろう。

ユフィリアの寵愛を示すと同時に、ヨルハの冷徹な性質は変わっていない――むしろ、その爪は鋭敏に研ぎ澄まされている。

逆らって、お前らもこうはなりたくないだろう。

ヨルハの声なき声が聞こえてくる気がした。


整理整頓された、というより無機質なほど物の少ない執務室。不要に飾ることを嫌い、調度品も最低限だ。

これでも改善されたのだ。ユフィリアが朱金城に出入りするようになってから、装飾が多い物に変え華やかになった。

それでもゼイングロウの国力や部屋の持ち主の格式には追い付かない。

ここはヨルハの執務室――この国で最も栄華ある皇帝の仕事場だ。

「へえ、ハルモニア伯爵家が来るんだ。またユフィに金の無心かな？」

獣人としての特徴が少ない者や、動物との意思疎通のできる者を密偵として忍ばせている。

その中でも、子や卯の一族は人間社会へ溶け込むことが上手い。その無害そうな外見も理由の一つだろう。彼らは童顔や柔和な顔立ちが多いのだ。

彼らから報告で、ハルモニア伯爵家の転落ぶりは知っていた。

監視している以外にも、出入りの商人として接触している。飲み仲間に紛れて、ハルモニア伯爵家の使用人から内情を聞き出しているのだ。

ハルモニア伯爵家の人間は、獣人を見下している。だから理解がなく、知識もないのであっさり出し抜かれていることすら気づかない。

(何通目かな。最初はユフィに渡したけど……)

ユフィリアが嫁いだ当初は何もなかったのが、ここ一か月で急に来るようになった。

目を通したユフィリアは呆れと悲しみの滲む顔をしてため息をついていた。ヨルハの前ではしなかったが、リス妖精が目撃している。

それでも実家から金銭や物品の無心があっても対応しないでくれとヨルハに言うだけで、手紙を見る目が少しも嬉しくなさそうだった。

実家からの手紙はユフィリアを慮《おもんぱか》るものではなかったのだろう。

ヨルハが師匠と仰ぐ、親友のマリエッタからの手紙はとても嬉しそうだった。その反応を見れば、余計に落差が分かる。

だから、こちらで預かっていいかと聞けばユフィリアは頷いた。

「申し訳ありません。見ていて気持ちの良いものではなくて……」

少し眉を下げ、苦笑するユフィリア。家族の手紙を見る目は、無機質だ。

まるで、初めて会った心を凍らせていた時のようだ。苦しくないように、傷つかないように感情を硬く凝らせていた。

実に不愉快だ。ユフィリアの実家でなければ、今頃は棺《ひつぎ》の中だっただろうに。

思い出すだけで、腹が立ってきた。

なんであんな肥溜《こえだ》めどもから、可憐で妖精のようなユフィリアが生まれてきたのが分からない。生命の神秘より謎だ。

「ヨルハ様、必要でしたら城か高級宿にこの者たちをご案内しますが」

密偵の一人が窺うが、ヨルハはつまらなそうに嘆息した。奴らにそんな価値がない。

「いらない。そいつらはユフィに近づく寄生虫だ。卯の一族の病魔のように、害を広げるだろう」

「御意」

卯の一族で広がっていた脱毛症。

あれは疥癬《かいせん》の一種ではないかとユフィリアが言っていた。

特定の寄生虫で起きる症状。入らずの洞窟にいるダニもその一種。芋虫のように細長く見えたのは、ダニ同士が連結する習性があるからだそうだ。

入らずの洞窟にいるので陽光に弱く、あそこまで猛威を振るわないが、条件が重なって増殖すると一気に広がる。

毛の密度の濃い、皮膚の柔らかい寄生先が見つからない限り——それこそ獣人の子供のように。

幸い、ユフィリアの用意した薬で対処できた。飲み薬、塗り薬、そして入浴でも徹底的な駆除に成功した。

周囲にも感染が確認されていたが、同様の処置で収束に向かっている。

他の一族には広がっていないようだが、ユフィリアの薬の効果を知り興味を持つ者が増えている。

番様と敬愛する一方で、無力な人間と侮る者もいる。それを崩すきっかけ作ったのだ。

静かに距離を置いて静観していた卯の一族。お調子者のようで、シビアな観察眼を持つゲットを御した影響は大きい。

下手に有力な格持ちがおらず、そもそもの種族が力より知恵を働かす者が多い。個人の力ではなく、集団でこそ真価を発揮する一族だ。

その族長がユフィリアへ頭《こうべ》を垂れた。

(ユフィは傍《そば》にいてくれるだけで十分だったのに)

彼女は自分で状況を変えた。

番様という一括《ひとくく》りでなく、ヨルハの伴侶として認められるために努力をした。

知恵をひけらかすでもなく、謀略でもなく、ひたむきな心がゲットを突き動かしたのだ。

「すごいなぁ、ユフィは」

ゲットを味方にするか、中立に寄せるには時間がかかると思っていた。

長期戦を視野に入れて、今は様子見をする予定だったのに、ヨルハの選んだ人は、ヨルハの想像を超えた。

多くは番は良いものだと言ったけれど、それだけじゃない。力は強くなくても、それ以外の方法でヨルハを支え、共に歩こうとする人がいる。

それは、なんて素晴らしいのだろう。

「……俺も、頑張らなくちゃね」

そうだろう？

そう言って振り向いた時には、恋する青年の顔をしていない。

部屋の中で黄金の瞳が炯々《けいけい》と光っている。獰猛《どうもう》に、狡猾《こうかつ》に、冷徹に。絶対強者が、愚か者を嘲笑っている。

「ヒヨウの指を少々もぐことにしようか。爪を削ぐ程度では、まだ懲りないようだし」

使い捨ての刺客を何度潰しても懲りはしない。

標的のユフィリアに辿り着けさえしない、三下ばかりしか揃えられないのに諦めが悪い男だ。

「今回、少しは使える連中を集めたようだから」

崖っぷちのヒヨウがここで戦力を集めている。勝負に出るつもりだ。

ずっと我慢していた。ユフィリアを慈しむことに集中したいのに入ってくる雑音。鬱陶しくて煩わしい虫どもを駆除するにちょうど良い。

口角が上がり、うっそりと笑みを浮かべる。ユフィリアには見せない嗜虐《しぎゃく》的な表情。

「ずっとヒヨウの陰に隠れているつもりのメーダイルの連中も狩り時だ」

そして、報告から導き出した予想。証拠はすべて押さえていないが、また馬鹿なことをしでかしてくれたものである。

最近ヒヨウと接触した、異国の匂いの男たち。

普通の獣人ならともかく、ヨルハのお眼鏡に適《かな》った精鋭に、嗅覚が鋭い者がいる。戌の一族出身で、ある程度離れていても嗅ぎ分けられるのだ。

彼の所属する部隊から、要注意とされる匂いが報告された。

ゼイングロウでも、ミストルティンでも使われない――メーダイル製の薬を常用している者。魔力を増強させ、身体能力を上げる薬の匂い。

メーダイルの残党は、何を隠し持っているか分からない。

ゼイングロウにも魔法はあるが、周辺国と比べてだいぶ遅れている。一方、メーダイルは魔法技術先進国。肉体的にはゼイングロウに敵《かな》わないと理解して、魔法に力を入れて国力や軍事力を上げている。

それでも一度たりともゼイングロウに勝てたことがない。

獣人は身体能力が高いので、近づくか大規模魔法でしか攻撃を当てられない。皇帝や側近、十二支族の抱える高い格を持った獣人たちが、圧倒的な個の力を振るう。

数十年かけて育て上げた師団が、一人の獣人に殲滅《せんめつ》されるなんて珍しくもない。

弱い獣人は倒せても、最も脅威となる強い獣人は仕留められずにジリ貧になるのだ。

その対抗策の一つとして作られたのが、薬物により強化された特殊な人員。主に暗部や私兵を養成するのに使われる。それらは側近ではなく、使い捨ての駒。薬は肉体に負荷をかけるので、体を壊しやすいのだ。

その薬を使う者は大体が十代から二十代。三十代以降は見たことがない。仕事柄もあり、長生きはできなくなるのだろう。

そんな匂いを纏わりつかせた者が入国し、ヒヨウの屋敷に出入りしている。人目を忍んでいるつもりでも、筒抜けだ。


暗闇の中で何かが光る。

草木が動き空を切る音。当たる音、刺さる音。速く、鋭く、絶え間ない。人の目には薄明かりすら漏れず、何一つ分からない暗闇での出来事。

恐ろしく素早い何かがいる。それが分かっていても、攻撃も防御も追いつかない。逃げることすら敵わない。

戦う心は折れて、生き延びたい一心なのだろう。まごついた人影は、あっという間に地面に倒れ伏す。

「つまらないね」

「そうだね。メーダイルの精鋭なんでしょ？　一応」

「うっわぁ。変な臭い！　血が薬臭い！」

青年というより、少年のような高く軽やかな声。よく似た声だが、少し雰囲気は違う。

自分の仕留めた襲撃者が、あまりに弱くて肩透かしを食らったのだろう。声は明るいが落胆と失望が混じっている。

そんなテンポ良い会話に、落ち着いた別の声が割って入る。

「二人ともさっさと回収する。殺していないだろうね？」

その言葉に、先ほどまで暗闇で陽気に喋っていた二人の雰囲気が変わる。

「「そんなへましないよ」」

あのヨルハが誰かに頼るなんてめったにない。最強にして最高の獣人。今代に彼を超える獣人は現れないだろう。

ヨルハの護衛なんて形だけのモノだ。何せ、本人が一番強い。ヨルハもそれが分かっているから、今まで何かを任せることもなかった。

そんな彼が、直々に下した命令――それは、彼にとって一番大切な存在を守れというもの。

それは最大の賛辞だ。黒豹《くろひょう》の姉弟たちはもっとも護衛能力に優れ、信頼が置けるという何よりの証明だ。

獣人の中には人間を見下す者もいるが、彼らは人間を守るのに不満はない。ユフィリアは聡明で、繊細な心配りのできる。強くはないが、嫋《たお》やかな気品がある。

ヨルハを心の底から笑顔にできる、代えがたい存在。

会ってもいない獣人たちの窮地に、心を痛めて尽力したユフィリア。

尊い身分なのに鼻の曲がるような量の薬草を、すり鉢で磨《す》り潰していた。

ソリハリ除虫菊――嗅覚が鋭いミオンたちには相容《あいい》れぬ存在だ。あんな不快な雑草で薬を作れるなんて、尊敬する。

どんな美しい毛並みもズタボロ雑巾にする、恐ろしい病を治す薬に変えるなんて。

（そしてできるなら……一時的に伸ばせる美髪剤じゃなく、永久的にキープさせる美髪剤を開発していただきたい！）

あれは素晴らしい。結婚式には護衛も着飾って職務に当たる。最高の毛艶《コンディション》で臨めそうだ。

ただ、美髪剤は即効性があるが持続性がない。

「馬鹿二人。雑念出ているわよ」

双子の黒豹は憧れの角耳ライフを想像して、なんとも腑《ふ》抜《ぬ》けた顔になるが、ミオンの鋭いツッコミに、現実に戻されるのだった。


風呂上がりのユフィリアが歩いていると、バルコニーで外を眺めているヨルハがいた。

精霊の木の空間は摩訶《まか》不思議なので、同日で高さが違うことがある。今日はどのくらいだろうか。

二階や三階くらいならいいけれど、十階以上の高さだとちょっと怖い。

でも、ヨルハがいるなら怖くないだろうとテラスに向かう。

「ヨルハ様、何を見てらっしゃるの？」

「ん？　今日の虫は多いなって」

「虫、ですか？」

精霊の木の恩恵か、家の周囲では害虫の気配があまりない。木の葉の下にダンゴムシや、土の中にミミズがいるくらいならあるが、危険な蜂や蚊などは不思議と見ない気がする。いたとしても穏やかに花の周りを飛んでいる蜜蜂くらい。

ヨルハが見たのはどんな虫だろう。ユフィリアも夜の景色から探そうとするが、今日は一段と高いと気づいた。

ここ最近で一番高いかもしれない。思わず、ヨルハに掴まってしまう。

その姿に柔らかく表情を緩ませるヨルハは、自分の着ていた羽織をユフィリアに肩にかける。せっかく湯船で温まってきたのに、湯冷めしてしまう。

「ユフィには見えづらいと思うよ。小さくて遠いから。風が出ているし、部屋に戻ろう」

「そうですね」

今日は星も月も見えない。

広く雲がかかっていて、一段と闇が深い。

ヨルハは部屋に戻ると、さっとユフィリアを抱き上げて寝台へ運ぶ。軽く髪や腕に触れて、冷えていないか確認した。

大丈夫そうだと顔を上げると、少し恥じらったユフィリアの視線とかち合う。

何が、どうというわけではない。

ユフィリアが可憐で綺麗《きれい》なのはいつものことだ。風呂上がりのユフィリアが色っぽいのも、もっといい匂いなのもいつものこと。

彼女はいつだって、魅力的だ。

腹の底からぐわりと欲望が蓋を押し上げてしまう気がして、思わず目を逸《そ》らす。

「ヨルハ様？」

「そろそろ寝ようか。明日は衣装合わせがたくさんあるだろう？」

式だけではなく、その後の来賓対応などの衣装も纏めて試着する。

ユフィリアの地位だと衣装も豪華だし、ゼイングロウ風の衣装だと慣れないものも多くある。こちらに来てから、ドレスと半々くらいの割合で着ているが軽装が多い。

幸いなのが、ユフィリアが露出や体の線が出る服を積極的に着ないこと。いつも慎ましく清楚《せいそ》な装いである。

ただでさえ好きでたまらないのに、煽情的《せんじょうてき》な姿など想像だけで理性が揺らぐ。

なんとか理性を抑えつけているヨルハに、ユフィリアは不安を感じていた。

視線を逸らされた。

たったそれだけのことに、ユフィリアは愕然《がくぜん》とした。

いつもなら甘く情熱的な眼差《まなざ》しで、ユフィリアが困ってしまうほど見ているのに。

ヨルハはいつだって、ユフィリアのすべてを見逃さず、聞き漏らさないようにしているからか、少しつれなくされただけでユフィリアは混乱していた。

その上、それを誤魔化すように早く寝るように促される。

ユフィリアは美しいといわれる容姿だ。獣人的にもそう見えるそうだが、いまいち自信がない。

番だから、次期皇后だから、ヨルハの寵愛を受けているから——それだから気を使われているのかもしれない。

元婚約者のエリオスは女好きだったけれど、ユフィリアに性的な誘いはしなかった。最低限以下のエスコートで、キスすらない。

自分には魅力がないのだろうか。

ユフィリアを愛していると公言しているヨルハすら、数か月同衾していても手を出さない。

最近は、キスの回数も減っている気がする。

ユフィリアは、ヨルハとならそれ以上のことも受け入れる覚悟があった。

「あの、ヨルハ様……」

「なに？」

大事にしてくれているけれど、それは憧憬や崇拝のように手の届かない——お飾りとしてなのだろうか。

ヨルハに限ってそんなことはない。そう思いたいけれど、ユフィリアは致命的なほど恋愛経験に乏しい。

ユフィリアはヨルハが好きだ。

ヨルハのようにたくさん伝えられないけれど、本当に慕っている。

「ユフィ？　どうしたの？」

ヨルハの声音はこんなにも優しい。気遣いと労《いたわ》りに満ちているのに、心が分からない。不安で怖くて仕方がない。遠くに感じた。

満月のあの夜。大空での告白した時は、あんなに近くに感じたのに。

そう思うと、ユフィリアの白い頬に涙が伝う。

音もなく、声もなく静かに溢《あふ》れ出した。

「……え？」

ユフィリアすら理解できなくて、手を伸ばして頬に触れて涙を流していることに気づく。

自分でもコントロールできない涙が、とめどなく流れている。手で拭い、隠すようにして抑えても溢れてくる。

必死で止めようとするけれど、空《むな》しい嗚咽《おえつ》になるだけだ。

(どうしよう、どうしよう……ヨルハ様に迷惑をかけてしまう)

面倒だと思われたら。そう思うとさらに恐ろしくなってしまう。

いつの間に、ヨルハはユフィリアの心にこんなにも大きく存在している。

好きでたまらない。拒まれたくない。傍にいたい。ずっと誰よりも愛して欲しい。最初はただ優しくしてくれるだけで満足だったのに、こんなにも欲張りになっている。

今は違う。ヨルハが欲しい。言葉が、愛が、心が。すべてが欲しい。溺れるほどに、溢れるほどに満たされたい。

その時、ふわりと暖かさがユフィリアを包む。ヨルハが抱きしめてくれている、その温度と感覚、そして匂いで分かる。

「大丈夫だよ。ユフィ。何も怖がらなくていい。ユフィを傷つける奴は、俺が消す。何があったの？」

何もない。何もないから、ユフィリアは迷っている。恐れている。

どう伝えればいいか分からなくて、精一杯ヨルハに抱き着いた。

「お願い。教えて欲しい。俺の番を、一番大事なユフィを泣かせたのは誰？」

ヨルハの声は優しい。だが、ユフィリアの見えないヨルハの顔は酷薄で残忍な色を見せていた。

ユフィリアがこうなるまで気づかなかった不甲斐《ふがい》なさと、ヨルハの目を盗んでユフィリアを傷つけた不届き者へ憎悪を滾《たぎ》らせている。

ヨルハの腕の中で、安心して身を寄せるユフィリアはスンスンと小さく鼻をすすっている。少しずつだが、泣き止《や》んでいることに安心した。

「ヨルハ様」

「うん」

「大好きです、ヨルハ様」

唐突な告白。ヨルハにとっては、予想だにしない熱烈な愛の囁《ささや》きに殺意が脳から弾《はじ》け飛んだ。

血祭りにしたい下衆《げす》より、ユフィリアが優先だ。一生番しか勝たん。

「ヨルハ様は、私に魅力を感じますか？」

「もちろん」

「それは、恋愛として？　ええと、私にたいして、その、したいとか……そういう対象として？」

その言葉に再びヨルハの頭の中が弾け飛んで処理落ちする。

だが、己の答えを待ち、腕の中で震えるユフィリアより大事な物はない。根性で踏みとどまった。

「ユフィ以外の女は嫌い。俺、ユフィ以外としたくない。触れない。同じ場所で生活するのも怖気《おぞけ》がするくらい無理」

ヨルハは神獣の格を持つ最強の獣人。しかもルックスも抜群に良かった。

少年期から女性に秋波を送られていたが、青年期になると夜這いや強引なボディタッチも多くなった。露骨なアピールに嫌気が差したのは一度や二度ではない。

「ユフィは素敵だよ。恋人としても、人としても……俺にはもったいないくらい」

その言葉に涙を流すユフィリア。ぼろぼろとこぼす大粒の雫《しずく》は、安堵《あんど》からくるものだった。

「じゃあ、その……私と、そのそういうことをしたいと」

「したい」

食い気味だった。即答である。

「すごくしたいけど、一度したら箍《たが》が外れそうだから」

そこまで言われて、ユフィリアの顔は真っ赤になる。涼しい顔をしているように見えたヨルハにも、ちゃんと性的欲求があったとは。

ユフィリアをしばし見つめたヨルハは、覚悟を決めて話し始めた。

「過去の番の夫婦で、やっぱり俺みたいに皇帝で、トラブルがあったんだ」

「トラブルですか？」

「式の前に当時の番……皇后が身籠《みごも》って、式が延期。出産後、改めて調整したんだけど、再度身籠って……肥立ちだの情勢だのも絡んで、それが続いた結果十一年延期されて、結局内輪で略式婚だけになったんだ」

ユフィリアは絶句した。それは酷い。

仲がよろしいのは結構だが、なんだか聞いているだけでも居た堪《たま》れない。

さっきヨルハが止まらなければ、自分も同じ轍《てつ》を踏んでいたかもしれない。そう思うと猛烈な羞恥や後悔がせり上がってくる。

「それ以来、番を迎える場合は婚前交渉一切禁止。ゼイングロウはミストルティンよりその手のことが緩いから、俺だけに警告された。順序を踏んで、ちゃんと番を祝う気があるならやめろって釘《くぎ》を刺されているんだ」

「あの、国際的な、国交的な問題は……」

「当時のメーダイルは仲が悪くて国交断絶してたから関係なかったけど、招待予定だったミストルティンにはかなり生ぬるい目で見られたそうだよ」

子供ができるのは慶事である。子供は神からの贈り物ともいう。

だが、十年以上もごちゃごちゃしたらさすがのミストルティン側も『いい加減にしろ』と思うだろう。国力の差や、持ちつ持たれつの関係上言わないけど、当時の国王や外交官は頭を抱えただろう。

ユフィリアの番関係の資料では見ていない。きっと、色々な配慮や忖度《そんたく》の結果、極薄かつマイルドに誤魔化したのだろう。

「俺はユフィの晴れ姿を見たいし、綺麗に着飾ったユフィを自慢したい。ユフィと素敵な思い出を残したい……ユフィに俺と結婚して良かったと思って欲しい」

それは知っている。金に糸目もつけず、ユフィリアの晴れ着を誂《あつら》えようとしていた。

ヨルハはいつだってユフィリアを思って考えている。そんな彼だからユフィリアだって、心を許したのだ。

「ユフィは貴族の令嬢だから、順序を気にするかもしれないって思って……それに、デリケートなことだからユフィの常識やミストルティンの慣例になるべく近づけたかったんだ」

その割には同棲《どうせい》しているし、同衾もしている。

だが、ヨルハから端々に感じる絶対にユフィリアと離れたくないという、力強い意思。ユフィリアの常識に合わせたいが、そこがヨルハの妥協ラインだったのだろう。

縮こまるようにして、大きな背中を丸めて説明するヨルハ。悪戯《いたずら》が見つかった子供みたいである。

「そう、だったんですね。私ったら、勘違いして……」

ふと、自分のしたことを思い出すとユフィリアの顔がぽぽぽっと赤くなる。だんだんとその赤みは増していき、顔から火が出るんじゃないかというくらい真っ赤だ。

耳も、首筋も真っ赤で、羞恥で目が潤んでいる。

「ああ、なんてはしたない。淑女失格です。私ったら、なんて、なんて……恥ずかしい」

頬を両手で押さえ、ついに突っ伏してしまったユフィリア。

そのままごめん寝体勢で縮こまってしまい、ヨルハはおろおろとどうやって声をかけるべきかと右往左往する。

だが、ヨルハは安心していた。

強引に娶《めと》った自覚があるから、ユフィリアの覚悟が不安だったのだ。

あの慎ましいユフィリアが、すでにヨルハに体を許すほどの想いがあるなんて、嬉しい誤算だ。

「……結婚式、楽しみだね」

もちろん、その夜も。

声には出さず丸まったユフィリアごと抱きしめるヨルハだった。

第四章　旅先での出会い

　ゼイングロウ帝国。広大な土地と資源を有し、国民の大半を獣人が占める北の大国。

　人間に似た部分もありながら、獣にも共通する能力や特徴を持つ獣人。彼らは屈強な肉体に、鋭敏な感覚を持ち合わせている。

　イアンは獣人が嫌いだ。よく分からないから嫌いだ。

　人型なのに獣のようで、獣のくせに人のように喋《しゃべ》る。

　野蛮で暴力的な種族――それがイアンの持つ獣人のイメージ。そんな蛮族の寄せ集めでできたゼイングロウも教養や文化のない、下品で粗野な国だと思っていた。

　当然、ゼイングロウに足を運ぶのは初めてだ。

　積極的に知ろうともしなかったから、すべてが真新しい。見たことのない服、建物、人が溢《あふ》れかえっている。

　ミストルティンとは全く違う文化が息づいている。イアンにとっては異国情緒が濃く、どれも新鮮だ。

（これがゼイングロウ……なんて活気があるんだ。物流も人口もミストルティンとは桁違いだ）

馬車で走っている間、道には商店が軒を連ねて多くの人が行きかっている。ミストルティンの大通りと比較しても店も多く、品数も当然多い。

今まで巨大なだけで辺鄙《へんぴ》な国だと思っていたが、ミストルティンよりよほど大きな需要がある市場だと分かる。

人は多いが殺伐とした感じはなく、笑顔が多く賑《にぎ》わいに満ちている。平民でも着ている服が洒落《しゃれ》ているし、装飾品をつけている者だって多い。

「おい、御者！　ここは大通りなんだよな？」

「え？　違いますよ。大通りは人がごった返しすぎていて、ただの旅行者用の車なんて通れませんって。十二支族様方や、大店《おおだな》んとこの許可証持ちくらいしか無理です」

イアンが馬車から顔を出して御者に聞くと、細目の御者はのんびりと顔を上げて答える。

こんな人通りが多くても大通りではないなんて。イアンは愕然《がくぜん》とする。御者のフランクな喋り方にも怒る気が起きないくらい、混乱していた。

「まあ、今の時期は少し多いですよ」

その言葉にホッとするイアン。やはり普段より賑わいを見せているだけなのだ。

「もうすぐヨルハ様が番様《つがい》とご結婚なさるから、お祭りムードなんですよ。でも、結婚式が近づくにつれてもっとすごくなりますよ。俺らは見られないっすけど、式当日は名家の方や外からの来賓が宮殿に招待されるらしいです。お客さんのとこのミストルティンの国王様たちもくるらしいっすね」

その言葉に衝撃を受ける。これ以上に盛り上がっていくなんて、想像がつかない。

若い頃にあったミストルティンの国王夫妻の結婚式だって、こんなに街は賑わっていなかった。

「あのー、お客さんはこっち初めて？　宿場までは送れますけど、今の時期はどこも満杯っすよ？予約取れているんすか？」

「何を言っている。私は伯爵だぞ？　貴族なんだから――」

「あー、お客さん人間っすよね？　伝手《つて》がないなら、高級宿はどこも空いてないっすよ。今、ヨルハ様と番様への献上品や謁見を待つお偉いさんや商人が詰めかけているんすよ。使用人も連れて、宿を貸し切ってます。互いに手札を見られないよう余所《よそ》者を入れなくしてるんす。飛び込み客はちょっと難しいと思いますよ？　ゼイングロウでキゾクって言っても通じないですし」

御者の無情な言葉に、イアンは顎が外れんばかりだ。

普通、貴族――それも伯爵だといえば、どこでも融通を利かせるものだと思っていた。

わなわなと震えているイアンに、不穏なものを感じたブライスは落ち着かせる。

「すまない。繁華街や高級施設から離れて構わないから、ある程度広さのある宿はあるか？　少々母の調子が悪くてな。静かなところが望ましいんだ」

普段のブライスなら、一緒に怒り出しそうだが今は違った。

一緒に連れてきたソフィアは、イアンとブライスが傍《そば》にいるせいか目立った奇行には走っていない。

だが、まともとは言いがたい。その腕には少女の人形を持って「ねえ見て。綺麗《きれい》な生地ね、アリス。今度あれでドレスを仕立てようかしら」と話しかけている。

ソフィアは相変わらずアリスの死を受け入れていない。アリスの犯した罪の連座で、ハルモニア伯爵家まで罰せられたくないと切り捨てたのに、まだ良い母親を演じている。

ずっと嘆くばかりで、ソフィアは結局アリスに手を差し伸べなかった。

家を追い出された時も、牢《ろう》に入れられた時も、処刑後も。その骨すら引き取りに行かなかった。

（わが身可愛《かわい》さに目を背けた。そんな自分を許せていないのか）

いや、認められないのだ。不出来なアリスを愛する自分——それに酔っていたのはイアンだけではない。ソフィアも同じだったのだろう。

御者はブライスの要望に合致する宿を知っていたようで、案内してくれた。

「繁華街から離れているけれど、ここは飯が美味《うま》い。庭も綺麗で、穴場なんですよ」

静かで人通りは少ない。道からでは白壁に覆われていて、周囲の建物が何か分からない。

下手に見えたらソフィアがまた若い女性に声をかけて付き纏《まと》いかねないので、このほうがいいだろう。

イアンやブライスだけだったら、絶対見つけられなかった。

「助かる。うちの父が怒鳴ってすまないな。これで今日は酒でも飲んで忘れてくれ」

イアンは先に宿に入っていき、使用人にソフィアを預けた。ブライスは残り、親切にしてくれた御者に多めのチップを渡す。普段より神経質で声を荒らげるイアンには、辟易《へきえき》しただろう。隣で聞いていたブライスもうんざりしていたくらいだ。

「いいのかい？　お客さん気前がいいね」

「君の知識がなかったら、もっと酷《ひど》い目に遭ったただろうからね。私たちは宿なしだ」

ミストルティンから連れてきた使用人は少ないし、ゼイングロウの知識には乏しい者ばかりだ。

発端はイアンの思い付きで出発したようなものだから、不備が多くて旅路は散々だった。

御者は、道中で食中毒になって急遽《きゅうきょ》帰国することになった。仕方なく新たな御者は現地調達になり、たまたま良心的な人物だったのは幸運だったといえる。

翌日、イアンは疲れたから休むと、部屋から出てこなかった。

ソフィアも同様で、出かけようとしない。二人とも獣人ごときの文化と侮っているから、視察や観光をする価値もないと思っているようだ。

イアンは昨日見た街の様子を認めたくないのが大きい気がする。今まで見下していたものが、思いがけず良かった。その現実を受け入れられないのだろう。

一応、ゼイングロウの皇室宛に、ハルモニア伯爵家が謁見を求めている旨は送った。通常の入国手続きをしているので、とっくに相手も知っているはずである。

イアンとソフィアの異様な様子を伝えるか迷ったが、結局書くことにした。

そもそも、これがユフィリアの目に届くか分からない。

迎えの使者が来ない時点で、相手の温度を察するべきだ。

イアンは現実が見えないらしい。

(今の流行は、ゼイングロウだというのに)

イアンの古い価値観は、情報戦が多い貴族社会には適さない。

イアンとは違い、ブライスはゼイングロウへの偏見を改めつつあった。この御者の青年もそうだが、野蛮ではない。穏やかで温和な者も多くいる。

文化や風習には差異はある。それでも、ゼイングロウは秩序ある社会が存在している。勝手に妄想していたような蛮族ではないのだ。

人間だけの単一民族より、複数の種族の獣人がいる分、こちらのほうが幅広いとすらいえる。そして、他者を許容する姿勢も形成されていた。

(ゆっくり見ることができなかったのは残念だ。これを機にゼイングロウから仕入れるのもいいな)

イアンは反対したが、簪《かんざし》なんかは女性に好まれそうだ。

宝石や金を使ったものは上流階級向けに、木製のものは中流階級以下の者でも手が伸ばせるだろう。

同時に、そこかしこで『番様』という言葉を聞いた。

ユフィリアのことを噂《うわさ》しているようだが、おおむね好意的なようだった。

番様グッズなどと銘打った商品もあった。銀の簪に、青い蜻蛉玉《とんぼだま》が付いている。ユフィリアの瞳の色はもっと淡い。それに紫がかっている。

多分、伝言ゲームのように銀髪碧眼《へきがん》という情報をもとに大雑把に作っているのだろう。

それを手に取りながら、ぼんやりと考える。

(そういえば、ユフィに何か贈ったのはいつだったたっけ)

アリスが癇癪《かんしゃく》を起こすから、ここ数年ろくなものを贈っていない。

ブライスだけではない。イアンやソフィアもそうだ。アリスは耳を劈《つんざ》くような大声で泣き叫ぶから、ユフィリアに我慢させたほうが楽だった。

(そもそも、お洒落なんてあまりしないし、社交だってドレスコードを守るだけのシンプルなドレスばかりだった)

花盛りの年頃なのに花より薬草に興味を持っていた。勉強はできたが、教養の範囲ではない錬金術にのめり込んでいた。

古臭く小難しい本を読んで、あんなの社交にも使えない。むしろ、せっかく見目が良くても知恵が回って、小賢《こざか》しい印象を与えたら敬遠される。

本当に？

ユフィリアはエリオスと婚約していた。アクセル公爵家の出涸《でが》らしの馬鹿三男。ろくに勉強もせず、いつも留年すれすれ。女遊びが趣味で、しょっちゅうトラブルを起こしていた。継ぐ領地もないのに文官や武官になるための試験も受けず、コネもない。いつもふらふらしていた。ハルモニア伯爵家が、アクセル公爵家と接点を持つためだけの――ユフィリアが望んでもいない婚約。

結婚してもエリオスは働かないだろうことは、誰もが予想していた。平気で不倫をして、金があっても自分の飲み代や女に使って、家庭を顧みたりはしない。

ユフィリアは、そんな未来が見えていたから自分で稼ぐ方法を手にするしかなかった。イアンは嫁いだ娘に金をかけたりしない。ただでさえ冷遇していたのだ。離婚して実家に戻ってきても、その冷遇は変わらないどころか悪化する。

夫にも実家にも頼らず、ユフィリアが生きていくには技術や知恵を磨くしかない。有用な資格を得て、自力で生きていくしかなかった。

残された猶予は学生時代だけ。

だからユフィリアは屈指の難関と言える一級錬金術師を目指し、実際にその資格を取得した。

あの子はまだ十代なのに、生きるために必死に考えて行動していた。

（……気づくのが遅すぎだろう）

一番辛《つら》い時を、見て見ぬふりをした。

いつだってチャンスはあったのに、ユフィリアなら大丈夫だろうと目を背けていた。

そんなブライスたちのせいで、使用人すらユフィリアを軽視していたのに。

手に取っていた簪を元の棚に戻す。

ユフィリアをイメージした簪から逃げるように、別の場所に移動する。

そこに並んでいるのは綺麗な布に刺繍《ししゅう》がされ、小さな袋になったもの。馴染《なじ》みがなく良く分からない。こんな小さいと、使い道がなさそうだ。

紐《ひも》が付いているので、付けられそうだ。何かの飾りの一種だろうか。

「それはお守りですよー。魔道具じゃないから、気休めみたいなものですけど」

店員らしき少女がやってくる。ツンと伸びた耳が、彼女が人ではないと教えてくれる。

ブライスは手に取ったお守りを見た。きっと普段なら、ユフィリアには小さくて暗い色や地味な色のお土産《みやげ》を買って、アリスには大きくて派手で綺麗なお土産を買う。

（ユフィは、何色が好きなんだろう。昔はもっと水色とか、黄色とか、ピンクとか……綺麗で明るい

色を好んでいた気がする）

十年以上前の記憶だ。好みが変わっている可能性なんて十分ありえた。

（兄らしいことなんてしていない私が、どの面下げて会えるんだ）

そう思いながらもお守りを手に取る。

ピンク色に、金の糸で刺繍がされている。以前なら、絶対選ばない色だ。

今までの仕打ちは、ゼイングロウにバレているだろう。新婦の実家なのに、結婚式の招待状が来ないなんて普通じゃない。

国王陛下や、有力貴族にはとっくに届いている。

それくらい、ハルモニア伯爵家の存在価値は軽い。ずっとユフィリアを軽んじていたのが、そのまま跳ね返ってきている。

（……買ってしまった）

会える見込みなんてほぼない。

それなのに、気休めのお守りを買ってしまった。しかも、自分の趣味でもないし、似合いもしないピンク色だ。

ブライスの好みだったらネイビーを買っていただろう。

罪滅ぼしにもならないのに、何をやっているか自分の行動が理解できなかった。

珍しく、ユフィリアがおかんむりだった。子供のように白い頬をぷくりと膨らませ、瞳を剣呑《けんのん》に細めている。

彼女の前で、気まずそうに座っているのはヨルハだ。

「ヨルハ様？　またお色直しを勝手に増やそうとしましたね？」

「だって、綺麗だったから。ユフィの可愛い姿をもっと見たくなって……」

「もう、ダメだって言ったじゃないですか。お色直しを入れたら、式の流れが崩れちゃいます。せっかく皆さんが色々と考慮して順序を決めたんですから」

しゅんと肩を落とすヨルハ。バレてしまって残念半分、怒られて反省半分だ。

ヨルハからお色直し追加をゴリ押されていた役人は、その後ろで感激の涙を流していた。圧倒的なオーラを持つヨルハに考えを改めるよう提言するのが難しく、かといってすでにほぼ決まりかけた式の流れを変えるのはきつすぎる。

どうしようと胃をきりきりさせていた最中、ユフィリアが訪ねてきてくれた。彼女は衣装の確認中、見覚えのない服に気づいてヨルハの思惑を察したのだ。

「どうしても、ダメ？」

ヨルハは一縷の望みをかけて、涙の滲《にじ》んだ瞳でユフィリアを見つめる。

首を傾《かし》げたその背後に、小さなあの梟《ふくろう》が見えた気がした。ユフィリアが一瞬声に詰まる。

「…………そんな顔しても、ダメったらダメ！」

一瞬だけ間があった。

誰もがそう思ったが、ここでユフィリアに耐えきってもらわないと、調整が大変である。

それにしても、すごい光景だ。服飾関係に無関心で、たいていのことにも無関心。デフォルトが冷然としたヨルハがここまで必死に食い下がるとは。

そして、それに対して物申すユフィリアの頼もしさよ。

ヨルハにこんな表情させることにも敬意を抱く。

本人はヨルハを叱れるくらいには、この手の我儘《わがまま》に慣れている様子。叱られている時でさえ、ヨルハは表情が緩んでいる。

「チュッチュー？」

そんな中、リス妖精がひょっこり顔を出した。

ユフィリアがハッとしたようにきょろきょろと周囲を見る。一通り試着は済ませたはずだけれど、すっかり時間を気にするのを忘れていた。

「え？　あ。もうそんな時間？」

ヨルハはご機嫌で立ち上がり、ユフィリアを抱き寄せる。

きょとんとした愛《いと》しい番にキスを贈り、ダンスに誘うように手を取ってエスコートをする。

「デートの時間だよ、ユフィ。行こう？」

今日はやけに食い下がらないと思ったら、お楽しみの時間があってのことだったのか。

もしかしたら、試着衣装に追加お色直し分まで入れたのは、ユフィリアがすぐに仕事を切り上げ、ヨルハに物申しに来ると想定してなのだろうかと疑ってしまう。

「……もう！」

そう言いつつも、ユフィリアも楽しみにしていた。

途中で自分からヨルハの手を握り、身を寄せる。どうしても表情が緩み、にやけてしまうユフィリアは頭をヨルハに押し付けて隠そうとする。

その仕草に、ほんの少しだけヨルハの顔が真顔になった。こっそりと手で顔を覆い、こみ上げるあれやそれを押し込む。

すべてを見ていたリス妖精だけが、生暖かく微笑《ほほえ》んでいる。


皇室用の牛車——実質、ヨルハとユフィリア専用である。艶《あで》やかな黒漆に黄金と螺鈿《らでん》で装飾が施されている。今日の馬車は蓮池《はすいけ》で鯉《こい》が飛び跳ねる姿が描かれている。

窓はないが、御簾《みす》の部分から外が見える。その反面、外からは中が見えにくい。

車を曳《ひ》く牛は立派な角を持つ大柄な牡牛だ。眩《まばゆ》いほどの白い牛で、角は黄金のように艶やかだ。一頭ではあるが、その足並みは揺るぎなく、一定の速度で進んでいく。

「甘味屋以外に寄りたいところある？」

「市場に行ってみたいです。この国独自の素材を見てみたくて……」

「市場なら、日を改めたほうがいいかも。早朝からやっているから、午後だと品数が少ない。残っている品も鮮度が落ちているから」

ていた。


「そうなんですか？」

「人気の店は午後には店じまいするところもあるから、朝一が狙い目だね」

どうせなら、良いものが並んでいる時間帯に行きたい。

でも、一度は市場を見てみたい気持ちもあると迷っていると、言いにくそうにヨルハが頬を掻《か》く。

「あと、今は結婚式前でお祭りムードだからね。便乗商品が多いんだ。少し変わり種が多い。ユフィの欲しいものがいつも通り並んでいるかと言われれば、ちょっと微妙かな……」

そういえば、以前甘味屋に行った時も運命の番パンケーキがフェアメニューとして大きく宣伝されていた。

よくよく見れば、大通り全体もその傾向が強くなっている気がする。

「残念ですが、今日は諦めます。その代わり、シンラ様に教えていただいた、お菓子屋さんへ行っていいですか？　コクトウマンジュウ？　というのが特に美味《おい》しいらしくて」

「じゃあ、お土産に買っていこうか」

食べ物ばかりを欲張っている気がする。言っていて恥ずかしくなってきたが、ヨルハがそんな要望すらも嬉《うれ》しそうに聞いているから、ユフィリアもつられて笑う。

「そうだ。お守りを買った店に行っていい？」

「もちろんです。色々あって、面白いお店でしたよね」

お守りもそうだが、雑貨が豊富だった。ちょっとした置き物や日用品、衣類まで。

やろうと思えば、お店の人を家に呼んで自宅で買い物もできる。だけれど、自ら足を運んで気ままに商品を見るのも楽しいものだ。

ゼイングロウに来てから、心の赴くままに好きなものを手に取れるようになったのも大きい。

ヨルハと話に夢中になっていると、いつの間にか甘味屋に着いていた。

記憶ではもっと遠い印象だったけれど、意外と近かったのかもしれない。

ヨルハが先に出て、エスコートの手を伸ばしている。その手を借りて牛車の外に出ると、わあっと歓声が上がった。

皆が「やっぱり番様だ」「きらきら！　きれい！」「ヨルハ様の表情が」と口々に感想を述べながら騒いでいる。

「席を予約していたから、入ろう。奥の個室だから、ゆっくりできるよ」

「は、はい……」

少し恥ずかしい。

考えてみれば、ミストルティンで言えば国王夫妻が来るようなものだ。周囲の騒ぎも仕方のないことだろう。

ましてや、ここは上流階級限定タイプのお店ではない。

(ミストルティンならカフェでも格調が求められるし、護衛がつくのよね)

最強の恋人が一緒にいるから、身軽に動けるのだ。

突き刺さる視線にかちこちになり、ぎこちないユフィリア。そんな彼女に気づいたヨルハが、手を伸ばしてふわりと抱き上げる。

「大丈夫？　マイレディ」

「……はい」

ヨルハが傍にいる。そう思うとだいぶ気が楽になる。ヨルハ自身も積極的にユフィリアを好奇の視線から庇《かば》い、強引に前に出てこようとする者には凍てつく一瞥《いちべつ》で止まらせた。

ふと、ユフィリアは何か違和感のようなものを覚えて周囲を見渡す。

気になるものを見た気がする。だけれど、人が多すぎて分からない。

気のせいだろうか。

もし敵意のある相手なら、ヨルハが動くはず。彼の洞察力は、並外れたものだから。

ユフィリアとヨルハが甘味屋に入っていく。その姿が消えるのを確認し、ブライスはようやく安心できた。

ブライスの手から解放されたイアンは、振り払う。そのまま怒りで血走った眼でブライスを責め立てた。

「ブライス！　何故《なぜ》邪魔をする！　ユフィがすぐそこにいたんだぞ！　あの親不孝者が！　実家からの手紙を散々無視しおって……！」

「父様、やめましょう。今のユフィは、私たちが命令できる立場じゃない。ただでさえ伯爵家が衰退しているのに、ここでゼイングロウから叱責を受ければ、国王陛下から咎《とが》めを受けます。良くて爵位を落とされるか、領地の一部没収。最悪、お取り潰しですよ？」

生粋の貴族生まれで貴族育ちのイアン。それはソフィアやブライスにも言えること。

若いブライスはまだ文官としてしがみつくことができるかもしれないが、イアンとソフィアは絶望的だろう。

「アリスと違って、ユフィは聞き分けがいいんだからなんとかなるだろう」

その言葉にブライスは失笑を禁じえない。

先ほどのユフィリアを見て、以前と同じだと断じるなんて目が曇っているようだ。

牛車から降りたユフィリアは幸せそうだった。その眼差《まなざ》しは安心しきってヨルハを見つめ、年頃の少女のように緊張したり、恥じらったりしてころころと表情を変えていた。

ハルモニア伯爵家にいた時は、息を押し殺すようにしていた。気配や感情を出さず、薄らぼんやりとしていた。

せっかくの美しい顔立ちが、陰気に見えたものである。

あんな表情、ハルモニアの屋敷では見たことがなかった。それこそ走りながら声を上げても怒られないような、幼い少女時代だけだ。

「ユフィの顔、見えていましたか？　昔みたいに笑っていましたよ」

「何を言っている。ユフィはいつも笑っていただろう。へらへらと何が楽しいか分からない、張り付けたような……」

そこまで言って、不自然に言葉を途切れさせたイアンは、急に甘味屋のほうを振り返る。

アリスの横暴に振り回される前の、本来のユフィリアはちっとも陰気じゃなかった。

好奇心旺盛でやんちゃなくらい元気で、動物や植物にも興味津々にしていた。はきはきと喋り、よく笑う女の子だった。

「いや、そんな。ユフィは、ずっと前から可愛げがなくて、でも頭は良くて器用だから……」

イアンが譫言《うわごと》のように言う。ブライスは少し驚いていた。この石頭の父親が、昔のユフィリアを正確に覚えているとは。

息子や娘を自分の道具や一部のように考え、いつだって自分の都合よく修正する人だ。

「そんなことより融資だ！　随分豪奢《ごうしゃ》な馬車に乗っていたじゃないか！」

「牛車です」

「どっちでもいい！　あんなものに乗れる金があるなら、実家を助けようとは思わんのか！」

いつものように怒鳴り始めたイアンに、ブライスはため息が出る。

見直しかけたが、やっぱりそういう人間なのだと痛感させられる。

そして、ブライスは父親に似ている自覚があった。社交界でハルモニア伯爵家の愚行を嘲笑されなければ、イアンと同じだっただろう。

一通り怒鳴りながらの自分の主張が終わると、イアンは息を切らせながらも少し落ち着いた。疲れて怒鳴れなくなっただけだが。

「父様、やはり帰りましょう。母様の症状は良くないし――」

「待て！　ユフィが移動する！　尾行するぞ！」

護衛や使用人らしき者が御者席の大きなリスくらいしかいない。

これなら接触できると楽観的に考えているらしいイアン。対するブライスはほとほと呆《あき》れるしかない。

牛車はそれほど速度がないので尾行はできる。人の賑わいもあり、イアンとブライスの姿はそうそう見つからないだろう。

ユフィリアたちは雑貨屋でまた下りたが、人垣がすごすぎて近づけない。

歯ぎしりするイアンに、そのまま諦めて欲しいブライス。虚栄心の強いイアンのことだ。大勢の前で金の無心はしないだろう。

このまま人気の多い場所を移動して帰ってくれれば、と思ったが次は閑静な場所へ向かう。イアンはほくそ笑み、ブライスはハラハラとする。

だが、途中で見覚えのある道に入ったことに気づいた。ブライスたちが宿泊している近辺だ。

何やら立派な門構えの前で止まる。看板も地味で分かりにくいが、商いをしているようだ。

恭しくヨルハにエスコートされ、牛車から降りるユフィリア。

イアンが飛び出そうとするので、ブライスは羽交い絞めにして止める。なんとか間に合ったと安堵《あんど》していたが、予想外の人物がユフィリアへ駆け寄った。

「アリス!!　ああ、私の娘！　ここにいたのね！　やっと見つけたわ！」

最悪だ――よりによって、ソフィアがユフィリアを見つけてしまった。

その姉《ユフィリア》に向かって、妹《アリス》と呼びかけている。ソフィアの実の娘であるが、二人は全く似ていない。

最初は驚いていたが、捲《まく》し立ててくるソフィアにじわじわと状況を理解したユフィリアは、次第に表情を曇らせていく。

その眼差しが理解できないから、理解したくない恐怖と困惑に変わっていく。

「あら、アリス。貴女《あなた》の馬車なの？　変わっているけれど、とても立派ね――」

ユフィリアを一層困惑させていたのは、ソフィアの姿だ。寝間着のまま片手には人形。髪は乱れていて、足は裸足。

明らかに普通ではないと気づいたユフィリアはだんだんと顔を青ざめさせていくが、ソフィアはお構いなしで一方的に話しかけて、途切れさせない。

二人の間にヨルハが立ちはだかっていなかったら、もっと近づいてきただろう。

ユフィリアが大人しいのをいいことにソフィアはさらに近づく。ゆらりと手を伸ばしたが、あっさりとヨルハに払いのけられた。

「触れるな。アリスじゃない。俺の番とどこかのドブメスを一緒にするな」

ヨルハがオーバーキル気味に辛辣に言い放つので、ユフィリアは固まった。さすがにソフィアも凍りつく。

「人違いだね。さあ、行こうユフィ。この匂いは……ああ、シンラの細君にご馳走《ちそう》になったことがある。甘いのもいいけど、ここの抹茶は美味しいよ。茶屋では頼めなかったから、試してみようか」

すいとユフィリアの肩を抱いて、ヨルハは店に入っていく。

ヨルハだって、この怪しい中年女性の正体を察している。それでこの対応だ。肉親だろうがユフィリアにとって害悪ならば、シビアな線引きをする。

「待ちなさい！　アリスを返しなさい！　私の娘よ！」

必死に叫ぶソフィアの声を聞いても、ユフィリアは空《むな》しくなるだけだ。

アリスの処刑で、ソフィアが少しは変わったかもしれないと思っていたが、こんな変化は望んでいない。以前よりさらに悪くなっている。

最初から期待していないが、ユフィリアは心が暗くなる。

ユフィリアの落ち込みを敏感に察したヨルハは目を鋭くし、ソフィアを睨《にら》む。

今だって近づくソフィアを警戒し、ヨルハは前に出てユフィリアを庇っていた。

（お母様……貴女の娘はアリスだけじゃなかったでしょう）

二人いたはずなのに、ソフィアからはユフィリアの名は出てこない。ずっと妹の名を呼び続け、その目にはユフィリアを映していないのだ。

結局、ソフィアにとってのユフィリアはその程度なのだ。

ユフィリアの中に冷たい澱《おり》のようなものが積もっていく。ずっとふわふわとした幸せな気持ちだったのが、急激にしぼむ。窮屈なハルモニアの屋敷にいた頃に戻ってしまったようだ。

しかし、自分の肩に温かさを感じ、殻に籠《こも》りかけた感情が戻ってきた。

「ヨルハ様、少し待ってもらっても？」

「構わないけれど。相手をするの？　彼女は正気か怪しいよ」

ユフィリアが小さく頷《うなず》くと、ヨルハは店のほうへ引くのをやめた。

振り返ったユフィリアに、ソフィアの表情が明るくなる。

「あら、素敵な服ね。ゼイングロウのドレスかしら？」

今日のユフィリアは薄黄色に白い花が刺繍された小袖に、藍色の袴《はかま》風のスカートを穿《は》いている。少し短めにしてあり、裾のスリットなどからも、ドレープを大きく取ったフリルや、レースのペチコートが見える。

ペチコートは下着ではなく、わざと見せるためのデザインだ。動くたびに柔らかい生地が揺れて、軽やかな印象を与える。

白銀の髪はハーフアップだ。頭の後で纏め、編み込んだリボンと簪で留めている。金の簪は最上級の黒曜石とダイヤモンドが嵌《は》め込まれ、羽根の形をしていた。

耳にはヨルハの羽根で作ったイヤリングが揺れている。

どれもこれもミストルティンにはなく、馴染みのない意匠だ。

それでも貴族夫人であるソフィアの目では、かなりの値打ちだと分かる。絹の艶、刺繍の緻密さ、金の輝き、宝石の透明度などが抜群なのだ。

「やっぱりアリスには明るい色が似合うわ。ああ、よかった。立派な殿方と婚約できて！　貴女はやっぱり自慢の娘よ」

悪意も悪気もなくとも、それは言って欲しくなかった。

同時に理解する。ソフィアはアリスが死んだことを受け入れたくなくて、ユフィリアで上書きしているのだ。整合性が取れないことなんてたくさんあるだろうに、自分が認めたくない不都合なところは強引に捻《ね》じ曲げている。

ソフィアの中でアリスは死んでいない。平民にも、犯罪者にもなっていない。処刑されておらず、異国で貴人に嫁ぐ予定になっているのだろう。

逆に、ソフィアの中でユフィリアはいなくなっている。死んですらいない。存在ごと消し去っているのだ。

二人の娘の情報を都合の良い記憶で歪《いびつ》につぎはぎしている。

「違います……お母様。いえ、ハルモニア伯爵夫人。私の名はユフィリア。貴女のアリスではありません」

「アリス？　ユフィリア？　ユフィ……え？　ああ？　何を言っているの」

「そしてもう貴女の娘だったユフィリアはもういない。私には母も実家もない。そう思って、今後は過ごそうと思います」

不思議と悲しくはなかった。ずっと自分を雁字搦《がんじがら》めにしていた細い鎖が、一つ一つ千切れて自由になっていく気がした。

期待すると苦しい。裏切られると悲しい。でも、何もなくなればそんな思いをしなくなる。

ずっとアリスのように抱きしめて欲しかった。頑張りを認めて欲しかった。よくできたと褒めて欲しくて、愛情を感じたかった。

ソフィアにとって愛する娘はずっとアリス一人。

作り笑いは得意だ。そもそも、家族だった人たちの前で本当に笑った時が思い出せない。少なくとも数年は心からの笑顔など向けていない。

「ご機嫌よう。そしてさようなら、ハルモニア伯爵夫人。どうぞ、ゼイングロウの旅を楽しんでくださいませ」

きっと、二度と会うことはないだろう。

自分から決別を口にすれば、もともとハルモニア伯爵家に良い印象がないヨルハは、嬉々《きき》として交流を断絶すると理解していた。今までも積極的に取り持とうとしていない。明確に距離を置いていた。

思いもしないユフィリアからの拒絶と別離の言葉に、ソフィアの目は零《こぼ》れ落ちそうだった。

言葉にならない呻《うめ》きを漏らしながら、がくりと膝をつく。

不思議なことに、ソフィアは涙を流していた。今まで散々辛く当たっていたのに、何を嘆くというのか。

本当にユフィリアは不思議だった。ソフィアの中にユフィリアを惜しむ感情があるなんて、想像もつかない。

それだけの蓄積があった。アリスとの差別。可愛げがないと繰り返され、やることなすことに失笑や苦言だけが反応だった日々。

「ああ、待って。違うの、違うのよ。待って！　待って、許してよ。お願い……貴女はお姉ちゃんでしょ？　いつも我慢できていたじゃない」

その言葉が嫌いだった。姉だから、ユフィリアなら——そんなの言い訳だ。

好きで我慢していたわけでも、忍耐強くなったわけでもない。そうじゃないと、許されないから感情を抑圧していただけだ。

何も分かってくれない。分かってくれない。きっと、理解すらしようとしていない。ここまでくると、笑いすら起きなかったのは、失望したからだ。

ユフィリアが背を向けると、ソフィアとは別の荒々しい足音が近づいてきた。

「待て、ユフィ！　私の話がまだだ！」

その高圧的な声と態度。娘というより、部下や使用人に当たるようなスタンスは相変わらずのようだ。

ソフィアに続き、イアンまで出てきた。ソフィアがいるのだから、近くにいるかもしれないとは考えていたので、驚きはしない。

しばらく見ないうちに、イアンは随分貧相になっていた。

神経質な性格なので、外見は整えていたのに。お洒落ではないが、当主の風格に相応しい装いという点にはこだわっていた。それなのに今のイアンは髪は乱れきって、髭《ひげ》もまばら。しわくちゃのシャツ、ジレ、ジャケット。トラウザーズや靴には旅の影響か、埃っぽくシミや泥跳ねが残っている。

宿の従業員が獣人だったので、衣服を触らせたがらなかった結果、イアンは同じ服を着続けている。自分では手入れもできないので、当然くたびれて汚れが目立つ。

イアンを追いかけるようにブライスがやってきたが、彼は小綺麗だ。同じ組み合わせでも、きちんと洗濯やアイロンがされていると分かる。靴も少し汚れているが、布で軽く拭くだけで落ちるような程度。

イアンとは違って貴族令息らしい気品がある。

「父様！　ダメだ！　止まってくれ！」

走るブライスはイアンを止めようとしたが、乱暴に振り払われて壁に突き飛ばされた。

それだけでなく、イアンはブライスに追撃しようと腕を振り上げた。見ていられなくて、遮るように声を上げる。

「これはハルモニア伯爵、ご機嫌よう。ゼイングロウは楽しめていますか？」

イアンの小汚い姿を見れば分かる。楽しむ余裕なんてないだろうに、定型の言葉が出てきてしまう。

家族としての会話なんて、何をすればいいか分からない。

イアンとユフィリアの親子関係は希薄だ。積もる話もなければ、盛り上がる話題なんて思いつかなかった。

ユフィリアの言葉が気に食わなかったのか、イアンは眉を跳ね上げた。

今のユフィリアの挨拶は伯爵令嬢や娘としてではない。ゼイングロウの皇族としての言葉だった。

まだ結婚はしていないから皇后ではないが、ヨルハはユフィリアに多くの権利を与えている。ヨルハが番と認めている以上、ゼイングロウではユフィリアを蔑《ないがし》ろにすることは許されない。

まだ挙式が成されていないだけで、その扱いは実質皇后なのだ。

それを理解できずに睨みつけるイアンの視線を、ヨルハが遮った。

「先に言っておきますが、融資の件はお断りします。私の婚約者とは、婚約後に縁を切るので好きにしろと告げたのはそちらですので、貴方を義父とも思いません」

ユフィリアの肩を抱いたまま、どこか懐かしい態度でヨルハが言い切った。その表情はミストルティンの国賓として招かれていた時の顔。猫を被《かぶ》っている、外交用の振る舞いだ。

一瞬にして気品と威厳がある貴人の空気を纏ったヨルハに、イアンは口を噤《つぐ》んだ。昔からこうだ。見下している相手にはとことん強気に出るが、逆にはてんで弱い。

イアンは狭量で、肝も小さい――そう、典型的な小者タイプ。

「ヨルハ様やゼイングロウにもあの下品な申し出をしていたのですか」

失望した目でイアンを見るユフィリア。罵倒されるよりも、その視線が雄弁に語る。

その鋭さと冷たさにたじろぐイアン。ブライスも居心地が悪そうにしている。

イアンに対してユフィリアがこんなにも反抗的な態度で、責め立ててきたのは初めてだ。いつもこちらを窺《うかが》うように、下手に出ていたのに。

言葉を選び、イアンが強く言い返すと黙って従う。そのくせ、表情は憂鬱として暗い。

そもそも、こんなに真正面からユフィリアが向かってくるのはいつ以来か。記憶のユフィリアはいつも俯《うつむ》きがちな娘だった。

「仕方がないだろう……事業が上手《うま》くいっていないんだ。お前は皇后になるんだろう？　ならば気を利かせて、融通すべきだろう」

気まずさを誤魔化すように、強気に出るイアン。ユフィリアの眼差しは軽蔑すら滲んでいるのに、気づきもしない。

「育ててやった恩も忘れたのか」

「返したでしょう。私を売って得た結納金があるでしょう。以前にアクセル公爵家から融資をしていただいた何倍だったと思っていますの？」

その言葉に、イアンは顔を上げてぎょっとする。

ユフィリアにはエリオスの婚約時の融資の話はしていないはずだ。今回の巨額の結納金のことや、絶縁を仄《ほの》めかした手紙をゼイングロウ側にも送ったことを知らないはずだ。

それにヨルハに見初められて婚約が持ち上がってすぐ、ユフィリアは王宮で過ごすことになった。

ミストルティン王家の計らいで、ゼイングロウについて学ぶことになった。

それから一度も家に帰っていないから、金銭のやり取りは一切漏らしていない。

ゼイングロウだって、嫁いでくる花嫁にわざわざ言うとは思えない。ユフィリアの寵愛《ちょうあい》ぶりは有名なのだから、売られてきたような婚約なんて醜聞、積極的に広めないだろう。

「売るなんて……人聞きの悪い」

イアンは歯切れ悪く言い返す。ブライスは気まずさに顔を逸《そ》らした。

思い当たるのだろう。誹《そし》られても仕方ない、過去の言動が脳裏をよぎっているに違いない。

「私が婚約して、ゼイングロウに行く際……一切、ハルモニアからの援助はありませんでした。風習や作法を教えてくださったのは国王陛下たちの手配。衣装や装飾品の大半は、ヨルハ様からのもの。ハルモニア伯爵家からのものは、私物だけ。しかも、目ぼしいアクセサリーなどは誰かに抜かれた後でした」

ユフィリアは明言しなかったが、当時その家でそんな愚行をしそうなのは一人しかいない。

いつだって優秀な姉に嫉妬していた、我儘《わがまま》な妹。

ユフィリアの持っている物を奪うことが大好きなアリスならやりかねない。家族だってアリスの強欲な性格を知っていたはずだ。

「それは……私は知らん！　関係ないだろう！　アリスが勝手にやったことだ！」

ユフィリアはまるで台本があるように、すらすら出てくる言葉で追い詰める。

まだ認めないイアンを見苦しいとしか思えない。この人たちに期待し、情をかけるだけ心が損をする。期待して傷つくのはもうたくさんだ。

一度割り切ってしまえば、こんなにもなんともない。

むしろ、聞き分けのない子供のようなイアンに哀れみに似た感情すらあった。愚かで、不器用で、虚栄心ばかりが目立つ。ないものねだりをして、地道に努力をしようとしない。

多少取り繕ったことを覚えても、イアンの本質はアリスに似ている。さすが親子というべきか。他責的な性格なんかはそっくりだ。

かつては大きく感じていた父親が、こんなにも小さい男だったのか。

「……まあいいでしょう。遺品は諦めます。過ぎたことなので。ですが、もう親子としての情はないのです。育てた恩と仰《おっしゃ》るならば、娘として……貴方に金を運ぶ駒としての役割は十分果たしたでしょう？　これ以上は見ていられません。自重なさってくださいませ」

それはユフィリアからの最終通告だ。

イアンがここまでしつこく食い下がらなければ、口にするつもりはなかった。

ユフィリアの最後の気遣い。残念ながら、イアンはそんな配慮すら汲《く》み取ってくれなかったようだが。

あまりに取りつく島のないユフィリアに、ついにイアンも膝をつく。聞き分けの良いかつてのユフィリアのままだと思って、強引に押し通せば頷くと思っていた。

「……そんな冷たい子ではなかっただろう……ユフィリア」

絞り出すように、縋るように呟《つぶや》くイアン。

この期に及んで情に訴えるつもりなのか。散々冷たい子だ、愛嬌《あいきょう》のない娘だと詰《なじ》り続けてきたのに、最後には利用尽くした家族の情を盾にしている。

過去の自分の行いには目を向けない。

ユフィリアに謝るという発想すらないのか。

「違うでしょう。ハルモニア伯爵――もっと都合のいい娘だった。貴方にとってはそうだったでしょうけれど、もうやめたんです。貴方たちに肉親の情を期待するだけ、無駄だと分かったから」

良い子のユフィリア――都合の『良い』ユフィリアはもうやめた。

今度こそ二の句を継げなくなったイアンは、押し黙る。

今まで思っていたことを口にすると、ユフィリアはそれだけで心の中が整理されていくようだった。

晴れ晴れとすらしたユフィリアとは違い、イアンはどんどん焦っていく。一人でぬかるみに嵌り、藻掻《もが》いてさらに沈んでいくようだった。

顎を引き、背筋を伸ばすユフィリアは美しかった。

ハルモニア伯爵家にいた、張り詰めた近寄りがたさはない。纏っている空気はむしろ穏やかで、微

笑は柔らかい。

その紫がかった空色の瞳は、力強く輝いている。

イアンはその眼差しに、気圧される。何をすればいいか思いつかない。

金になる話を確約するまでユフィリアを追い詰めるはずだったのに、逆になっている。

「もうやめましょう、父様。すまないな、ユフィ。押しかけて迷惑をかけた。ヨルハ陛下も申し訳ない」

混乱するイアンの肩に手を置き、間に入ったのはブライスだった。

後ろにいるソフィアは座り込んだままだ。茫洋《ぼうよう》とした瞳で、薄ら笑いを浮かべている。また現実逃避で、自分の世界にのめり込んでいるのだろう。

三者三様の中、ブライスだけはまともに見える。

「……今回はプライベートで起きたこと。我々の間には何もなかった。両国の間で波風を立てたくないので、不問としましょう」

「いいの、ユフィ？　こいつらくらいなら、ミストルティン王家に言えば綺麗に処分するよ？」

やや不満げなヨルハ。綺麗に処分なんて、物騒なワードが飛び出てくるからハルモニア伯爵家はただじゃすまないのは確定だろう。

「ハルモニア伯爵夫妻はかなりお疲れの様子。少し暇を与えていいと思います」

ユフィリアの目に、二人はまともに見えなかった。

特にソフィアは酷いものだ。いつも貴族夫人の型に嵌ったような人で、流行とお洒落、そして子供がより良い縁談を結ぶことしか考えていない。

独りよがりが多い人だったが、ここまで来ると心神喪失ではないか。二人しかいない娘を判別できず、記憶を奇妙に書き換えている。

イアンは別の意味でダメだ。ミストルティンとゼイングロウの関係性を理解していない。自分の利益を追いかけ、常識から逸脱している。

王家ですら丁重に扱う皇帝ヨルハにまともに挨拶できていないし、次期皇后のユフィリアを下に見る振る舞い。貴族として生きている人なのに、貴族としてのマナーができていない。

ユフィリアがミストルティンを出る前は、おかしくなかった。

少なくとも、取り繕うくらいはできていたのに。

「ユフィ、いえユフィリア様。配慮に感謝します」

ブライスは略式の一礼をした。正式な一礼をできないのは、両親がいるから。いつまたおかしな行動に出るか分からない。

イアンを支えているのはすぐに捕まえられるためであり、その場所はソフィアとユフィリアたちの間に立つような形でもあった。

（お兄様。なんだかだいぶ丸くなったわね。前はもっとつんけん尖《とが》っていたのに）

この両親に振り回され、尖っている暇がなくなったのかもしれない。

以前はユフィリアがやらされていた役割を、ブライスが背負っているのだろう。ユフィリアほどあたりが強くなくても、彼の憔悴《しょうすい》しきった顔を見れば分かる。

以前は鼻持ちならないところのある、いいとこのお坊ちゃんだった。その高慢さが消えて、苦労してくたびれた雰囲気がある。

ちょっと憐《あわ》れ半分、今までのユフィリアの苦労を思い知って欲しい半分だ。

そんな時、すっとヨルハが前に出た。

僅かに微笑むだけでその絶世の美貌にブライスは意識が持っていかれた。

「ユフィに免じて許すけど、次はない」

腰を砕くような美声だが、心臓を貫くような冷たい殺気も滴っている。気が緩んでいた部分に絶妙に差し込まれた敵意に、縮こまるしかできない。

そんな恋人にユフィリアは少し苦笑しながらも、止めなかった。

圧倒的強者のヨルハ。やろうと思えば、政治的にも物理的にも徹底的な殲滅《せんめつ》を行える。やらないだけ十分我慢しているのだから、警告するくらいは許容範囲だ。

「さぁ、ユフィ。お店に行こう」

「ええ、ヨルハ様」

それきり、ヨルハとユフィリアは一瞥もせず、当初の目的通りお店に入っていった。

数秒、否。数分はその場で固まっていた三人。

最初に言葉を発したのはブライスだった。

「……ヨルハ陛下のご温情があるうちに、戻ろう。これ以上干渉したら、周囲からの叱責じゃすまない。国際問題になる」

「だがまだ金を……！」

この期に及んで金の無心しか頭にないイアンに、ブライスも怒りが込み上げてくる。

イアンは当主として優秀ではない。凡庸な男だ。地道な努力より欲が走る。貴族たるものと口では言いながら、卑しい性格をしている。

恥を知らない父に、ブライスも限界だった。

「いい加減分かれよ！　ユフィには頼れないって！　今まで散々苦労かけて、家族面なんて都合が良すぎるだろ！　もう無理なんだ、謝る資格すらないんだよ……！」

あの玲瓏《れいろう》たる声の美丈夫が許すとは思えない。

ユフィリアが『暇を与える』と言ったのは、暗に蟄居《ちっきょ》を匂わせていた。イアンとソフィアの暴挙を、療養という形で表舞台から遠のかせるのを条件に引き下がらせた。

これを破り、イアンがまた二人の前に出てきたら、容赦なく叩《たた》き潰される。当然ブライスにも余波が飛び、ハルモニア伯爵家は畳まなければいけなくなるだろう。

ハルモニア伯爵家だけに収まらず、ミストルティン王国自体にも影響が出かねない。

経営難を抱えているうえ、隣国の大国から怒りを買った貴族など王侯貴族から煙たがられる。

ブライスまで蟄居を言い渡されなかったのは、二人の監視のためだ。

「ユフィがやろうと思えば、俺たちを処刑に追い込むなんて簡単だ！　やらかしたのは私たちだ。ユフィのギリギリの譲歩を理解してやれよ……！」

ブライスも人のことは言えない。

結局両親を止めず、のこのことついてきた。上手くいけば良い商談が手に入るかもと、浅ましい考えが根底にあったのだ。

怒鳴られたイアンは呆然《ぼうぜん》としているので、そのまま宿のほうへ引きずる。

ソフィアの腕も掴むと、ハッとしたように顔を上げた。

「ユフィ？　ああ、ユフィ。また意地悪をするの？　本当に冷たい子ね」

「冷たいのはアンタだろう。母様。いつもユフィばかり責めて、本当に不憫《ふびん》だよ。あんないい子に無理ばかりさせて。アリスも可哀想《かわいそう》だ。あんたが叱りもせず、自己満足の愛玩をするから常識のない我儘な子になった」

正しいことや悪いことを教えず、憐れんで、可愛がって、つぎはぎのように取り繕っていた。そのツケがあの結果だ。

ソフィアは泣いて憐れんでいたが、減刑を求めたり王家に嘆願したりはしなった。

イアンもソフィアも――ブライスも。しょせんその程度。なんて軽い愛ばかり口からこぼすのか。

変わらなくてはいけない。

ブライスはぎりぎりまだ首の皮が繋《つな》がっている。

突き放したのは確かだが、それはユフィリアの恩情でもあった。

ふと、思い出す。胸の内ポケットに仕舞った小さなお守り。ブライスには似合わない、華やかな色。

(渡せなかったな)

渡したとしても、ユフィリアは怪訝《けげん》に思うはずだ。

いつだって家族の輪からのけ者にされ続けたユフィリアは、それと引き換えに何を要求されるのかと勘繰るはずだ。

ユフィリアはアリスの犠牲になっていた。些細《ささい》な贈り物ですら、疑わずにいられないくらい繰り返し傷ついてきた。不釣り合いな対価を要求されていた。

家族だから、ずっと一緒に暮らしてきた。ユフィリアと仲直りする機会は何度もあったのに、楽なほうへ逃げ続けていた。

後悔先に立たずとは、その通りである。

ユフィリアとヨルハが帰る時には、三人はいなかった。

帰りの牛車に揺られながら、隣り合って話す。

お店でのもてなしが素敵だった。出されたお菓子もお抹茶、美味しかった。お菓子なんて、本当に可愛くて食べるのがもったいないくらいで、色鮮やかで豊富な造形には目移りしてしまった。

お菓子だけでなく、試飲して美味しかった抹茶もいくつか購入したので、今度は道具も購入して点《た》て方や作法を習う予定だ。

店に入る前は少し気を落としていたユフィリアも、帰る頃にはすっかり明るくなっていた。お店では楽しい時間を過ごせたのだろう。気に入ってもらえたようで、ヨルハの表情も柔らかい。

「そうだ。ユフィ、これ」

そう言ってヨルハが渡したのはころりとした小さな陶器製の梟。

「これは……根付ですか？」

「そう。それに梟は幸せを呼ぶ鳥と呼ばれているし。お守りでもあるよ」

「ありがとうございます」

根付は留め具にも使われる。巾着などによく使用される。鞄《かばん》などのチャームと同じように、お洒落としても活用されている。

嬉しいけれど、いつも貰《もら》ってばかりなのも心苦しい。

ヨルハに何かお礼をできないかと考えていると、首に組紐がある。三本作った組紐はユフィリアが編んだものだ。ヨルハは大事に愛用し、いつも付けている。

（また手作りで贈ろうかな。お茶やお料理もそうだけれど、手作りを喜んでくれるから）

ハンカチ一枚でも一流職人の作品より、ユフィリアがワンポイントいれただけの市販品を喜ぶのである。

ただ、ヨルハに内緒で作るのは至難の業だ。

廊下を気にしていても、気配が薄く足音も静か。それだけでなく、いきなり窓からひょっこり顔を出すこともある。

アットホームで垣根が少ない生活。ヨルハがユフィリアを溺愛し、スキンシップが好きなこともあるだろう。同居ならではの問題だ。

でも、ユフィリアはあの寒々しい虚栄ばかりのハルモニア伯爵家より、今の精霊の木の家のほうがずっと愛着がある。

(嬉しかった。ヨルハ様は嘘をつかない。本当に大事にしてくださる)

ソフィアやイアンが話しかけてきた時、不当な要求をしてきた時、ヨルハはずっとユフィリアの傍にいた。一定以上近づかないように、視線と体で牽制《けんせい》しながらも、ユフィリアの答えを待ってくれた。

全身で、言葉で、ユフィリアを守ると示していた。それがどんなに心強かったか。

「あの、ヨルハ様。私の実家が大変失礼しました」

「気にしないよ。ユフィとアイツらは違うし。そんなのユフィに失礼だ」

何を言っているか分からない。

そんな文字が頬に張り付いているような表情のヨルハ。

きっと以前なら困惑していただろうけれど、短いながらも濃密な日々を過ごしているから分かる。

ヨルハには番《ユフィリア》とその他大勢の線引きが明確だ。

それが肉親だろうが関係ない。ユフィリア第一主義が念頭にあり、ユフィリアに害悪かで差別化される。唯一、例外はシンラやコクランだろうか。

神獣であるヨルハには劣るが、幻獣の格を持つ二人は特に気を許しているようだ。二人とも番を持つ身なので、それも理由だろう。

「寛大なお心、感謝します」

ユフィリアはヨルハの肩に頭を乗せる。

口では慇懃《いんぎん》な礼を言いつつ、その仕草は恋人としての甘えだ。

その様子にヨルハは満足だ。ユフィリアが一緒にいなければ、ひき肉にしてやりたいくらい苛立《いらだ》っていたのを我慢した甲斐《かい》がある。

可愛い恋人に、汚い血肉の広がった光景など見せたくない。

あの場にいたのが自分だけなら、原型がなくなるくらい入念に磨《す》り潰していたくらいには、不愉快な連中だった。

磨り潰しても腹の虫が治まらなかったら、ミストルティンの玉座にその汚物を投げつけに行ったかもしれない。

本来、ヨルハは我慢強い性格じゃないし、血を見るのも厭《いと》わない。先ほどは隣の番を思いやればこそ、自制できた怒りだ。

もしユフィリアを傷つけていたら、その自制も危うかっただろう。

今回、ユフィリアは驚きや悲しさはあったものの、その精神はむしろ落ち着いた。鬱屈していた不満を言い、はっきり決別できて清々したのだ。

同時に、あの言葉はゼイングロウが自分の居場所だと思っているからこその言葉。

ユフィリアの心はゼイングロウ――ヨルハにある。

(しかし、ラインハルト殿には忠告しておくかな)

確実にハルモニア伯爵家の現当主夫妻を表舞台から退場させる必要がある。見たところ、ブライスは約束を守ろうとするだろうけれど、まだ跡継ぎでしかない。

仕事も父親のサポート中心だというし、現当主のイアンがごねたら難航する。

ならば、イアンが強く出られない相手に圧力をかけさせるのが早い。

国王のラインハルトから蟄居を言い渡されれば、イアンはソフィアを連れて領地に引き下がるほかない。

結婚式のためにミストルティンの国王夫妻は少し早めに来て、ゼイングロウの様子を見るはずだ。

こちらに来る前に、代替わりをさせたほうがいいだろう。

貴族たちも多く来る。宮殿に招待されていない貴族だって、祝賀ムードを味わうためだけに観光しに来るのだ。

(師匠にも早く来てもらおう。今は大丈夫だけど、ユフィがマリッジブルーになったら相談しやすい人が必要だ)

身の回りのことはリス妖精が完璧にやってくれるが、ユフィリアとは喋れない。

それでもなんとなく会話は成立しているのは、リス妖精のコミュニケーション能力や肉体言語《ボディランゲージ》や顔芸の幅広さゆえだ。

細かい会話は、やはりヨルハをはじめとする獣人を通さないと難しい。

ヨルハがユフィリアを見ると、指で梟の根付を転がして嬉しそうにしている。

(可愛い)

番があまりに可愛らしすぎて、他のことが頭から消えうせるヨルハだった。

身勝手な両親を見てユフィリアは思ったことがある。

押しつけは良くない。最低限、相手に対して配慮や遠慮を持つべきだ。

自分にとっての魅力が、周りにとっても同じとは限らないのだ。逆に、自分に興味がなくても、他の人にとっては魅力が溢れているなんてこともある。

「ギフトカタログ、ですか？」

「はい。招待客のグレードに合わせた引き出物候補一覧を用意するんです。特産品などを絵と文章で説明し、欲しいものを選択して選んでいただく。もちろん、その引き出物は厳選させていただきますが、同時に来賓の方の意向も反映されます」

出されていた食事をもう一度食べたい。展示されていた調度品や、貴人たちの装飾品や衣装が気になる。相手の様々なニーズに合わせられる。

ユフィリアは一本の煙管《キセル》を手に取る。胴は艶やかに磨かれた木目が美しく、吸い口と雁首《がんくび》は黄金製で繊細な螺鈿と彫金技術を駆使して装飾が施されている。

「正直、私なんかはこの煙管はあまり……ですが、ミストルティンではもっと太く短いシンプルなものが多いんです。このように華奢な造形や繊細な絵付けは斬新であり、芸術性がありますよね」

中高年男性には煙管の愛用者が一定数いる。基本、お金の負担の多い趣味なので、貴族や豪商向けでの嗜好品《しこう》だ。喫煙目的ではなく、燻《いぶ》した煙を使って服薬や香水代わりに使う人もいる。

正直、従来のずんぐりした煙管と、華奢で瀟洒《しょうしゃ》な煙管——どちらが取り出して、スタイリッシュに見えるかと言えば、断然後者だ。

慣れている形が良い人もいるだろうけれど、実用以外にも欲しがる可能性があった。煙管コレクターもいる。引き出物限定デザインなんて、コレクター垂涎《すいぜん》の品である。

これだけ綺麗なら、この一本をきっかけにゼイングロウの煙管に人気が出るかもしれない。

「女性はこの扇などが好みそうです。我が国では羽根や布製の扇が多いのですが、紙にこんなに繊細な絵を施す物はありません。木材の加工技術も、目を見張るものがあります」

ユフィリアの説明に、周りは目を輝かせる。なかなか良い手ごたえだ。

「前例はありませんが、面白い発想です。ここのところ、各一族の競争心が苛烈になっていますし、このままでは生産地に問題を発生させて辞退させ、自分ところの商品を、という過激な一派も出てくるのも時間の問題です」

「そんなトラブルが……」

「すでに、いくつかの候補地でいざこざが起きているんです。まだ小さい規模ですし、グレーゾーンなので処罰できません」

いつものことなんですけどね、とミオンは苦笑する。

高位の格を持つ獣人は、敬愛と畏怖を向けられる。その恩恵にあやかろうとする商魂たくましい商人は多い。

彼らの結婚式では毎回ブライダル商戦が起きている。

「そうそう。ゲット様からお願いされてね。引き出物のおまけで、美髪剤を入れたいと提案が……」

ユフィリアが口にした瞬間、部屋中の獣人たちの目が光った。比喩ではなくギラァッと底光りしたのだ。

ユフィリアは彼らのその眼差しに、今まで感じなかった殺気にも似た野生の闘志を感じ、後ろに下がってしまった。

そんなユフィリアを逃がすまいといわんばかりに、多くの人が詰めかける。

「絶対採用してください！」

「是非！　是が非でもお願いします！　あの護衛たちが使っている姿を見て、本当に羨ましくって！」

「どのグレードからいれるんですか⁉　引き出物貰うなら、みんな入っていますか⁉」

その勢いに、ユフィリアが尻込みしてしまう。

皆が吐息も鼻息も荒い。ここまで熱心に求められるのは嬉しいが、圧が強すぎて目を回してしまいそうだ。

「その、まだ決まっていないの。話題の一つとして上がって……」

ヨルハも言っていたし、ゲットにも太鼓判は押されていた。ゲットとしては流通前に宣伝したいという思惑もあるのだろう。

「はい、そこまで！　我々の要望はユフィリア様に届いたでしょう」

ぱんぱんと手を叩きながら、ミオンが引き剥がしていく。

床には詰めかける集団を阻止しようとして、轢《ひ》かれた護衛たちが数名倒れている。足跡だらけの全身が、彼らの頑張りを主張していた。

ミオンは助け起こすことなく、弟たちを含め不甲斐ない同僚を見ていた。

「この程度で倒れるなんて、情けない……」

辛辣だ。しかも「訓練を追加だな」と手厳しいことまで考えている。

心配そうなユフィリアの視線に気づいたミオンは、先ほどの厳しい顔がなかったかのようにころりと変えて、にっこり笑う。

「さて、無事引き出物案も決まりました。それぞれに引き出物候補をアピールする文章を作成させ、絵の得意な者に添付絵の作成を依頼しましょう」

「それは生産元の十二支族の方には依頼しないのですか？」

「文章は文字数制限や校閲でコントロールできますが、絵はその描き手のタッチが影響する上、過剰に美化されたら厄介です。版画で作らせればカタログの絵も激しい偏りも出ないでしょうし」

ミオンは有能秘書のようだ。凛《りん》とした美人で、てきぱきと働く姿は素敵だ。中性的な美貌と確かな腕っぷしに憧れが多く、同性からも人気が高い。

簡単に要点をまとめ、ギフトカタログ案を十二支族の長《おさ》たちへ通達すると、意外と好評だった。

新しい取り組みに面白がりつつも、どこが多く発注されるか牽制試合があったそうだが、それは置いておく。

今回は選ばれるのは難しいと思っていた一族には、朗報だ。自分たちにもチャンスがあると売り込み文句を張り切って考えているそうだ。

数日後にはそれぞれの一族が考え抜いた商品のアピール文章と、写実的な作風を得意とする版画職人から見本絵が来た。

見本誌は結構な厚さになったが、ぺらっぺらの号外チラシのようでは安っぽくなるのでこれくらい重厚でいいだろう。

それに合わせて装丁も整え、革張りに金箔《きんぱく》を使った飾り文字なども用いた表紙で豪華に仕上げた。

気合いが入りまくった結果、まるで図鑑や辞書を思わせる重厚感である。方針が決まるや否や、怒涛《どとう》のスピードである。

ちなみに護衛やメイドたちは一足先に、見本誌を手にどれが欲しいと騒いでいる。

持ち出し厳禁なので、ヨルハ直々に許可を得た一部の者の特権だ。

無事にカタログが仕上がったユフィリアは一安心していると、あまり見ない役人が相談を持ちかけてきた。

「ユフィリア様、少々よろしいでしょうか？　衣装の件でも再度確認がありまして」

やってきた役人は、そわそわと落ち着かない。何か緊急事態なのだろうか。

彼女が近づくと、ふわりと匂いがした。どこかで嗅いだ気がするけれど、あまりに薄っすらして分からない。

「まあ、それは大変。伺いますわ」

この前の衣装合わせで、残りは本当に微調整だと思っていたのにトラブルでも発生したのだろうか。

あれこれと多忙にしていたら、気づけば結婚式まで一か月を切っている。

お色直しは少なめにしたので、衣装のトラブルが起きてしまえば穴埋めが難しい。

護衛やメイドたちも当然ユフィリアについて行く。結婚式が近づくにつれ、緊張感が増している気がする。

なんとなくなのだが、空気が張り詰める時がある気がするのだ。

「着付けをしますので、メイドの方以外は外でお待ちください」

「私が同席してもかまわないでしょう？」

女性であるミオンなら大丈夫だろうと申し出る。護衛でも異性が入ったら、ヨルハが怒りと嫉妬でこの場を赤く染めかねない。

「裾が長い衣装を試着するのです。部屋を広く使うので、最低限の人数だけでお願いします。人目を避けるようヨルハ様からお達しもありますし、万一にも衣装が傷つかぬようにするためです」

見たところ、衣装を確認する部屋はあまり広くなさそうだ。

結婚式の目玉の一つである花嫁衣装のお披露目は式の場以外ありえないから、人目は避けるべきだ。

事故を避けるためにも、安易な移動はできない。

ミオンはあまり良い顔をしなかったが、ユフィリアが宥《なだ》める。

「今はどの部署も立て込んでいて、ちょうど良い部屋がなかったのでしょう。優秀なミオンたちを信頼していますもの。申し訳ないけど、待っててくださる？」

少し前に、祭具に損傷があり急遽《きゅうきょ》一斉点検を行うことになった。

結婚に使う祭具だけでなく、その後に控える祭りや儀式などの分も運び出され抜き打ちチェックが行われた。

いくつかに不備が見つかり、予算を編成して作り直したり修理をしたりと騒ぎになったものだ。

それをきっかけに、祭具だけでなく倉庫の備品も見直す動きも出ているそうだ。

「……扉のすぐ傍には立たせていただきます」

表情を複雑そうにしたミオン。色々思い悩んだが暗殺者などの不審な気配はしないので、ぎりぎりの譲歩をした。

荒事は得意だが、繊細な衣装や装飾品の取り扱いは苦手だ。ついでに同僚も似たようなもの。うっかり足跡をつけたり、壊したりしたら目も当てられない。

ミオンの葛藤を察したユフィリアは微笑んだ。

「ふふ。開ける時は気をつけなきゃね」

ユフィリアは笑うと一気に華やかになる。穏やかで可憐な人柄で、ヨルハの溺愛も理解できる。力がモノを言う獣人世界。力強さとは程遠いが、ユフィリアを慕う獣人は増えつつある。

ユフィリアが消えていった扉を背に、ミオンは考える。

（……馴染みの針子がいなかった。衣装担当の役人にあいつもいたか？）

今日来たのは普段は雑用をしている、使い走りかもしれない。

動きを見る限り素人だ。一級品の伽羅《きゃら》の匂いが漂っていたから、いいとこの出身でコネを使って入ったのかもしれない。

（伽羅と言えば、フウカ様はいつも衣に香を焚《た》き染《し》めていたな）

ミオンたち――嗅覚の良い獣人には苦痛なほど纏わせていた。

格の低い獣人は、人よりはマシ程度の感覚しか持ち合わせていない者もいる。嗅覚にばらつきもあるので、香油や香水などを好んで使う者もいた。

フウカもそのタイプで、自分をより魅力的に見せるために使っていた。

（ヨルハ様は嫌がっておいでだったけれど、ずっと気づかなかったな）

体の線の出る衣装も、しなを作った声も、甘えるような上目遣いも――あらゆる媚態《びたい》を鬱陶しがっていた。

最近はユフィリアがいる時だけは露骨ではなくなった。以前は殺気に近い嫌悪を放っていたのだが、鈍感なフウカは察しなかった。

（基本、べたべたされることも近づかれることも許さない方だからな……）

だから、ユフィリアを連れて来た時は驚いたものだ。

人間の女性を、あんなに慈しみながら抱き上げていた。その触れ方が、視線が、全身で愛おしくて嬉しくて仕方ないと雄弁に物語っていた。

片時も離れてなるものかと態度で示していたのだ。

だが、それを知っていてまだヨルハに言い寄るフウカの胆力は、ある意味尊敬する。ダイナミックな自殺行為。死に急いでいるようにしか見えない。

ヨルハはその日、とある客人を持て成していた。

その一人は少しゲットと話している間に、ふらりとどこかへ行ってしまったようで、ゲットは慌てて探しに行った。連れてきた手前、放置はできなかったのだろう。

彼らが戻るのを待っていると、覚えのある足音が近づいてきた。

本人は忍んでいるつもりらしいが、ヨルハには不自然で不器用な歩みにしか感じない。

静かにゆっくり横戸を引くと部屋に入ってくる。声もかけずに不躾《ぶしつけ》だ。気づかれているのも知らずに、不意を突いていているつもりらしい。

姿を見ずともすでに室内に独特の香りが広がり、鼻につく。

どうやら、諦めて引き返す気はないようだ。あと少しでヨルハに触れるというところで、止めた。

「なんの用だ。お前の入室は許可していない」

その冷たい拒絶に、息を飲む侵入者。

悔しげに顔を紅潮させ、眉根を寄せる妙齢の女性――フウカだ。

ヨルハの言葉の棘《とげ》はあからさまだ。それなのに、わざわざヨルハの視界に入ろうと目の前に座る。

床に膝をつき、潤んだ眼差しで見上げてくる。

「ヨルハ様……っ、どうかお慈悲を。貴方様をお慕いしているのです」

慕っていれば何をしてもいいのか。

ヨルハが不愉快さに嘆息し、ちらりとフウカのほうを見る。それを都合よく勘違いをしたのか、フウカはヨルハに抱き着こうと両手を広げて迫ってきた。

一瞬にして鳥肌が立つ。纏わりつく甘い香りも、媚《こ》びた視線も、妙に柔らかい体もぞっとする。何から何まで気持ち悪くて、生理的に受け付けない。

熱っぽい視線が煩わしい。悍《おぞ》ましさに拍車をかけた。

ご自慢らしいその顔を潰してやろうかと考えたが、今もユフィリアから貰った組紐を身に着けている。この女の汚い血飛沫《ちしぶき》で汚れるなんて嫌だ。万が一にでも染みが残ったり、匂いがついたら絶望しかない。

「お前に興味はない。失せろ」

フウカの渾身《こんしん》の媚態にも、ヨルハの食指は全く動かない。この冷徹ぶりだ。

だが、ここまで言ってもめげない。俯いて引き下がったと思ったら、違った。フウカはおもむろに服を脱ぎ始めたのだ。

望みもしないストリップショーにヨルハは眉根を寄せる。昼間から、ましてや客間であるこの場でやることではない。

客人を考えれば、この部屋を血塗《ちまみ》れにできない。うっかりユフィリアに告げ口されたらたまらない。

ヨルハにとってはフウカは蛾《が》だ。美しい蝶《ちょう》だと思っている蛾。鬱陶しく周囲を飛び回り汚い鱗粉《りんぷん》を撒《ま》き散らし、叩き潰すと手が汚れる。

清める時間がもったいない。そんな時間があるなら、ユフィリアに会いに行きたい。

ゼイン山脈に捨てたらいいだろうか。でも、この女の香水は、今日は一段と酷い。自分にこの匂いがついて、万一ユフィリアにこの匂いが移ったら嫌だ。

ユフィリア自身が持つ芳しい香りが穢《けが》れる。

「やめろ、不快だ」

本当に嫌だった。ヨルハはフウカが嫌いだ。臭い。今日は特に臭い。

「……知っていますのよ、ヨルハ様が例の人間と関係を持っていないのを」

それがこの不快なストリップになんの関係があるのだ。

白け切ったヨルハの視線を、何を勘違いしたのか再び手を伸ばしてくるフウカ。それを払いのけるが、フウカはまだ笑っている。

「本当は、あんな貧弱な人間に魅力を感じないのでしょう？　私なら、ヨルハ様を悦《よろこ》ばせてみせますわ。同じ酉《とり》の一族ですし、私の先祖は過去に幻獣の格を持つ者もいましてよ」

それは何代どころではない前の話ではなかろうか。水よりはマシ程度の血なんて、何の意味があるのだろうか。

格の高い先祖を持つ子孫なんてたくさんいる。

そもそも、獣人は完全な恋愛結婚ばかりだ。政略結婚だとことごとく失敗するので、自然と取り入れなくなった。

「やめろ」

「うふふ、照れないで」

「人に見られる趣味はないし、子供の前でやることではない」

嫌そうなヨルハがそこまで言うと、フウカがぴたりと止まった。

余裕の笑みが引きつり、興奮に紅潮していた頬が一気に引いていく。ぎこちない動きで首を動かして周囲を確認すると、真横の柱に小さな狸《たぬき》と薄茶の兎《うさぎ》が顔を並べてトーテムポールのように覗《のぞ》いていた。

二人とも手で目を覆っているが、開き気味のパーになっていて隙間から丸見えだ。

卯《う》の族長ゲットと、その孫である。

「ぎゃあああ！」

「「きゃーっ」」

絶叫しながら急いで床に落とした服を拾い集めるフウカと、頬に手を当てて悪戯《いたずら》が見つかったようにどたばた走り出すジジ孫コンビ。

「うっひゃー！　痴女！　まさかフウカ嬢にそんな趣味がおありとはー！　いやはやこのゲットびっくり仰天！」

「待ちなさいこのクソ兎とチビ狸！」

「おにばばー！」

「誰が鬼婆よ！」

どうにか雑に服を着付け、騒ぐ二人を追いかけ回すフウカ。

その形相は邪魔された怒りと、きまずさで引き攣《つ》っている。これでは子供に鬼婆と言われても仕方がない。

小さい二人がちょろちょろと部屋を動き回り、フウカは始終翻弄されている。どっちも捕まらないまま、息が続かなくなってしまう。

「これだけ暴れたら満足だよね？　帰れ」

「お待ちください、ヨルハ様！　神獣の高貴なる血を絶やしてはいけないと……！　ましてや人間の血で汚すなど！」

「やだよ。お前じゃたつモノもたたないし」

しっしと虫を追い払うように一刀両断のヨルハである。

その美貌にも肢体にも自信があったフウカ。女として論外と言われ、愕然《がくぜん》としている。

ゼイン山脈より高々と聳《そび》え立っていた矜持《きょうじ》が、ヨルハの番一筋砲弾に爆破される幻影が見えた気がする――と、後に語るのはとある孫溺愛の卯の族長であった。

今日のフウカはいつもより気合いを入れていた。化粧も入念に自分をもっとも引き立てる真っ赤な着物。ところどころにスリットが入り、煽情《せんじょう》的で女性的な曲線美を強調するデザインだ。香りだって媚薬効果のある香水を使った。

特に鳥の獣人に効果があると触れ込み付きだったのに、ヨルハはむしろ不快そうにしている。

ヨルハは番とまだ肉体関係を持っていない。性欲もさぞ溜《た》まっているはずなのに。

あの痩躯《そうく》の小娘より、肉感的な大人の色香をもつフウカのほうがよほど魅惑的だ。

今日こそはヨルハも、フウカの魅力に抗《あらが》えなくなるはずだったのに。

「どうして……どうしてですか？」

「全部が無理。お前こそ、なんで懲りないの？　毎回嫌がってるのに、何しに来てるの」

震える声のフウカに、一切の同情も感じさせない冷徹なヨルハの声が返される。

本当にヨルハは分かっていない。フウカの切実な恋焦がれる気持ちを、微塵《みじん》も理解していない。ただ煩わしい雑念としてしか感知していないのだ。

「ヨルハ様に相応しいのは！　この私だけ！　なのにどうして受け入れてくださらないの！」

フウカの独りよがりな主張に、ヨルハは心底嫌悪したように、そして呆れ果てて言った。

「無理なんだよ。生理的に。匂い、気配も、声も、顔も、性格も全部」

ようやくまじまじとフウカを見たと思ったら、ヨルハは改めて扱《こ》き下ろした。

だが、罵倒ではなく正真正銘ヨルハの本音なのが残酷な事実である。

「大事な俺の番がいるから、側室を取る気はない。必要性も感じない。そもそも、俺じゃなくて、神獣や皇帝って肩書が欲しいだけだろう。敬われる奴の妻になって、権力や金を好きに使いたい。顔は似ていないけど、そういうところ父親そっくりだよな」

ヨルハはその本質を見抜く。フウカやヒヨウが、いつもヨルハ個人ではなく、その格や身分に惹《ひ》かれていたのを知っていた。

神獣であるのも、皇帝であるのもヨルハの一部だ。だが、それだけしか見ていないというのは、側近としても妻としても信用を置くのは論外だ。

ユフィリアはヨルハを愛している。恋もしている。

幼く拙い想《おも》いをゆっくり育てている最中だ。ヨルハの溢れんばかりの愛情を受け、日ごとに見事に開いていく。

ヨルハを愛しているから、自分なりの方法で隣に立つに相応しくなろうと努力している。

絶対君主と言えるヨルハの寵愛に依存しないユフィリアと、肩書に目が眩《くら》んで権力に寄生しようと媚びるフウカ。

周囲から見ても、比べる必要のないほど歴然とした資質の差。

身内に囃《はや》し立てられ、その気になっていたフウカ。踊りや化粧など、好きな分野には力を入れていたが、経済や語学、他国の情勢をはじめとした、苦手分野は放置していた。

以前は他の男性からもアプローチがあり、縁談も持ち上がっていた。それをことごとく蹴り飛ばしていたのもフウカである。

頼りにしていた父は閑職に飛ばされ、叔父に今までの横暴な振る舞いを叱られている。どんどん一族の間でも居場所がなくなり、フウカには後がない。

ヨルハしかフウカには残っていないのだ。

その相手にも、フウカは拒絶されている。

「萎える。気持ち悪い」

吐き捨てるようなヨルハの本心。

個人としても、女としても、大きくプライドを傷つけられた。

泣きながら部屋から出ていくフウカ。ヨルハはどうでも良さそうに視線すら寄越さないで、服を手で払っている。

その姿にゲットはなんとも言えない顔だ。分かっていたが、ユフィリア以外への態度が本当に冷たい。

　そんな時、小さな狸がヨルハに近づいた。

「よぅはしゃま、いたい？」

「ちがう」

「ばっちいの？」

「そうだね……触られたところが気持ち悪い」

　ゲットの孫は、格を持たない獣人だ。だが、狸などの一部の獣人に伝わる変化の術を使える。それを自慢しているつもりらしいが、コントロールしきれない。

　かなりのモフモフ強めのぽんぽこスタイルだ。

　サイズも小さく、完全に二足歩行している狸。

　しかもよたよた歩きながら、舌足らずな声でしゃべるものだから、本来の年齢よりずっと幼く見える。

「ゆちりあしゃま、あいたいれす」

「それはダメ」

　小さな手を顔の前で握り合わせ、きゅるりんとしたつぶらな瞳のお願いスタイル。

　孫ラブのゲットだけでなく、役人やメイド、護衛たちまで誑《たぶら》かし転がしてヨルハのところにまで辿《たど》り着いた世渡り上手である。

「そういえば、ハゲ治ったの？」

「なおった。ふわふわいいれしょ」

「良かったね」

「ゆちりあしゃま、おえ……おれいする。どんぐい。まつぼっきぃ」

子供なりの宝物でお礼をしに来たらしい。その殊勝な心がけはいいが、うっかりユフィリアが心を奪われないか心配だ。

ヨルハはそこまで心動かされないが、この手の可愛らしさに弱い者は一定数存在する。しかもかなりの数で。ヨルハの圧倒的な美貌とは違う方面で攻撃力が高い。

お礼をしに来たと知ったらユフィリアも嬉しいのは分かっているのだが、ユフィリアの可憐な笑みをこのチビ狸が独占するのは気に食わない。

「……しょうがないな。ユフィに会わせ――」


ユフィリアの気配が消えた。


さっきまで朱金城の中にあったはずなのに、ぶつりと糸が切られたように唐突に消えた。

ヨルハは愕然とする。ついさっきまで気配を感じられる距離にいたのに、なくなったのだ。

すぐに窓際まで行ったヨルハは周囲を見渡す。少しでも手がかりが、痕跡や名残がないか神経を研ぎ澄ます――しかし、ヨルハの感覚をもってしてもはっきりしない。

つまり、それだけ距離がある。

いない。

消えた。

ヨルハの唯一が。絶対がいない。

今までにない恐怖が一気に足元からせり上がり、嫌な汗が、血の音が巡る。

興奮するような、血の気が引くような、怒りにも悲しみにも似た不安。それらがヨルハを覆うように迫ってくるのが分かる。

酷い喪失感がにわかにヨルハを支配しかけたが、それを振り払う。

ここで負けたら、折れたらどうなる。ユフィリアを諦めるなんてできない。

探さなければいけない。最愛の番を見つけるために、どうすればいいか頭が壊れるほど考えるのが先だ。命を差し出してでも守り抜きたい相手だろう。

これらの激しい葛藤は、はたから見たら一瞬だ。だが、ヨルハの中では何時間にも思えた。

「ゲット……急用ができた。軍を動かす。飛べる奴、足が速い奴、鼻や目がいい奴、動かせるのを全部かき集めろ」

これはヨルハの慢心が招いた。

肉食獣が小さな獲物を弄んでいたら逃げられたように、ヨルハは半端だった。詰めが甘かった。

じわじわ見せしめにするより、ヒヨウがメーダイルと通じた時点でもっと早く手を打つべきだったのだ。馬鹿な奴らは追い詰めるとろくなことをしない。

自分から首を絞めることすら、判別できないのだから。

第五章　誘拐

ユフィリアが消えた。

ついさっきまで衣装について話していたのに、強い風が吹いたと思ったら忽然《こつぜん》といなくなっていたのだ。

最初は事態が呑《の》み込めなかったものの、現実を受け入れると悲鳴を上げ、卒倒するメイドたち。

その騒ぎは当然外にも響く。異常事態を察したミオンはノックで確認もせず部屋の中に入る。

「何があった!?　ユフィリア様はどこに!?」

「分かりません……羽衣に、僅かな傷があったので新しい物と交換したんです。念のため、問題がないか衣装と合わせて確認していたんです」

「羽衣に傷!?」

神獣の番の花嫁衣装に傷をつける馬鹿はいない。ヨルハの怒りに触れるも同然だ。

針子であり衣装を管理しているサーバルキャットの獣人は頷《うなず》く。大きめの木箱を持ってくると、そっと蓋を開ける。

「はい、こちらの薄絹です」

向こう側が透けて見えるほど薄い絹の羽衣。薄いだけでなく、緻密な刺繍《ししゅう》まで施された一枚だ。さされた手で撫《な》でたら引っかかりそうな繊細な織り目である。

だが、それを差し引いても衣装が傷つくなんてそうないはず。丁重に扱われているはずだ。

その傷すら、ユフィリアを呼び寄せる罠《わな》だったのではと思ってしまう。

薄絹を調べてみたが、見たところ妙な仕掛けはないように見える。

「気づいたことは⁉」

「ユフィリア様が消える直前、風が……」

クオンたちは、男子禁制の部屋に入っていいか戸惑っている。

ユフィリアがいない以上そんなものはない。ミオンは怒鳴るように呼び寄せた。

窓や調度品を確認する。持ってきた箱や、照明の裏までひっくり返して原因を探す。ユフィリアを連れて行ったとしたら、窓や隠し通路と思ったけれど、それらしきものはない。

「あ、あの！　気のせいでなければ何か光ったような。私、ちょうどその時は衝立《ついたて》の後ろの暗い所にいたので、その、影の差し方が一瞬だけ変わったので……」

猫耳の若い女官が、恐る恐る挙手する。

その発言に、ミオンは疑問を抱いた。光源となる窓、照明は固定されていて移動できない。

そもそも、照明だって明るい昼間は使わないだろう。主な光源は窓からの太陽光。大きく取ったガラスの窓は締め切ってあるので、風が入ることもないはずだ。

「光？　……魔法？　この国ではあまり魔法は使われないのに」

物理で殴るほうが早いので、ミストルティンやメーダイルに比べて使用者が少ない。

そして、魔法にはあまり良い印象を持たれていない。不仲なメーダイルは、魔法を得意とする者が多くおり、魔法特化の軍隊も所持している。

ふと、足元の敷物が気になった。しっかりしたカーペットは珍しいものでもない。

着替えるユフィリアが、履物も合わせるかもしれないと滑り止めや足を傷つけたり冷やしたりしないように敷いただけの可能性もある。

「この敷物を剥がせ！　床を確認しろ！」

床の半分以上を占めるので、それなりに大きい。

護衛数人がかりでひっくり返すと、円形に見慣れない文字が並ぶ何かが書き込まれていた。

きっとこれは、魔法陣――これで、ユフィリアをどこかへ連れ去ったのだ。

クオンやレオンは分かっていないらしく、不用心に手を伸ばそうとしている。

「姉さん、これなに」

「触るな！　魔法陣だ！　魔法に詳しい者を連れてくるんだ！　あと、足の速い者や飛べる者を集めて、ユフィリア様を探せ！　朱金城に仕掛けたなら、そう遠くには飛ばせないはずだ！」

ここは獣人たちの中枢機関。政治や軍事機密も取り扱う。空間全体が特殊で、一種の異空間になっている。

多少の魔法なら、この朱金城そのものの妨害機能で使用不能となる。だが、ユフィリアを連れ去ることに成功した以上、かなり強い魔法を使ったはず。

この魔法はあくまで飛ばすだけ。飛ばした後、到着する場所の指定もあるはずだ。見事にユフィリアだけが飛ばされたとなると、着替えに目印となる何か仕掛けがあった可能性も高い。

その時、ふわりと――体も思考も鈍らせる香りが漂った。

ミオンはその香りを嗅いだ瞬間、まずいと思ったがすでに遅い。メイドや女官たちがバタバタ倒れていく。弟たちや護衛たちも膝をついている。

マタタビだ。それも痺《しび》れ薬や眠り薬も入った、とびきり強烈な。部屋を締め切っていたのは、この香を巡らすためでもあったのだ。

(全員猫科の獣人か!)

見覚えのある顔が多いはずだ。寅《とら》の一族は猫科が多い。

「……くっ！　ヨルハ様にご報告して――」

そう思っているのに、頭を少し動かすだけで吐き気を催すほど目が回る。景色が歪《ゆが》んでぐるぐると奇妙に回転していた。

脂汗が滲《にじ》み、抵抗したくとも動けない。ミオンたちは声すら出せない。

朦朧《もうろう》とする意識の中で思い出す。そういえば、一人だけ猫科じゃない獣人がいた。

ユフィリアを呼びに来た役人。その人物が、香炉を持ってミオンを見下ろしていた。

ミオンはやっと記憶が繋《つな》がった。この役人から仄《ほの》かに感じた匂い。あれは伽羅《きゃら》の香り。フウカが好んだ最高級香木の匂いだった。

干した藁《わら》が山になって積まれて運ばれている。

それを曳《ひ》くロバはのっそりとした足取りだが、ばんえいができそうな巨体なので意外と歩みは速い。

あまり見ない顔だが、遠くの集落からわざわざ運んでいるのだろうか。

のどかな田園風景に溶け込んでいるのだが、なんとなく違和感を覚える。匂いが嗅ぎなれないものが多いからだろうか。外国人の接客でもしていたのかと首を傾《かし》げる。

ミストルティンから輿《こし》入《い》れした番《つが》い様の影響か、最近は隣国からの旅行者が多い。

嗅覚の良い農夫は妥当なところで結論付けて、果樹の手入れを再開した。

彼が見えなくなったところで、ロバも荷も御者も姿を変える。

ロバは軍馬のような巨体に、御者はマントを羽織った男に、荷は幌《ほろ》馬車へと変化する。

「おい！　早くしろ！　あの屋敷だ！」

示した屋敷は大きな平屋だ。庭も池も木も綺麗《きれい》に手入れされているのが分かる。派手さはないが穏やかで趣のある佇《たたず》まいだ。

規模の割には静かで、人の気配は薄い。野鳥の囀《さえず》りが響いている。

幌馬車の中から指示が飛び、家の正面の門から入るのではなく、ぐるりと回った裏手に向かう。

そこには別の平屋があり庭に面したところで酒を飲んでべろっべろに泥酔した青年がいる。報告通り、一人で管を巻いているのが見える。

「アイツの傍《そば》に転がせば、絶対手を出すはずだ。この人間に入れあげているって噂《うわさ》だからな……！

あの女好きなら……っ！　ヨルハ様も他の男の手垢《てあか》のついた花嫁など、番だろうと拒絶されるだろう！」

そう言って馬車から大きな袋を持って出てきたのは、ヒヨウだった。

すっかり薄汚れている。不精髭《ぶしょうひげ》に、乱れた髪。不摂生がたたっているのか、浮腫《むく》んでくすんだ顔の中、血走った眼だけがやけに爛々《らんらん》としている。

「ううっ、うーっ！　ユフィが結婚しちゃうー！　なんでヨルハなんだよー！」

グレンは酒に酔っぱらっていた。いつもなら複数の女性を連れ立って、遊び歩いているのに最近ずっと泣き暮らしているのは調査済みだ。

泣きべそをかいて脇息《きょうそく》に愚痴っている。

サイズ感とか色や形に違和感を覚えないのだろうか。相当悪酔いしているように見える。

どうやら、恋煩いを拗《こじ》らせているようだ。相手はあのユフィリア。当然ヨルハが許すはずもなく、轟沈《ごうちん》したと聞いている。

結婚式が近づくにつれ、このへたれ泣き状態。

もともとは女にだらしなく、節操のない男だ。好いた相手が無防備に傍にいれば、手を出すに決まっている。

「ウェ……っく。眩《まぶ》しいぜ、ちきしょー」

そう言って、グレンはふらふらと部屋に入っていった。

この離れはグレンが私室代わりに使っている。ここで男女二人きりになっているのを見つけられただけでも、醜聞になる。

強引な魔法による転移酔いで気絶しているユフィリアが起きるには、まだ時間がかかるだろう。念のため、しっかり薬も嗅がせておいた。

寝所にユフィリアを置いた。グレンが戻ってきたら、面白いことになる。

ヨルハのために誂《あつら》えた花嫁衣装を着て、他の男に汚されるとは、実に愉快だ。

(だが、人間の分際でフウカの地位を脅かした奴には相応《ふさわ》しい末路だな)

ほくそえみながら、ヒヨウは離れから出る。この目で見られないのは残念だが、時間がない。

危険は承知でも、どうしてもユフィリアは自分の手で地獄に落としてやりたかった。番なんかのせいで、ヒヨウは栄光を失ったのだ。

しかし、そんな人間でもヨルハの番である限り、貴人として扱われる。ユフィリアの捜索隊はすぐにでも組まれるはず。優秀な視覚や嗅覚を獣人たちで編成され、昼夜を問わず行方を捜すだろう。

そこで戌《いぬ》の一族の長《おさ》の家で、そこの子息と寝所を共にする姿を発見される。

番に夢見ている連中は軽蔑するはずだ。所詮は番の重要性を理解しない人間なのだと非難を浴びる。

ヒヨウは用心して、自分の体臭を消す香を焚《た》いている。

複数の香と薬を混ぜ合わせて焚くという、ゼイングロウでも見ないやり方だ。

あとは馬車に乗り込み、また魔法で姿くらましをさせながら家に戻ればいい。影武者を立てておいた。よほど近づいて会話でもしない限り、気づかれないはずだ。

屋敷の外に出るが、外壁に隠れるようにして待っているはずの馬車がない。

「な、何故《なぜ》⁉　おい、どこへ行った！」

ヒヨウが慌てて周囲を見回すが、馬も幌も御者も影も形もない。よく見れば、轍《てつ》と蹄鉄《ていてつ》の痕が見えるのだが、慌てたヒヨウは足元に目が行っていなかった。

ふと、空に何かが見える。

羽ばたいて移動する人影。酉《とり》の一族の捜索隊がもうこちらを目指している。

（そんな！　複数の囮《おとり》を用意したのにもう来たのか⁉）

思わず隠れた。彼らは目がいい。まだ匂いでは気づかれないはずだから、今のうちに果樹園から森林に移動し、大回りでも見つからないように移動したほうがいい。

バレたら終わる。

（まだ逃げられる！　距離があるし、私がやった証拠はない！）

フウカはヨルハを篭絡《ろうらく》しに行った。

番一筋と言っても、柔肌を晒す妙齢の美女に願われて落ちないはずがない。

親の欲目を抜きにしても、フウカは魅力的な女性だ。その美貌も、メリハリのある体も、積極的な性格だって悪くないはずだ。

ヨルハだって年若い青年だ。その場の衝動で動いてしまうことだってあるだろう。

ミストルティンの貴族は結婚するまで婚約者だろうと閨《ねや》の相手をしないと聞く。世間知らずな小娘が、恋人が別の魅惑的な女性と肉体関係を持ったと知れば、衝撃を受けるはず。

ヨルハだって、番一筋を貫いていても実際に肉体の快楽を知れば、気が変わる。

そこで身籠《みごも》ることができずとも、関係があったとなれば必ず何かしらの亀裂が入る。

上手《うま》くいくはずだ。そうでないと――終わりだ。そんなこと、あってはならないのだから。

ヒヨウは番を持たず、権力で人が寄ってくるタイプだった。愛も情もなく、雰囲気や一時の快楽で関係を持つことがしばしばあった――本人的には経験則での判断をしていた。

ヒヨウはユフィリアもだが、ヨルハにも恨みを抱いていた。互いに愛憎を燃やして苦しめばいい。

愛情を持つがこそ憎みきれず、憎まずにはいられない葛藤をし、壊し合ってしまえばいい。

運命の伴侶と言われる番。その二人が一番ではない相手と深い関係を持ったらどんな悲劇になることか。

きっと死ぬより苦しいだろう。どちらかが死んだ後も、残されたほうが気に病む。過去の番たちの事例がそうだった。最愛に裏切られたという傷で、解放されない。

今まで、酉の一族の次席だった。ヨルハが国を治めなければならないから、ヒヨウの仕事になった。

なのに、その座は弟のヒオウに奪われた。

あの不器用で武骨で、頭の固い真面目だけが取り柄のような男だ。

ずっと努力してその座を守り、酉の一族の利益のために働いていた。フウカを娶《めと》るように勧めたのだって、ヨルハの地位をより盤石にし、酉の一族の力をより強めるため。

ヨルハは異性に興味が薄いから、フウカくらい積極的じゃないと仲も進まないだろう。

そう思っていた。

番探しだって、ヨルハは最初全然乗り気じゃなかった。

それなのに、あっさりと番を見つけて妻にすると十二支族に通達をした。何がなんでも結婚すると囲い込んで、溺愛して、守っている。

フウカのことは捨て置いて、あんな脆弱《ぜいじゃく》な人間を選ぶなんて許せなかった。

(私は、フウカは！　酉の一族の長……否！　ゼイングロウの頂となるのだ！)

誰もがひれ伏す皇族として、十二支族で抜きんでた存在になる。

そして神獣の血を受け継いだ孫を、栄華と共にこの手に抱くのだ。

ヒヨウは気づかない。

もう追跡は始まっている。強い殺意を持った爪と牙が、ヒヨウに向かっていた。

まだ猶予があると勘違いして、己がどれほど罪深いことをしたのか考えようともせず、破滅へとひた走っている。

その先に、何があるかも理解せずに。

道もなく、彼はとっくに奈落へ足を踏み外していた。

彼は一刻も早くコクランの屋敷から離れればいいとだけ思っていた。戌の一族の長であり、幻獣の格を持つコクラン——だが、その家族は彼よりずっと劣る。

今のコクランは仕事詰めだから、帰るのは夕方。何かトラブルがあれば、さらに朱金城に拘束されるだろう。

グレンは母屋ではなく、離れにいる。家族のエレンとコウレンは、酒浸りのグレンに呆《あき》れて、時々見に行く程度だ。

（ああ、明日が楽しみだ）

不貞をしたのはどちらだと大騒ぎになるはずだ。

ユフィリアのお目付け役は昏倒《こんとう》し、証言が取れない。人間の番が結婚への不安、獣人の国の皇后になる重圧、ヨルハの束縛に耐えられず、一時の迷いで護衛や使用人を振り切り、別の男と閨を共にする——ユフィリアの評判はがた落ちだ。

誘拐騒ぎから駆け落ちの不貞へと話がすり替わるように、配下に噂を流すようにした。ユフィリアの捜索情報と共に、ふしだらな番だと下世話な憶測が駆け巡るだろう。

暗い愉悦に浸るヒヨウの頭上に、影が差した。

「え？　——あ？」

鋭い爪を持つ鳥が周囲を囲んでいた。

頭上に旋回し、周囲の木々に数えきれないほどいる。鋭い鳴き声は警戒と怒りで満ちている。

それはカラスだったり、鷹《たか》や鳶《とび》、小さい者は百舌鳥《もず》などもいる。

無数——否、夥《おびただ》しいほどの数の暴力。前後左右、地面以外のどこにでもいる。爛々と輝く無数の光。冷徹な双眸がひたりとヒヨウを見据える。その静かなる威圧は、まるで梟《ふくろう》の神獣を思わせた。

一段と立派な体格の鳥が一声を響かせる。

それは合図だった。幾重もの羽ばたきが重なる。威勢の良い声が響き、嘴《くちばし》が、爪が、翼が襲い掛かり、ヒヨウは咄嗟《とっさ》に腕で頭を庇《かば》う。

庇ったところから肉が抉《えぐ》れ、血飛沫《ちしぶき》が飛んだ。骨に達するほどの一撃。それが何度も襲ってくる。

「あああああ！　誰か！　誰か助けてくれええ！」

その声は鳥たちの喧騒《けんそう》にかき消される。ろくに逃げることも払うことできず、ヒヨウは闇雲に暴れるだけしかできない。

やがて血塗《ちまみ》れのぼろきれのようになったヒヨウ。

力なく倒れ伏す彼に、追い打ちのようにべちゃりと糞《ふん》が落ちた。

だが、それで目が覚めてよろよろと立ち上がる。往生際悪く、逃げようとしてしているのだ。

鳥たちはそれ以上は襲わなかった。自分たちの仕事は終わりだ。

この程度では殺してはならない。もっと屈辱を、恐怖を、後悔をさせるために。

嵐が過ぎたと安心しているヒヨウ――それさえもさらなる地獄の呼び水とは気づいていない。


コウレンは戌の一族の長、ジャッカルの獣人コクランの息子である。兄は狼《おおかみ》の獣人のグレン、母は人間のエレン。

父譲りの黒髪に褐色の肌に、母譲りの深紅の瞳は割とお気に入りである。

コクランは最近忙しく、朱金城に連勤である。神獣皇帝ヨルハの婚姻が近いため、重役を担っているコクランはなんだかんだで駆り出される。

母はそんな父親に手作りの弁当を持たせたり、菓子を差し入れたりしている。

その合間にイチャイチャしているのは知っている。いつまでたっても新婚のように仲が良い夫婦なのだ。

番夫婦なのだから仕方ない。当然のことだ。

だが、不服なことが一つ——それは兄がのんだくれていること。女好きのグレンは、どの相手とも長続きしない。ふられたらそれはそれと、あっさりと見切りをつける。ここまで引きずるのは珍しい。

噂によるとヨルハの番に懸想して、ばっさりふられたそうだ。

普段から女にだらしないグレンなら、まともな人は相手にしないだろう。グレンは遊び人なので、火遊び向けの彼氏（期間限定）くらいが関の山だ。

顔立ちは両親譲りで良いのだがとてもチャラい。とにかく軽薄な性格が表情に出ているのが、コウレンの兄の残念なところである。

番は成立すると、浮気はない。浮気するくらいなら死んだほうがマシというくらい、互いしか見えなくなるという。

無駄に初恋を拗らせたグレンは、いまだに酒に逃げて彼らの結婚を受け入れない。

今日も離れの縁側で管を巻いている。

「兄さん、いい加減に酒じゃなくてご飯を……いない。手洗いか？」

きょろきょろとしていると、下がった御簾《みす》から僅かに人の気配がする。今日は珍しく寝所で寝ているようだ。

コウレンは御簾をどけて、中に入ろうとする。

「兄さん、ご飯を……」

褥《しとね》の上に、白銀の天女がいた。

すっと御簾を戻しコウレンは深呼吸をする。目をこすり、遠くを見てまたそっと御簾をずらして中を見る。

やっぱりすごい美少女がいる。

そして気づく。少女から薬の匂いがする。しかも複数だ。マタタビ系と痺れや眠気を催す類《たぐい》のものだ。よく嗅ごうとしたら痺れてくらりとする。

（えーと、この綺麗な人……気のせいじゃなければユフィリア様？）

彼女が国にやってきた時の歓迎の宴《うたげ》の席と、出先でヨルハとデートをしている姿を見たことがある。

コウレンは混乱の極みである。頭を抱え、極地に達したところで一気に走り出した。

「かーさーん！　大変！　たいへーん！」

なんといえばいいのだろうか。考えあぐねた結果、ストレート強火に事実を述べる。

「兄さんが遂に誘拐してきた！」

すぱーんと母屋の戸が開いて、薙刀《なぎなた》を持った美女が飛び出してきた。

朱金の長い髪に深紅の瞳。涼しげで凛《りん》とした目鼻立ち。白い肌に赤い紅が良く似合う。落ち着いた薄紅の着物の裾を見事に捌《さば》いて、エレンは駆ける。ダッシュで離れにすっ飛んできた。

「グレン！　相手に無理強いだけはするなって言ったでしょう！　女癖もいい加減に直せって言っているのに！」

庭に着地するとぶんぶん薙刀を振り回しながら、グレンに怒鳴る。

しかし、返事はない。

その反応の悪さが、ますますエレンの怒りを増長させる。

ややあって、厠《かわや》のほうからのそのそと血色の悪いグレンがやってきた。どうやら飲みすぎて吐いていたらしい。

「なんだよ、母さん。今、気持ち悪くてそれどころじゃ――」

一人状況の分かっていないグレンがそういうと、彼の脳天めがけて薙刀（鞘《さや》入り）が入る。

「このお馬鹿あんぽんたん息子！」

追撃に助走をつけたグーパンがグレンを襲う。完全なる冤罪《えんざい》パンチだが、酩酊《めいてい》してへろへろのグレンは抵抗できない。

その後、エレンの気が済むまで母の愛《鉄拳制裁》は続くのだった。

兄が心身ともに母親からボコボコにされている一方で、コウレンは使用人を呼んでユフィリアを別の寝室に運ぶ手はずを整え、離れから母屋に移動させる。

兄がちゃらんぽらんだと、弟はしっかりするのだ。


朱金城は忙しいを通り越し、蜂の巣をつついたような騒ぎだった。

その一室から空を見ながら、ヨルハは細く嘆息する。

先ほどの険しい気配は消え、その様子には安堵《あんど》が漏れている。

優先すべきはユフィリア。起きた時、怖い思いをさせないための配慮が先だ。

ヒヨウのことは追い詰めたりしないが、用意した処刑場が残っている。あれは骨一つ残してやらないと決めたのだ。

「……ユフィは大丈夫だ。エレン夫人とコウレンが傍にいる。護衛たちも着くし、暗部も警備の配置も間もなくだろう。俺が行くまで保護をさせておこう」

「俺の家でいいのか？」

ヨルハの声に応えるのは、後ろで控えていたコクランだ。

コクランにすら聞き取れない音を拾い、遠くの鳥たちとやり取りをしていたヨルハは小さく嘆息する。本当はすぐにでも迎えに行きたいのだろう。

「下手な場所より、幻獣の番のいる家のほうが安全だ。転移酔いも心配だしね。グレンは殴られ損だけど、普段の行いが悪いからだろう」

「で？　お前はどうするんだ。すぐにユフィリア様のところに行かないってことは、理由があるんだろう」

「ヒオウには、身内の後始末をさせている。ヒヨウは自分が利用されて捨てられたなんて知らずに、自分から処刑場に向かっているだろう」

メーダイルから切り捨てられたヒヨウ。護衛どころか御者や逃走用の馬車もなく、コクランの家に置いていかれたのは見捨てられたから。メーダイルが逃げやすくするための陽動にされたのだ。

ヒヨウは何も知らず、鳥から逃れたことに安堵している。無駄に安心して、さらなる恐怖に震えている。

鳥たちに突かれた程度で許すわけがない。そのために内臓を残し、手足も使えるままにしたのだ。

無様に自ら死地に向かうさまを、ヒオウは包囲網を縮めながら追い立てている。外道に落ちたヒヨウを逃がさないように。

「処刑場？　ああ……『死の山送り』か。ヒヨウじゃ一日も待たずにお迎えがくるだろうな」

死の山――ゼイン山脈でも特に危険な地域に、身一つで捨てられることだ。

強い者ならしばらく生きながらえるかもしれないが、格も持たず全盛期も終えた老いた男ではどうにもならない。魔物に見つかったら一瞬にして刈り取られるだけ。

小型の魔物でも、数と連携で追い詰められる分だけ、恐怖と苦しみが長引くのだ。

実の兄であっても、ここまで罪を重ねた相手をヒオウは許さない。近い肉親だからこそ、許せないだろう。息を引き取るその瞬間を確認するまで戻らないはずだ。

「フウカは？」

「身分が高くて格の高い血筋が好きらしいから、良い相手を見繕うよ。よほど結婚したいようだから」

番に夢中の神獣の邪魔をするくらい結婚したがっているのだ。

格の高い獣人は大半の番持ちか、番を待っている状態。フウカが誰かの番ならとっくにアプローチが来ているが、その気配はない。

番の年齢差は離れていても十歳前後。そう考えると、フウカの番はまずいない。

獣人には珍しく血筋にこだわりがあるようだ。ならば、高位の格の近親者から探せばいいだろう。まともならば、犯罪者の身内な上、素行や性格に問題のあるフウカを迎えるのを断るか、言葉を濁すはず。すぐに返事をするのは、相当な物好きか女好きで、妻や愛人を数多く囲っている者だ。

若ければいい。美しければなお良い。人格など二の次で、自分の享楽のために手元に置きたがるタイプだ。もっと最悪なのは、嘆く姿を好む特殊性癖である。

年を重ねたヒヨウとは違い、まだ若く美貌が自慢のフウカにとって、老害の玩具《おもちゃ》になるなんて絶望以外の何ものでもないだろう。

花の美しい時間は短い。それは毒花でも同じだ。その美しい盛りを、厭《いと》わしい相手に浪費して使い潰される。花が散るのを待たず、踏《ふ》み躙《にじ》られるかもしれない。

咲き誇る栄華どころか、奈落の未来しか待っていないのだ。

「お前は」

「警告に。まだこの国に残っているからね。あれで潜伏しているつもりらしい」

ユフィリアを転移させた魔法陣と、ミオンたちを昏倒させた獣人に特化させた眠り薬や痺れ薬。

あれはゼイングロウにはないもの。あのような獣人を害すための薬品を作るのはメーダイルだけだ。

「ユフィのことについては緘口令《かんこうれい》を敷いてくれ。行方不明の情報規制は無理だろうけれど、無事なのは伏せておいて」

「分かった。お前は？」

「一仕事してから迎えに行く」

ヨルハが最愛のユフィリアより優先することなんてない。つまり、この誘拐劇に関係することなのだ。

ヨルハの表情はいつも通りに見えるが、その腹の中は激情が渦巻いていているはずだ。

ユフィリアの安否をぼかすのは、無事を知った犯人たちを再び向かわせないためでもある。

誘拐事件による朱金城の騒ぎと捜索に大きく人員を動かした。それは多くの人に目撃されているから、今更になって口封じなどできはしない。裏でヒヨウの手の者や、メーダイルの工作員も尾ひれをつけて吹聴しているだろう。

だが、ユフィリアが見つかったことはまだ一部にしか知られていない。

しかも、発見場所は番夫婦の家だ。奥方も番で、同じ人間。それだったら二人が交流を持っていても不思議はでない。

突然消えたのは自分がしたことにすればいい。番との時間欲しさに攫《さら》ったとでも流せすだけで、十分な説得力がある。事実、ヨルハには前科があった――最近はユフィリアが叱るので控えている。

後でヨルハが堂々と迎えに行き、いつも通り仲睦《なかむつ》まじく帰る姿を見せれば下世話な噂など払拭できる。

情報合戦をするより、事実を見せつけたほうが納得する。

「いけるのか？」

「いける。感覚も戻ってきた」

甘ったるいフウカの香。彼女が獣人にはきつい香りを纏《まと》うのはいつものことだから失念していた。

フウカの好むのは濃厚で妖艶な香り。女性的で官能的に魅せようと手広く使用していた。珍品、流行、金銭的価値と種類は問わなかった。

今回は媚薬《びやく》と五感を狂わせる効果があった。

そのせいで気づくのが遅れた。嗅覚の鋭敏な者ほど、不快さが際立っていたのだ。強烈な香りなので、嗅覚が鈍る。香害で気分が悪くなったのだと、誤認していた。

ヨルハも少なからず影響が出ていた。

フウカが近づくと強い嫌悪を抱いたのは、これも原因だろう。否応なしに香る甘ったるさに、研ぎ澄まされた神経は乱される。

これはヒオウが裏帳簿から取引を見つけ、隠し部屋などで見つけてきたものだ。

ヒヨウは自分の立場を取り戻すため、同族を陥れようとメーダイルから禁止薬物や魔道具をいくつも仕入れていた。

政治や謀略を好み、富と権力を欲していたヒヨウ。彼は当然、ゼイングロウとメーダイルが表面上は友好を演じていても、内心は蛇蝎《だかつ》の仲だというのは知っていたはずだ。

メーダイルの手先をゼイングロウへ引き入れれば、必ず国に害悪を成す。

それなのに、己の欲を満たすために、一線を越えた。

状況を見る目はあっても、欲を抑えきれず判断を間違える。それこそヒヨウが小者たる理由。

その最たる存在であるヨルハが今、愚か者たちを粛正しに向かっている。

落ちぶれたヒヨウに甘言を囁《ささや》き、ヨルハの番に手を出した。ヒヨウはメーダイルを子飼いにしているつもりだったが、実質いいように使われていた。そもそも、あんな口車に乗るほうも馬鹿としか言いようがない。

唆《そそのか》したメーダイルのゴミたちはまだこの国にいる。そんな愚の骨頂をしでかしてまだゼイングロウから出ないなんて、完全にこちらを舐《な》めている。

きっと、奴らはユフィリアが殺害されると踏んでいたのだろう。

しかし、そこはぎりぎり踏みとどまったヒヨウ。殺意ほどの激しい恨みや憎しみを抱きながらも、根底にある卑怯《ひきょう》で臆病な本質。それが半端な行動を取らせた。

番を失った獣人は牙や爪が腐り、翼が折れたも同然だ。

死は時に記憶を美しくする。ヨルハが輝かしい姿を描いたままユフィリアを追っては、ヒヨウの本懐は果たされない。

ヨルハが精神を患ってくれるくらいがちょうど良かったのだろう。

ユフィリアの不義密通が公表されれば人気も失墜する。番として社会的な地位をなくせば、政治に関与するなど夢のまた夢だ。

そうすれば、ヒヨウが摂政の地位について政治を牛耳れる――そんなものあるはずもないのに。ヨルハが狂えば、コクランかシンラが地位に舞い戻るだけだ。

彼らはヨルハを苦しめたこと、また己を面倒な玉座に座らせたことを恨むだろう。

やっと愛する番や、その子供との時間を取れるようになったのになくなってしまうのだ。

ヒヨウは愚かだ。余裕があればそれなりに盤上を支配できるが、少し強い横槍《よこやり》をいれられると一気に瓦解する。ヨルハの予想以上の速度で転落していったものだから、ここまで下策に出るとは思わなかった。

同じ酉の一族なのに梟の獣人《ヨルハ》への理解も酷いものだ。


（いた）

まだ日も傾いていないのに、酒を飲んでいる。暢気《のんき》に成功を祝って笑っている。

何も知らない周囲は、お祭りムードに沸き立って笑っている。同じように笑っているのに、あの男たちの笑いも酒臭い息も醜悪だ。

今すぐあの喉笛を掻き切って――そこまで考えて、止まった。

あれは下っ端だ。実行犯に直接接触するような者たちは、いつでも切り捨てられる情報しか持っていない。

「釣りくらいはできるかもな」

ぽつ、と呟《つぶや》いたヨルハは羽根を一枚とる。

細く長く息を吹きかけると、さらさらと溶けて粒子状になった。それは普通の人間どころか、目の良い獣人にすら感知できないほど細かくなる。

ふわりと渦を巻きながら、メーダイルの手先の男たちに降り注ぐ。三人とも気づかず馬鹿笑いをしていた。

「用が済んだら食っていい」

視線を合わせた小型の魔鳥にそう言って、馬鹿笑いをする男たちを示す。

普段は大人しい小型の猛禽《もうきん》類。一匹では大したことはないが、群れ全体で狩りをする習性がある。

ヨルハに囁かれると黒い瞳が金色になったが、それも一瞬だ。

別の鳥を指に止まらせ、指示を出す。声は必要ない。ヨルハは梟の獣人——鳥全般であれば、精神の呼びかけだけで難なく意思疎通ができる。

その後、別行動していたらしい別の人間と合流する三人。どうやら、本来は五人組のグループのようだ。

本当はユフィリアの悲報が広がり、ゼイングロウ全体が落ち込む姿を見たかったと笑いながら話していた。

「前金はもう酒代と博打で消えたな。後金も貰《もら》うとするか」

「番様がいなくなったって、ゼイングロウで噂になっているだろう？　どうやらあの爺《じい》は巧くやったらしいな」

「でもあの爺《じい》さんは死んだんだろう？　最後は自分で動いて、捕まったらしいな。本当に獣人ってのは馬鹿だよな」

依頼者のもとに向かうと思いきや、着いたのはそういった後ろ暗い仕事専門のギルドだった。

それなりに腕に覚えがある人間が揃《そろ》っているが、誰一人マーキングに気づかない。そのマーキングは最初三人だったが、共に過ごしているうちに他の二人にも移っている。

そんな彼らの姿をたくさんの鳥たちが窺っている。

田舎はもちろん、都会でも野鳥はたくさんいる。人間に躾《しつ》けられた伝書鳩ですら、ヨルハの命令に従う。

見た光景、聞いた言葉、音、すべてをヨルハに伝える。

膨大な情報を、異国にいるヨルハはそのままの感覚で受け取っていた。

普通なら頭の壊れそうなめまぐるしい量を、ヨルハは強靭《きょうじん》な精神と肉体、そして頭脳で処理していった。

普段は疲れるし、面倒だからしない。

だが、今回の事件の裏にいたメーダイルは厄介な相手だ。無視するとつけあがり、やりすぎると過剰な攻撃を仕掛けてくる。

奥まった室内はさすがに鳥の耳も届かない。

夜中でカーテンを閉めた状態だと、口の動きを読むのも難しい。

だが、家に入り込むのが得意な動物だっている。

「ヨルハ様、依頼人はメーダイル帝国の貴族からです。家紋はノクターン男爵家でしたが、その裏にマーレック公爵が糸を引いている様子」

手に黒い鼠《ねずみ》を乗せたゲットが、ひょっこりと顔を出す。

ちょろちょろと腕を登ろうとする鼠に、ジャムクッキーを与えるとすぐに齧《かぶ》り出した。

ゲットは兎《うさぎ》なので、すこぶる耳がいい。長年の研鑽《けんさん》と集中力で、高い格を持たずとも、幅広い動物と意思疎通ができるようになった。

そして、その特技を生かした人脈を作っている。十二支族に多くのコネクションを持っている。卯《うさぎ》と子《ねずみ》は仲が良い。穏健派に見えて、やるときはしっかりやる。個に光るものがなくとも、集団の力が強い。統率力が高さもさることながら、鋭い爪や牙を巧妙に隠す狡猾《こうかつ》さもある。

「助力、感謝する」

「よろしければ、ワタクシめが報復をしても？」

「へえ、どんな？」

「マーレック公爵家はワインの名産であり、代々受け継がれたワインセラーがご自慢だと聞きます。節目に、記念に。そして、一日の終わりにも口にするのだとか」

「ふぅん、ワイン樽《たる》でも齧るの？」

ゲットはにやりと笑う。老獪《ろうかい》な笑いだ。

「そのワインセラーから、毎日数本のワインが寝室に運ばれるそうですよ。その日の気分によって、一本選ぶそうです。ワゴンは小さな体の仲間たちとっては都合の良い直通便です。寝台は木製ですが、羊毛を織った毛布に羽毛布団。寝台の下には毛皮のカーペット……ばら撒《ま》きがいがありますね。ちょーっとした悪戯《いたずら》です」

ちょーっと、なんてお茶目な身振り手振りをするゲット。

この愛らしい兎獣人は、なかなかに良い性格をしているのを知っている。ヨルハはとりあえず黙って聞いている。

「そろそろ代替わりを考えるご年齢。年齢もあって、多少眠りが浅くなる日も増えるでしょうね。ちょっとした風邪もひきやすく、治りにくくなる！　いやあ、老いとは悲しいです！」

その結果、原因不明の病気が発症するとか。

もしかしたら、全身が痒《かゆ》くて夜も眠れないかもしれない。頭髪が抜け落ち、皮膚が炎症で爛《ただ》れて、のたうち回るくらい苦しいかもしれない。

ゲットは孫を大事にしている。その孫に、見返りなく手を差し伸べたユフィリアに、深い感謝と敬意を持っている。

そのユフィリアを害した。

卯の一族は草食系が大半。でも、いざという時はその抜群の脚力で肉食獣を撒き、天敵を蹴り飛ばすことだってあるのだ。

「頭でっかち……いえいえ、その優秀な頭脳が自慢のメーダイルなら、すぐに原因も究明するでしょう！」

「ふうん、じゃああいつらはいらないか」

メーダイルの誰か分かったなら、用はない。さっさと処分する。泳がす価値もなくなった。

監視させていた鳥たちに、好きにしていいと指を鳴らし合図をする。人里から離れたら最後、あの無礼者たちは、明日には森のどこかに骨が残っていれば御の字くらいには細かくなるだろう。

メーダイルの連中が流した噂なんてとっくに対処済みだ。

ユフィリアが消えたのはヨルハの気まぐれで連れ去ったことになっている。

戌と卯の人脈を使い、自然と漏れ伝わるように情報を落とさせた。

結婚式前に色々心配事を抱え込んでいるユフィリアを案じ、同じ人間で番の先輩であるエレンに相談しに行ったという筋書きだ。少し強引に見えるがすべてがヨルハだからで片付けられる。

神獣皇帝が番に首ったけなのは、周知の事実なのだから。

番が憂いていたら、行動しない理由はない。

ヒヨウと共謀したあの下手人たちは任務失敗したから始末されたと誰もが思う。

報酬まで貰って失敗が発覚したのだから、始末したのは依頼者だろうと誰もが思う。

事態に気づく頃には大本の依頼人は謎の皮膚病と脱毛症でそれどころじゃないはずだ。

自分に降りかかった病を治そうと必死で、死んだ暗殺者なんて、気にもしないだろう。

「さてと、掃除も大体終わったから――」

ふと、ヨルハが急に表情を変える。慌てたように振り向くと、何もないはずの方向を凝視していた。

「ユフィ？　嘘《うそ》だ……嘘だろう？　そんなこと」

ヨルハに動揺が走る。

安全なはずの番の身に何か起こったとしか思えないこの反応。その美貌に汗が流れる。

嘘だ。また呟いて頭を抱える。膝をついて、ゲットが目の前にいるにもかかわらず嘆き始めた。

「ヨルハ様？　いかがなさったのですか？　ヨルハ様!?」

呆然《ぼうぜん》と頭を抱えるヨルハに、ゲットが必死に声をかけるが反応がない。

もしやユフィリアに何かあったのだろうか。それくらいしか、ヨルハをここまで揺るがすことが思い当たらない。

項垂《うなだ》れるヨルハと、心配するゲット――混乱のるつぼにいる彼らにある人物が近づいてきていた。


少し時は遡って、コクラン邸。

今日は思いがけない来訪者がいた。客間の中でも特に上等な一室で、布団に寝かされている美少女が一人。

ゼイングロウで話題の人物。番様と呼ばれる未来の皇后――ユフィリアである。

時間の経過と共に転移酔いと薬が抜けてきたのか、瞼《まぶた》が震えて目が開いた。

最初は見知らぬ天井をぼんやりと見上げていた。模様替えなんてしただろうか。天蓋はないけれど、綺麗な木目と落ち着いた色合いに、壁の上部に繊細な木の彫刻や壁画が嵌《は》め込まれてお洒落《しゃれ》である。

壁画のようなこの横戸は確か襖《ふすま》だ。以前お菓子屋で見た。白地に流水にようにくねる濃淡のある紅。金や銀でシルエットのみ描かれたたくさんの動物たち。

（あ、鳥。となりは犬？　狼？　案外狐《きつね》だったり）

ふと気づく。これは十二支だ。

ちょっと残念なのが、鳥は鷹や鷲《わし》だと思われる猛禽類だが、梟ではない。

その時、すっと見ていた絵が移動した。

「あら、起きていたのね。体調はいかが？」

「え、その、大丈夫です」

そこにいたのは凛とした赤毛の美女だ。笑みを浮かべると咲き誇るように華やかである。

戸惑いながらも返事がちゃんとできたユフィリア。その顔色や様子を見て、不調はなさそうだと安心している。

「夫のコクランがいつもお世話になっております。私は妻のエレン。お馬鹿な女たらしのグレンと、初めて見る可愛《かわい》い女の子に恥ずかしがってそこで隠れているコウレンの母親です」

（この方がコクラン様の奥方！　お話は聞いたことあるけれど、本当にお綺麗だわ）

ユフィリアと同じ年代の子を持つように見えない若々しい美貌。

隠れていたのに指さされたコウレンは「母さん！」と慌てた声を上げている。その時だけちょこんと襖から顔を出し、ユフィリアと目が合うと引っ込んだ。

二人の後ろにグレンに似た青年がいる気がする。推定グレンの顔は輪郭が変わるほど腫れ上がっていて人相が判別できない。静かなので、多分意識がないのだろう。

「ご紹介ありがとうございます。私はユフィリア・フォン・ハルモニアです。ええと、私はどうしてここに？」

かなり略式の挨拶だが、だんだんと奇妙な事態に気づいたら落ち着かなくなってきた。

自分は何故この場所――コクランの家にいるのだろう。

「どうやら貴女《あなた》を誘拐しようとしたアホンダラがいたようなのよね。何を考えたのか、うちの飲んだくれ長男のところに置いて……本当に何考えているのかしら。下衆《げす》な考えをする奴がいるわ。あのお馬鹿は確かにだらしないけれど、寝ている女性に無体をするほど愚かに育てていなくてよ。そもそもあの子、お酒飲みすぎて使い物にならなくなっていたし」

エレンは呆れてため息をつく。その姿も艶っぽい。

酔っ払いグレンは泥酔して寝落ちしており、ユフィリアが近くにいたのにも気づかなかったそうだ。言われてみれば、ユフィリアは靴を脱いで、髪を解かれている以外は衣装をいじられた様子はない。

これは意識のないユフィリアを寝かすために、最低限のものを取っただけだ。

「あのぅ……このことはヨルハ様は？」

「ご安心を。もちろんご存じですわ。ヨルハ様の指示で護衛は、到着しておりますし。ああ、ご安心なさって。部屋の周囲は女性だけですわ。万が一にも迂闊《うかつ》に異性を配置して、ヨルハ様の悋気《りんき》が起きては大変ですもの」

その言葉にユフィリアは苦笑した。確かにヨルハは嫌がりそうだ。そもそも、護衛すら不服そうに付けることにしたくらいだ。

「ヨルハ様は心配性なので」

「番限定よ。獣人って本命には過保護ですのよ。鬱陶しいくらい」

この言葉は聞いてよかったのだろうか。コクランが聞いたらショックを受けそうなことを、からからと楽しげに笑いながら言うエレン。

「ところで、ユフィリア様はお夕食は食べられそうかしら？　その前におやつの時間？　とりあえずお茶でもいかがかしら？　うちって男所帯だから、こんなに可愛らしいお客様なんて大歓迎！」

ぐいぐい来るエレンに、ユフィリアは困惑する。だけれど、この明るく頼もしい勢いは大好きな親友を思い出して嫌いじゃない。

ゼイングロウは大半が獣人で、この国に住まう人間に会えたのは初めてだ。番の先輩として、気になることもある。

お茶だけご馳走になって帰ろうとしていたら、話が弾んでしまって止まらない。

何かと貢ぎ癖のある夫（恋人）を持つ者同士、似たような悩みを抱えていたり、強火の愛情表現に困惑したりと共通する話題が多いのも原因だ。

エレンとコクランのなれそめは、番探しではないのも驚いた。かつて騎士志望だったエレン。ゼイングロウに女流剣士の流派があると聞き、武者修行中に立ち寄ったところを見初められたという。

普通に結婚させたかった親の反対を押し切って異国に来るなんて、バイタリティがある。

（前回の番探しはかなり昔だったそうですし……シンラ様世代？）

気がつけば長く話し込んでいて、夕日が景色を赤く染め始めている。

「あら、そろそろ夕飯の支度をしなくちゃ。うちの旦那《だんな》、私の料理じゃないと拗ねるのよね。ユフィちゃんも食べていきなさいな」

エレンが立ち上がると、ユフィリアも慌てて追いかける。お客様だから待っていればいいという前に、ユフィリアからの申し出があった。

「あの、私もお手伝いさせてください」

「あら、じゃあお願いしちゃおうかしら？　なんだか楽しいわね」

娘がいたらこんな感じだったのだろうかとエレンはこっそり思って、笑みを浮かべる。

残念ながらエレンの子供は二人の息子のみ。顔が良くて図体《ずうたい》がいくらデカくなっても、エレンにとってはいつまでも愛すべき鼻たれ小僧たちだ。

陽が沈む頃には大好きな夫が帰ってくる。今日は不貞腐《ふてくさ》れた皇帝もついてくるはずだ。張り切って料理をしなくては。

番持ちの青年の考えることなんて、エレンにはお見通しであった。

一方、朱金城では修羅場が起きていた。

なんとか外から執務室に戻ったが、ヨルハの顔色がどんどん悪くなっていく。

項垂れに項垂れたヨルハが、ついに床に突っ伏してダンゴムシのようになってしまった。この衝撃に恐怖と混乱のドツボに嵌《はま》ったゲットは無駄に部屋を跳ね回って右往左往していた。

そんな中、ノックや声かけもなしにいきなり戸が開け放たれた。

コクランがひらひらと手を振って入ってくる。その姿に後光が差してさえ見えるゲット。

「おーい、ヨルハ。うちに飯食いに来ねえ？　うちの奥さんとお前の未来の嫁さんが、一緒に夕飯作って……あ、遅かったか」

床と仲良くなっているヨルハを見て、すべてを察したコクランである。

自分の過去を鑑みても、覚えのありすぎる状況なのでヨルハをからかったりしない。

コクランの言葉で大体の経緯を理解したヨルハが、低い声で唸《うな》る。

ユフィリアとエレンが仲良くなったのは良いことだと思うが、少し見ていない隙にとんでもないことが起きたと愕然《がくぜん》としてしまったのだ。

とんでもないことと言っても、ユフィリアがお世話になった知人宅でご飯を作り、その家人と食べることになっただけ。別にそんなに騒ぐことではない。

だが、ヨルハにとっては大事件だ。

「行くに決まっているだろう。この野郎……ユフィの手料理を俺以外が食べるなんて……っ」

色々と感情は飲み込んだ。普段はユフィリアと食卓を囲っているのだ。今回はちょっと場所が違い＋αもいる。そう、それだけだ。

(ユフィの作るご飯は、俺だけのモノなのに……！)

今回だけだと自分に言い聞かせるヨルハ。ナチュラルにリス妖精を除外している。

ヨルハの葛藤が手に取るようにわかる経験者は、軽く嘆息する。番持ちの誰もが通る道だ。

「嫉妬爆発してるな。そりゃ無理なことだ」

「次はない！　もう誰もいない！」

「可愛い番との子供は？」

コクランの言葉にヨルハは言葉に窮す。

ぎゅっと眉根を寄せて口を引き結んで、目を強く瞑《つぶ》った。

「…………いっしょにたべる」

ユフィリアに似た子だと嬉《うれ》しい。輝く銀髪や、紫がかった空色の瞳も受け継いで欲しい。

自分に似ているかなんて、別にどうでもいい。

先ほどまで年相応どころか、幼子のように不貞腐れるヨルハに、コクランとゲットは顔を見合わせて笑った。


ヨルハには一つやり残したことがあった。愛する番を迎えに行く前に、済ませなければいけない、つまらない、面白みもない後片付け——それは、愚か者の最後を見届けること。

ゼイン山脈でも危険地帯とされる場所を走る罪人。

泳がせた分、しっかり草臥《くたび》れたヒヨウは以前の見る影もない。逃げ切れると信じて、ずっと走り回っていたヒヨウ。

全身傷だらけで、血のこびりついた服はぼろきれのようだ、何度も転んだのか土埃《つちぼこり》に塗れていて、本来の豪奢《ごうしゃ》な装いが思い出せないくらいだ。

「いやだぁ！　いやだー！　死にたくない！　ヒオウ！　わしを助けろ！　見捨てる気か！　お前の

兄だぞ！」

ヒヨウはやぶれかぶれで後ろに向かって叫ぶが、飛んでくるのは投石と矢だけ。引き返すのは許さないと牽制《けんせい》している。

実の弟やかつての部下たちは、害虫を見るような軽蔑の眼差《まなざ》しだ。言葉一つ返さず、淡々とヒヨウを追い詰めていく。ヒヨウが戻りたくとも彼らが阻む。

彼らは一定の位置からは踏み込まない。そこより進めば危険なので、そこからヒヨウの末路を見届けるつもりなのだ。

ヒヨウは必死に足を動かしている。少しでも止まれば、己の足がなくなるから。足が止まれば、悍《おぞ》ましい捕食者が、臓腑《ぞうふ》を食らおうと飛びかかってくると知っているのだ。

全力疾走は老いたヒヨウには辛《つら》いことだ。心臓が、足が、骨が全身が悲鳴を上げている。

地面は足をついた傍から地中から、もぞもぞと土がせり上がり膨らんでいく。無数の捕食者が出てこようとする。少し速度が落ちただけで、靴に齧りつこうとする。

戻れないヒヨウは、先に進むしかない。先へ、奥へ進めば進むほど追跡する数は増える。それが分かっていても、ヒヨウにはその道しか残っていないのだ。

そんな状態なのに、後ろを向いて叫んだものだから少し出っ張った石に足を取られて転んだ。手を突こうとするのも間に合わず、強い勢いで地面に転がり、尖《とが》った硬い岩盤や石に身をこそげ取られるような痛みが走った。

すぐさま立ち上がろうとするが、もう遅い。

地面に手をついた手の平に、手首に、ふくらはぎや足首に無数の牙が食い込んでいる。それを振り払おうとする前に、地面から飛び出てきた捕食者が周囲を覆うように飛んでいた。

死にたくない。自分はこんなところで死んでいいはずがない。ヒヨウが流したのは血か涙すら分からない。

濡《ぬ》れた頬が冷たい。砂埃が染みるのに目を閉じられない。下半身が冷たいのは、恐怖からの失禁だった。

逃げなければ、食われる。

逃げなければ——どこに？

「があああああ！」

骨肉を貪る音と、断末魔が響く。

逃げ場を求めて突き出した腕も咀嚼《そしゃく》されていく。

「最後まで醜いな」

頬杖《ほおづえ》をついた神獣の呟きはゼイン山脈に住まう鳥たちだけが聞いていた。

ユフィリアの誘拐事件は、なかったことになった。

しかし、首謀者は断罪された。

ユフィリアにしつこく嫌がらせを続け、メーダイルと内通していた。ヨルハに対しての敵対行為。

だからこそヒヨウとフウカは処分を受けた。

酌量の余地なしで双方、極刑。

ヒヨウはゼイングロウでも危険な場所に追い立てられ、魔物に追いやられて死んだ。

彼を殺したのは岩ヤツメウナギ。外見こそヤツメウナギに似ているが、岩より硬い鱗《うろこ》に覆われた体の蛇だ。生涯の大半を地中に潜みながら音と匂いで獲物を探すため、目が退化している。大きな口は乱杭歯で、地中から獲物の骨肉を食い千切る。

普段は大人しい。肉食獣の残飯を漁《あさ》る山の掃除屋だ。しかし、産卵期から子育て期は非常に気性が荒く、彼らの巣穴に入ってきた侵入者には、我が子を殺しに来たと判断されて一斉に襲ってくる。

ヨルハの追手から逃げているつもりで、その巣に追い立てられたヒヨウ。

生きながら皮も肉も骨も砕かれ、食い破かれた。最終的には死肉も食われ、彼の着衣の切れ端や血の痕しか残らなかった。

フウカは女好きで加虐嗜好と、悪評高い老人に嫁ぐことになった。

何十番目か分からない妻になると知ったフウカは泣き叫んで許しを乞うが、もう遅すぎる。逃げられぬように檻《おり》付きの馬車に入れられ、未来の夫のいる僻地《へきち》へ輸送されていった。

老人は気に入った女性に恋人や夫がいても手を出そうとするので、ポツンと離れた屋敷に住まわされている。僻地なのでフウカの足では隣の集落にすら行けない。

檻に縋《すが》りつきながら出して欲しいと懇願し、声が枯れてもすすり泣きがずっと続いていた。

誰かが助けてくれる。憐《あわ》れんでくれる。なんて可哀想なのだと己の不幸を嘆く涙だ。自分がどんな言動を取っていたことすら頭にないらしい。

だが、反省する時間はたくさんある。彼女は健康で、まだ若いのだから。

第六章　晴れの日

結婚式当日。

その日を祝福するような晴天で、皆も笑顔がこぼれていた。続々と各地から来賓が来ている。

晴れ渡った空にはしょっちゅう小さな花火が打ち上げられ、祝いの花弁も舞っている。

そんな中、花嫁の待合室に一人の少女が向かっていた。華やかなピンクブロンドとレモンイエローのドレスを楽しげに揺らして歩いている。

見ているだけで微笑《ほほえ》ましい、今にも踊り出しそうなご機嫌な足どり。それをなんとか我慢しているような歩調だ。

目的の場所に着くと彼女はノックする。

「どうぞ」

その声に、扉を開けると少女——マリエッタ・フォン・バンテールの親友が、目の眩《くら》むようなドレス姿で椅子に座っていた。

柔らかな色の薄化粧は、繊細なユフィリアの美貌を引き立たせる。長い睫毛《まつげ》が影を落とす薔薇《ばら》色の頬と、艶やかな口紅が少しだけ大人っぽい。

輝く白銀の髪には精巧な鳥の細工が施された髪飾りと羽根の形のイヤリング。随所で煌《きら》めくのはカラーダイヤである。

純白の絹に花と蝶《ちょう》の刺繍《ししゅう》が施されたロングトレーンヴェール。揃《そろ》いのドレスはデコルテラインから、すっきりと華奢《きゃしゃ》な鎖骨や首が見えるが、ユフィリアのほっそりとしたマーメイドラインが曲線美を描いている。ドレスにはスリットが入り、そこから金、銀、紅と色鮮やかな刺繍が見える。よく見れば、腰の帯も背中で蝶のような飾り結びがあり、背面から長く流れるように彩っていた。

周囲にはメイドや大きなリスがせっせと動いて、衣装や装飾品の最終確認をしている。

一瞬見惚《みと》れそうになるが、マリエッタはすぐに笑顔で切り替えた。

「やっほー、ユフィ。お邪魔するわよ」

「マリー！　いらっしゃい！　迎えに行きたかったんだけれど、思ったより時間がなくて」

時間以外にも理由があった。来賓の相手とはいえ、一人でユフィリアを出歩かせるのをヨルハが渋ったのだ。

マリエッタ以外にも招待客いる。もしもの可能性は排除できない。神経を尖《とが》らせているヨルハが非常にごねた。

きっと先日の誘拐事件の影響もあるのだろうけれど、ユフィリアには自覚が薄かった。転移酔いで気を失っている間にすべてが終わっていたのだ。

騒動をあれこれと思い出しつつ、久々の親友の姿にユフィリアの表情も緩む。

「いいのよ！　気ままにゼイングロウ観光も楽しかったわ。……こっちのナンパはガチ恋気味なのはちょっと困惑したけど」

「それはマリーが可愛《かわい》いから仕方ないわ」

そう言って笑うユフィリアこそ、とても綺麗《きれい》だとマリーは嬉《うれ》しくなる。

きっとゼイングロウの生活は楽しいのだろう。手紙でも楽しげな日々が綴《つづ》られ、文化の違いに驚きながらも新鮮な出会いに心を躍らせているのが感じ取れた。

ミストルティンではずっと傍《そば》にいた親友が離れていくようで寂しいが、ユフィリアの待機する衣装部屋に通されたのが自分一人だと思うと優越感がある。

(まあヨルハ様はかなり心配症で嫉妬するタイプですものね。ユフィにべた惚《ぼ》れだし)

ユフィリアのことをよく知るマリエッタを、師匠と仰ぐユフィリアの旦那《だんな》様。

たまにふらりとミストルティンに来て、ユフィリアについて聞くのだ。ユフィリア大好きの超絶愛情グラビティ系男子だ。

双方から話を聞くマリエッタからすると、とても相手を想《おも》い合っていると分かる。

ユフィリアを愛してくれる夫がいる。ユフィリアを傷つけない家族ができる。なんて素敵なことだろう。

ふと、その繋《つな》がりでハルモニア伯爵家を思い出す。

「ねえ、ユフィ。嫌なこと思い出させたら申し訳ないんだけど、実家となんかあった？」

その言葉に、ユフィリアの笑顔が固まり、マリエッタは内心失敗したと気づく。ド直球に聞きすぎた。下手をこいたと分かったのだ。

でも、聞いておいて誤魔化すのも居心地が悪い。サクッと終わらせようと、少し早口で理由を喋《しゃべ》り出す。

「えーと、その……ごめん。イアン様がブライス様に当主の座をお譲りになって、ソフィア様を連れて田舎で療養するって聞いたのよ。つい最近までブライス様を使って金策にガツガツしてて、なんとしてでも返り咲こうと必死だったから。あの人ならユフィにたかろうとか考えそうじゃない？　何もしないで引き下がるなんて思わなくて……」

「実はマリーが来る前に、ゼイングロウに来たのよ。色々とお話……主にお金の融通というか、無心をしてきて、私が街に出た時ばったり会ってね」

「うっわ。ユフィ、大丈夫だった？」

「大丈夫。ヨルハ様とデート中だったから」

微笑むユフィリアの顔は、穏やかだ。その柔らかな雰囲気から、ヨルハがちゃんとユフィリアを守ったのだろうと安心する。

「まあ。あの騎士より強そうなヨルハ様なら、何かしそうね」

「ゼイングロウを入国禁止だけじゃなくて、お父様を蟄居《ちっきょ》させるようにラインハルト陛下に圧力をかけたの」

「まあ、優秀な判断力。悪くなってよ」

素敵だわ、とでも言いたげに微笑むマリエッタ。

その笑みは嫣然《えんぜん》としているが、その瞳の奥にめらめらと怒りが燃え盛っている。

マリエッタはユフィリアの相談に乗ることや、心配はできても政治的な力はない。侯爵令嬢の彼女には、伯爵当主相手では何もできないのだ。

そのできないことを、ヨルハがやってくれるのはありがたい。

「そういえば、旦那は？」

「ここにいるよ」

マリエッタに応えるようにひょっこりと出てきたのはヨルハだ。

ユフィリアと揃いの白を基調とした豪奢な衣装。ゼイングロウ風なのか、ミストルティンでは見ない盛装。ボタンのない上衣をゆったりと前合わせにして、帯で締めている。

大ぶりな宝石は付けていないが、帯や裏地に豪奢な刺繍が見える。彼が動くたびにその芸術的でありながら緻密な絵柄が見え、職人の粋と執念を感じる。

ゆったりと膨らんだズボンからもその刺繍は見え、動きに合わせて魅せるデザインだと分かる。その合間に見える靴も凝っている。緋色《ひいろ》の鼻緒と少し厚みのある靴も、蒔絵《まきえ》と螺鈿《らでん》で華やかだ。

新婦と同じく着飾った新郎のその手にはお盆と、小さなグラスがある。

「はい、ユフィ。朝から何も食べていないでしょ？　いつもならおやつや軽食挟むのに」

ユフィリアの前に膝をつき、女神に供物を捧《ささ》げるようにグラスを差し出すヨルハ。

その黄金の瞳には愛情を超えた憧憬や崇拝に近いものがある。恍惚《こうこつ》というのがぴったりな眼差《まなざ》しで、いつもより甘く蕩《とろ》けている。

ユフィリアはいつも素敵だが、今日はいつもに増して魅力的だ。

「今朝さすがに緊張して、喉を通りませんでした」

グラスを受け取るユフィリアは苦笑した。

「ユフィはこんなにも綺麗で素敵な花嫁さんなのに、何か心配なことがあるの？」

「この式には、各国の要人も来られますから。十二支族の関係者だって、今まで軽い挨拶くらいでしょう？　そんな方々が勢揃いすると思うと、少し委縮してしまいます」

ユフィリアが頬に手を当てながら、ぎこちない笑みを浮かべた。ヨルハは心底不思議そうに、目を丸くしながら首を傾《かし》げた。

「鬱陶しいなら減らそうか？」

どうやって。

ヨルハなら物理的に参加者をどうにかしそうな気がして怖い。説得も脅迫になるのではと、ユフィリアは色々な可能性を脳裏にかけ巡らせる。

ユフィリア過激派のヨルハは、さらっととんでもないことをするので迂闊《うかつ》な発言ができない。

「来賓の方々には、皆様に来ていただきたいです。ヨルハ様との結婚式ですもの。多くの方に、祝福していただきたいですわ」

「そっか。ユフィ、幸せになろうね。俺、頑張るよ。必ず幸せにするからね」

屈託なく笑うヨルハ。花嫁を心から愛するその曇りなき笑顔。

輝かしい表情を浮かべる一方で、誰を消そうとしたかなんて知りたくない。

ここで釘《くぎ》を刺さねばならない。経験則で知っている。ユフィリアはちゃんと必要ないことを明言し、ヨルハに脳内リストを破棄させる。

そんな若い夫婦たちの脳内攻防までは知らないマリエッタには、仲良くいちゃついているようにしか見えない。

「さて、そろそろお暇《いとま》するわ。ユフィたちの晴れ舞台を一等席から見たいもの」

バンテール侯爵一家は、ミストルティン国王夫妻に並ぶ賓客として扱われている。

一番近くでユフィリアとヨルハの式を祝える場所だし、あまり長居をしていると両親も心配する。

皇帝夫妻に気安い娘が、うっかり顰蹙《ひんしゅく》を買わないかとしょっちゅう気をもんでいるのだから。

「来てくれてありがとう、マリー。落ち着いたら、またゆっくり話しましょう」

「ええ、もちろん！　ヨルハ様、私の大事な親友を頼みますわよ！」

「任せて、師匠」

並ぶ二人からの言葉に満足したマリエッタは破顔する。

泣き出しそうな笑い出しそうなくしゃくしゃな表情は、正しく両方の感情が入り混じったものなのだろう。

(ああ、この二人に幸を多からんことを)

マリエッタは心底願わずにはいられない。

幸せになることは当然だから、幸せがいっぱいであって欲しい。

マリエッタがいなくなった後、ヨルハは落ち着きがない。揺れているというか、うずうずそわそわしている。

そろりとユフィリアのヴェールをめくると、こっそりと確認するように声を潜める。

「キスしたいけど、口紅が取れちゃうよね」

「ダメですよ」

ヨルハは最近、深いキスをしたがるような気配がある。軽く触れるじゃすまされない気がする。

分かっていたが、あっさりと断られてちょっと不満げだ。

ふと見つめ合って、どちらともなく笑っていると、外からシンラが呼んでいる。

「では、お手をどうぞ。愛《いと》しき人」

「ええ、よろしくお願いします。愛する人」

差し出された大きな手の上に、手袋をした華奢な手が重なる。

立ち上がったユフィリア、ゆっくりと歩き出す。その歩調に合わせ、支えるように、導くようにヨルハも足を進める。

開いた扉からは明るい光が差し込んでいる。

その眩《まぶ》しさに、ユフィリアは涙が出てきそうだった。

こんな幸せな結婚をできるなんて思っていなかった。ただの作業で義務だと考えていたのに、今は違う。

誰にも代えられない。大好きな人と結ばれるのはなんて幸福なのだろう。

一歩一歩噛《か》みしめながら、ユフィリアはヨルハと共に光の中を歩いていくのだった。

皇帝夫妻——若き番の結婚式は盛大だった。

真っ先に行われたのは調印。

待ちわびた婚姻の成立である。とにもかくにも、ヨルハがそれを譲らなかったので最初に行われた。

来場してホストとしての挨拶も軽く流し、怒涛《どとう》のスピードでメインイベントがあっさり終わった。

（……獣人の皆さんとしては当たり前の感覚なのかしら）

情緒がない。とにかく速く！　是が非にでも速く！　そんな勢いであった。

想像していた厳かな儀式があるかと思いきや、サインをした書類は俊足の役人が、裾を翻しながらどこかへ持っていった。

合図のような鐘が鳴ると、人々が沸いた——後で聞いたが、近くの建物では事務のエキスパートがスタンバイ。即座に諸手続きを済ませて入籍を終わらせた合図だったらしい。それからは一気にお祭りムードが高まった。

大きなすり鉢状の会場で披露されるのは絢爛《けんらん》たる催し。舞踊、歌謡、演奏、曲芸と各地から集められた名手たち。多種多様な技巧を持つ達人たちが集まり、次々と己の芸を披露していく。

大きく取った観覧席には来賓が思い思いに、ゆったりと寛《くつろ》ぎながら供される美酒や美食を楽しみ、目の前で繰り広げられる祝いの出し物を眺めていた。

ゼイングロウ帝国には、ミストルティン王国やメーダイル帝国からだけでなく、エルフやドワーフなどの亜人の招待客が来ている。

彼らは国というより集落を作って、各地に点在しているらしい。

基本は隠れ里であり、魔法や特殊技術で場所を隠匿している。出不精な種族が多いが、ゼイングロウ皇帝夫妻の結婚式には顔を出したらしい。

「うちは種族に寛容だからね」

見慣れない衣装の人たちがちらほらいる。領土的にはゼイングロウに属している。だが、独立した文化を築いているため、皇帝に従っているのではなく、友誼《ゆうぎ》を結んだ協力関係である。

ヒト族至上主義――獣人をはじめとする亜人を劣等種と見做《みな》し、排斥するメーダイル。その国に唯一拮抗《きっこう》できるゼイングロウ。どちらが住みやすいかなんて、歴然だ。

「要人が集まる祝いの場でも、たまに馬鹿がいてね。自分の気に食わない奴に難癖をつけて騒ぎを起こすのがいるから、極力近寄らせないんだ」

その馬鹿の名は明確には出さないけれど、視線を向ける先はメーダイルの観覧席。

その周囲にはミストルティン関係者――つまりは人間ばかりが配置されている。配膳に向かう使用人も人間のように見えた。獣人の特徴が見受けられない。

表面上は和平を結んでも、二つの国は根本的な考え方が相容《あいい》れないのだろう。ゼイングロウが屈強な獣人たちが集まった強豪国でなければ、メーダイルは武力で属国にするか滅ぼすかくらいしていたはずだ。

ユフィリアもちらりと見るが、御簾《みす》が半ばまで降ろされていて衣装の端っこくらいしか見えない。

その時、ひときわ大きな歓声が上がった。

舞台の上には半分透き通った美しい男女が花吹雪を舞い上げて踊っている。実に楽しげに、重力を感じさせない軽やかさで舞台の上で回っていた。

花弁はキラキラと輝きながら客席まで降り注ぎ、溶けるようにして消えていく。

「あれは……」

「エルフが森に棲《す》んでいるお祭り好きの妖精たちでも連れて来たんだろう。大方、祭りの空気にあてられて飛び入り参加したんじゃないか？」

つまり、予定外の出来事だと。

来賓リストを改めて確認する。エルフやドワーフは載っていなかったのに、当たり前のように参加しているし、席もある。飛び入りもするなんて大胆だ。

長命種は時間にルーズな者が多いので、出席の連絡があっても辿《たど》り着く前に結婚式が終わってしまうことも珍しくない。

だから、今回も来ない可能性が高いと考えて載せていなかったそうだ。

(何もかも違う。ミストルティンでは考えられないわ……)

そもそも、式場規模からして違う。ミストルティンの披露宴や結婚式は立食形式が多い。

バルコニーや庭に出入りはできるし、休憩室は用意されているが、基本は立っていることが多い。

ここは座る席どころか、寝転がれる広さがある。しかも、それぞれのスペースに脇息《きょうそく》や膝掛けも常備してあるので疲れたら休めるのだ。

来賓の中には、すでに酒で潰れている者まで見える。

御簾があるけれど、ちょっとした出入りの時にちらりと御開帳する。その拍子に中でだらけているのも丸見えだ。

(上からだとよく見えるわ。皆さん、お酒もすすんで油断しているわね)

楽しんでいるのは結構だけれど、これだけ距離があると挨拶に回って行くのも大変——と思いきや、向こう側から挨拶に来るのが習わしなのだとか。

理由はこの広さで互いに動き回ると、会いに行けない。なので、身分の高い者は挨拶しに来る者たちを待つことになる。

身分の低い者やたくさんのコネが欲しい者は、それだけ歩き回ることになる。

現に卯《う》の族長であるゲットはあっちへぴょこぴょこ、こっちへぴょこぴょこと分身しているような動きで走り回っている。

たまに、その後ろを彼の孫がちょこちょことついて回っている。可愛らしい小さな子狸《こたぬき》に相好を崩した大人たちは、あれやこれと席にある菓子を渡している。

そして、にこにこと受け取り、くれた人が見えなくなる位置まで移動してそれをごっそり鞄《かばん》にしまっていた。質量保存の法則を無視した収納能力は、間違いなく魔道具だろう。

そしてユフィリアは見てしまった。

小さな狸の可愛らしくも強欲に満ちていたその表情を。

（獣人の種は違っても、さすがゲット様のお孫さんね）

似ている。本質的に自分の見せ方や得意なやり方を熟知している。末恐ろしい幼子だ。

それぞれに楽しんでいるのが見える。その中にはミストルティン国王夫妻や、親友のマリエッタもいた。

マリエッタには会いに行きたいが、皇后の身分のユフィリアは来客が絶えず席を外せない。

近隣国の王侯貴族や、外交官などの重役たち。各集落の族長や、獣人たちの代表者たち。

皆がヨルハやユフィリアを褒め称《たた》え、祝いの言葉を述べる。そこは各国共通だ。

迫力のある美貌のヨルハの隣に、可憐《かれん》で儚《はかな》げなユフィリアは非常に絵になった。しかも盛装で飾り立てているので、誰もがため息が出るくらい美しい。

まったく違うタイプの二人だからこそ、かちりと嵌《はま》り合うピースのようだ。

ユフィリアの意向もあり、お色直しは一度だけ。それでも誰もが少しでも長く見たいと切望する。

（（今のご衣装も気になるが、お色直し後も気になる!!!））

ヨルハはユフィリアを見せることを嫌い、御簾を降ろしている。

主役である二人の席には、二重の御簾があるので、中に入って挨拶している時にしかその晴れ着は見られない。挨拶の口上や祝辞を述べ、頭を下げている時間も長い。余計に見たくなるのだ。

しかも、ユフィリアが催し物を気にしていると分かれば、その休憩の合間――さらにその一部しか挨拶の時間を設けなかった。

会場が広いので移動中はかなり遠い。しかもヨルハの撒《ま》き散らす気迫が怖い。顔はにこやかなのに、背筋に悪寒が這《は》いずり回る恐怖を感じるのだ。

ユフィリアはそんな客人たちの葛藤など知らず、彼女なりに催しを理解しようとしていた。

（休憩時間がやけに長くて多いとは思ったけれど……このためだったのね）

挨拶以上にヨルハの番《つがい》第一主義を周囲も想定済みだったので、休憩時間は長く多めに取られていた。

大体の流れは知っていたが、臨機応変に動き回る獣人たちにユフィリアは驚いてしまう。

「ユフィリア様……ではなく、皇后陛下。お色直しの時間です」

「まあ、もうそんな時間？」

今着ているのは白い衣装だ。

次は街中を巡る。いわゆるお披露目パレードだ。

飾り立てた牛車に乗り、大通りの民たちに手を振る。ヨルハは面倒くさそうに最後まで渋っていたが、ユフィリアがなんとか説得した。

来賓は引き続き見世物や歓談を楽しむのもよし、パレードを見に行くもよしだ。

（マリーは見に行くと言っていたけれど……）

彼女のいる席の周囲には人だかりができていた。

ユフィリアの親友ということを差し引いても、マリエッタは美人で器量よし。獣人の審美眼から見ても綺麗なピンクブロンドは目を引くのだろう。ミストルティン貴族だけでなく、ゼイングロウの人々も近づきになろうと積極的に声をかけている。

（大人気ね……あ、ちょっと苛立《いらだ》っている）

貴族令嬢らしく、可憐な笑みで応じている。一見すれば、である。

マリエッタとの付き合いが長いユフィリアには、彼女の内心で蓄積していく不満を感じ取ることができた。

本当なら、今すぐにでも飛び出して、一番良い席を確保したいのだろう。

「マリー、パレードに間に合うかしら？」

「師匠の場所は手配済み。茶屋の一室を借りているよ。あそこはゲットの店だけど、ユフィの親友だって聞いたら気前よく貸してくれた」

「まあ……そういった席は、今は高騰しているでしょうに」

ありがたいことだが、こうも融通してもらって良いのだろうか。

結婚パレードを良い場所で見たいという人は多い。それこそ、大枚叩《はた》いてでも——と考える人だっている。大通り近くのパレードが見える店では、臨時の特別料金を取っているところも多い。

「気にしないでいいよ。ユフィの作る美髪剤と寄生虫の駆除剤でお釣りがくるくらい儲《もう》けるでしょ。それに、バンテール侯爵はミストルティンでも人柄が良く伝手《つて》も多い。経営者としても手堅い商売をする人だ。ミストルティンで商売をするには縁を作って損がない……そういう魂胆だってある」

「なるほど。ふふ、ゲット様らしいです」

ユフィリアは笑みをこぼすが、ヨルハは複雑である。あの兎《うさぎ》のジジイは大変よろしい根性をしているので、できれば一定の距離を保ちたい。

なのに、ユフィリアはすこぶる気に入られている。隙あらば揉《も》み手ですりすりと足音を消してやってくる。

マリエッタとバンテール侯爵にも近づいたのも、その一環だろう。

ヨルハはユフィリアに害がない以上、手を下すのには躊躇《ためら》いがあった。ユフィリアを擁護する派閥はあったほうが良い。

ゲットは損得で従ったのではない。ユフィリアの人柄を敬愛し、恩で動いている。

分かっている。分かっているけれど、ユフィリアの魅力を理解されるのは嬉しいけれど、なんだか腹立たしい。自分だけが知っていたかったのに、ユフィリアが素敵な人だとどんどん広まってしまう。

「あまり遠くへ行かないでね、ユフィ」

「着替えに行くだけですよ？　もう、ヨルハ様ったら……すぐに戻ります。貴方《あなた》の隣に」

はにかんだ笑みは幸せそうで、白皙の美貌に薔薇色が浮かぶ。

たった一度のお色直しで、こんなに不安になるなんて。もしもヨルハの要望のままに何度も着替えていたら、何度も引き離されることになっていたのだ。

(ユフィの言う通り、一回だけにしてよかった)

でも、それとは別に綺麗な衣装は折を見てたくさん着てもらいたいヨルハだった。

ユフィリアと離れたくなくて、ヨルハは彼女の入っていった部屋の前で座り込んでしまう。

見かねたシンラやコクランがその姿を見て呆《あき》れ果てる。

「衣装が汚れるからやめなさい」

「リス妖精にしばかれるぞ」

というより、すでに隣で嫌そうな顔をして立っている。

立たんかい、ワレ。そう言いたげなやさぐれリススマイルで、ヨルハを突いている。それでも立たないので、布で包んだ布団叩きでバシバシと容赦なく叩き始めた。

しかし相手は神獣ヨルハ。全然動く気配がない。

だが、部屋の中でユフィリアの身支度が終える気配を察したのか、急に立ち上がる。素早く裾を払い、服のしわを伸ばして扉の前に待機する。

変わり身が早い。

「お待たせしました、ヨルハ様」

「お疲れ様、ユフィ……ああ、とても綺麗だよ」

目をゆるりと細めてヨルハは称賛する。思っていた通り、苦労して手に入れた帯はユフィリアによく似合っていた。

今度は着物ではなくドレス。だが、その衣装の生地はゼイングロウでも一級品の絹を惜しみなく使っている。

ドレスは先ほどの白とは一変、黒をメインとしている。それでも暗い印象ではなく、重厚な高貴さを感じるのは絹の美しさと胸から足まで咲き乱れたたくさんの刺繍の花があるからだろう。帯は白と黄金、そして鮮やかな鳳凰《ほうおう》が舞っている。

ヨルハの主張を感じる。ユフィリアは自分の番だと、その配色が訴えている。

ユフィリアもそれを感じ取っているのか、ほんのりと頬や耳が赤く染まっている。

その姿に相好をさらに崩すヨルハ。彼もユフィリアに合わせるように、黒い羽織を一枚纏う。

隣に並ぶ自分の番をうっとりと眺め、そのまま抱きしめ出した。

「綺麗……本当に、可愛い。ユフィ。俺のユフィ――誰にも見せたくないな」

そのままごね始めてしまった。

その間、リス妖精は蹴るし、護衛たちはおろおろするし、シンラとコクランは頭を抱えて言葉を尽くしたが、結局ユフィリアの言葉でしか頷かなかったのだ。

だが、ヨルハがユフィリアを解放したのは一時間後。

ずっと順調だった予定が遅れた。おかげで、マリエッタがパレードに間に合ったのだが――

「どうしてか、予定より遅れていたのよね。間に合ってラッキーだったけど。ユフィ、何か知ってる？」

「その、少しマリッジブルー？　のようなものがヨルハ様に……」

「マリッジブルーというより、単に綺麗なユフィのお披露目を嫌がったんじゃない？」

後日、そんな会話がとある皇后と貴族令嬢と交わされたとかなんとか。


挙式から数日経《た》った。

ゼイングロウの皇帝夫妻の慶事に、招待された隣国のミストルティンの面々も沸いている。

特別に招かれた来賓しか入れない宮殿の観覧席には行けなくとも、街中のパレードを楽しめた人は多く、国全体にも影響を受けていた。

ゼイングロウのお祭りムードの影響で、ミストルティンの人々も楽しげな空気が漂っている。

だが、その中で陰鬱な者たちがいた。

それはイアンとソフィアだ。彼らはユフィリアの両親であり、先日絶縁を突き付けられた。その暴挙は国王陛下の耳にも入り、帰国早々勅命で蟄居を命じられた。

二人は屋敷でゆっくり休憩する間もなく、領地へ行く準備をすることになった。

ブライスはハルモニア伯爵家を継ぐために残るが、同じ馬車に乗っている。万が一にも彼らが逃げ出して、ユフィリアにまた迷惑をかけないように監視も兼ねていた。

重い沈黙が漂う中、ソフィアだけは虚《うつ》ろな目をして人形に話しかけている。

「ああ、ユフィ。貴女《あなた》は本当に良い子ね。アリスはどこへ行ったのかしらねぇ？　あの子は本当におてんばなんだから」

ユフィリアを思い出したようだが、現実逃避は相変わらずのようだ。

きっと、ソフィアはユフィリアに甘えていたのだろう。ユフィリアならなんでもできる。我慢もできるし、ソフィアの要望を受け入れてくれると信じていた。

（……それはつまり、何をしてもいいって思っていたってことだ）

信頼とか信用ではなく、都合が良い娘だった。

それをユフィリア自身から突き付けられ、良い母親でなかった己に気づいてしまったのだろう。今更になって、人形相手に甘やかしている。

イアンは一言もしゃべらない。ユフィリアの言葉だけでもショックだったが、国王からの叱責と療養という名の追放が堪《こた》えているのだろう。

ブライスだって爵位を継いだが、前途多難だ。

悪評の広がったハルモニア伯爵家は崖っぷちの斜陽貴族。死ぬ気で踏ん張らなければ、転がっていくだけの人生だ。

ブライスの代で終わる可能性も十分あった。

だが、ブライスは諦めていない。皇后となったユフィリアに頼るつもりもない。やっと幸せを手に入れて、年相応に表情を変えるユフィリアに、これ以上を求めるのは酷だと理解していた。

自力で切りひらく――そして、いつかユフィリアに謝罪できればいい。その時は来ないかもしれないけれど、願うことくらいは許して欲しかった。

その時、馬車が少し揺れて止まった。

「何があった?」

「車輪が壊れたようです!」

「それは大変だな。直せそうか?」

「応急処置くらいはならなんとか! 今夜の宿までなら持たせそうです」

異変に気づいたブライスが御者に声をかける。怒鳴り散らさなかったブライスに意外そうな顔をしつつも、御者はすぐに車輪の処置へと向かう。

その間もイアンはずっと俯《うつむ》いて頭を抱えたままで、ソフィアは相変わらずだ。

「私も車輪を確認しに行きます。お二人はそのままお待ちください」

ブライスが声をかけても聞いているか分からない。それくらい無反応だ。

だがそれも想定内のことなので、ブライスは馬車を降りようと扉を開く。街中ということもあり馬車は道の端に寄せて停車していた。

念のため外鍵をつけてから、車輪側へと歩いていった。

「どうだ？　暗くなる前には直せそうか？」

「はい、スペアがあるので宿までならなんとか。馬車本体に異変があるといけないので、街を出る前に職人に見てもらったほうがいいですね」

「そうか、それなら頼む」

「はい、ブライス様」

馬車の車輪は大きくへしゃげていた。あの揺れは、運悪く硬い物に乗り上げてしまった衝撃だったのだろう。

手慣れた御者とは違い、ブライスには馬車の構造などさっぱりわからない。ブライスができそうなことはなさそうだ。

ブライスが馬車の中に戻ろうと外鍵を外し、扉を開く。その瞬間、ブライスを押しのけるようにソフィアが飛び出していってしまった。

すぐに追いかけたが、人込みに突っ込んでいったソフィアをブライスは見失ってしまう。

自分の迂闊さに頭を抱えてしまった。

「ああ、もう！　どこに行ったんだ⁉」

ここ数日は大人しいから油断をしていた。

夕方前は帰宅するために人が多い。暗くなればぐっと減るだろうけれど、ソフィアがいなくなった状況で、悠長なことを言っていられない。

必死に探すブライスだが、上手《うま》くはいかない。疲労だけが蓄積しながらも、聞き込みしつつ探し回る。

太陽も大きく傾き始めた時、ソフィアが戻ってきた。やけににこにこしていて、隣の人物にやたらと話しかけている。

連れてきたのは若い女性だった。

「……君は」

「まあ、随分お探しになっていたようね。ご機嫌よう、ブライス様」

「母を連れてきていただき、感謝します。マリエッタ嬢」

たまたま、本当に偶然だった。親友の結婚式とゼイングロウを満喫し、帰国したマリエッタが街中を歩いていた。

そんな彼女の腕を捕まえ、異様に目を爛々《らんらん》とさせた老婆——後でソフィアと気づいた——が、話しかけてきた。

そのまま警備兵に預けても良かったが、途中でソフィアを探している青年がいると聞いて、やめたのだ。

「ソフィア様、お加減が悪いようだけれど大丈夫かしら？　私のことをユフィと言ったり、アリスと言ったり、お話も二転三転して支離滅裂よ」

「ああ、ずっとこんな様子で……医者に診せても、目ぼしい変化もありません。父と共に田舎で療養することになっています。下手に人の多い場所にいると、誘拐犯になりかねませんから。それにユフィやアリスとの思い出の多い王都にいるより、症状がマシになるかもしれません」

「そうですの」

雰囲気の変わったブライスに、マリエッタは素っ気なく返す。内心では、以前の鼻につく気位の高さや神経質さも、零落してからの陰鬱な暗さもなくなったことに驚いていた。

ブライスと合流する気配のないマリエッタに、ソフィアは不思議そうにしていた。

「ねえ、ユフィ。貴女も一緒に行くんでしょう？」

「私は別の用事がありますので、それが済みましたら向かいますわ」

その用事はマリエッタ・フォン・バンテールとしての生活を過ごすこと。はなから同行するつもりなどないのだ。

ソフィアはその言葉の裏を読もうともせず「忙しいのね、残念だわ」とこぼしている。

今回は気まぐれでブライスのところに連れて行っただけだ。

「なんだか、変わりましたわね。ブライス様」

「いい加減、自分の責任を果たそうと思ってな。ユフィにガツンと言われてしまいましたよ」

「まあ、それは本当に今更ですこと」

可憐な笑みで毒を撒き散らすマリエッタ。痛いところを突かれてブライスは苦笑するしかない。

あんまりにも正論なので反論する気にもならなかった。

「ユフィの結婚式はいかがでしたか？　幸せそうでしたか？」

「当たり前ですわ。新婚なんですから」

ついでに言えば、ユフィリアが大好きすぎて駄々をこねているヨルハを操縦する腕も上がっていた。

隙あらばくっついていちゃつきたいヨルハは、常にユフィリアへのラブが溢《あふ》れている。その感情が物理的な質量を持っていたら、マリエッタは近づくたびにあざだらけになっていただろう。

「私はユフィに会えない……合わせる顔がないのです」

だからなんだというのだろう。微笑を浮かべながらも、腹では冷徹にブライスの真意を探るマリエッタ。

マリエッタが大切なのは親友のユフィリア。ブライスに土下座で頼まれても取り次ぐ気はない。

「でも幸せになって欲しいとは思っています。だから、これを渡してもらえないでしょうか」

そう言って、ブライスは懐から少しよれた紙を出す。折り畳まれた中にはピンクの小さな巾着っぽいものが入っていた。

あまり馴染《なじ》みがないものだが、マリエッタは最近見た覚えがある。

「これは、ゼイングロウのお守り？」

「ユフィの幸せを願って買ったのですが……ユフィの好きなものが分からないし、好きな色も分からない。でも、これは気持ちの問題だって聞いたし」

しどろもどろに言い訳のようにブライスは言い募る。

その不器用な配慮にマリエッタは貴族令嬢としての作り笑いではなく、口角が上がった。

「そうですわね。これくらいならいいでしょう」

かなり上からの物言いだったが、ブライスは安堵の表情を浮かべた。

ブライスは知らないが、彼女はヨルハが明確に敬意を払っている数少ない人物だ。マリエッタの検閲をクリアしたものを、ヨルハが捨てることはできない。

ブライスは兄らしいことなんて、ほとんどしてこなかった。家族として、ユフィリアを追い詰めるばかりで不甲斐《ふがい》ない兄だ。

それでも今はユフィリアの幸せを願っている――本当に、心から。


数日後、マリエッタの手紙と一緒に小さなお守りも届けられた。

怪しい魔法はかけられていないという認定証まで同封されていたものだから、ユフィリアは首を傾げる。そんな怪しいものを何故《なぜ》とわざわざ、と疑問を抱いた。

マリエッタの手紙を読み進めれば、その本当の送り主が分かる。

「……お兄様から?」

小さなピンク色のお守りは、雑貨や土産屋《みやげ》によくある安価なものだ。

ミストルティンでは見ないが、ゼイングロウではちょっとした験担ぎによく用いられる。

（お兄様はあまりこういうものを好かない人だったのに）

どういう風の吹き回しだろう。

占いや気休めは無駄と考えるタイプのブライス。彼がお守りを買ってまで贈るなんて、想像ができない。

値段的にも安価で、これで気を引いたり恩を売るなんて無理だろう。平民の子供の小遣いで手に入る。

（ピンクなんて……こういった色を欲しがるのはいつも……）

ユフィリアの脳裏に過るのは、若くして処刑された少女。

愛らしく華やかな色合いを好んだアリス。欲しがり屋の妹。最後は満たされない欲に溺れ、何も手に入れずにその命を散らした。

いつも誰かに「ずるい」「ほしい」と繰り返して、本当に欲しいものと区別もついていなかった。

「ユフィ、どうしたの？　お守り――って俺の渡したのじゃないやつだけど。誰から？」

ユフィリアの後ろから、ヨルハが顔を出した。ユフィリアを抱きしめて、その手元を覗《のぞ》き込む。

特に隠す物でもないので、ユフィリアはお守りを見せる。

「お兄様です。マリーがおかしな仕掛けもないからって証明書付きで送ってくれました」

こんなものが付いているあたり、マリエッタもブライスを信用していないのだろう。

手紙にはブライスに変化があったとは書いてあったが、過去の振る舞いから疑い深くなっている。

「ふぅん……ん？」

最初は目を剣呑《けんのん》に細めてお守りを見ていたヨルハが、なんとも言えない顔になる。

「うーん、まだ早いかな……うん、最低半年。いや、もっと欲しいな。二年後くらい？」

「ヨルハ様？」

いつになく歯切れの悪いヨルハに、ユフィリアは首を傾げる。

言葉の意図が汲《く》み取れず、怪訝《けげん》半分、心配半分だ。

「ううん、新婚生活は楽しいなって思って」

そう言うとユフィリアにキスを降らすヨルハ。

ユフィリアは、優秀であっても急遽決まった婚姻では、ゼイングロウの古語などは知らない。メーダイルから受け継いだものではなく、獣人たちが独自に作り出した複雑な文字だ。

一見すれば、模様や紋に見えるだろう。

(『安産祈願』か……将来的には必要だけど、今はまだユフィとの蜜月を楽しみたいからね)

キスはだんだん吸い付くよう深くなり、徐々にユフィリアの息も上がってきた。普段は白い頬が紅潮し、紫がかった空色が艶めいて潤んでいる。

経験上、ヨルハの望みがキスでは済まないことを理解しているのだろう。

今日の予定はないし、明日も午前中にはない。じっくりと濃密な時間を過ごすにはちょうどいい。

やや戸惑いがあるが、ユフィリアも嫌がっていない。

一昨日は少し無理をさせたから、昨日と今日は我慢していたのだ。

ユフィリアだって、その配慮を分かっている。

新婚初夜にこれでもかと思い知らされた。優しく丁寧に身も心も解すように触れながらも、最後は意識が何度も飛びかけるように熱烈に愛を注がれた。

ユフィリアの体力を考慮し、ヨルハは休みを何度か入れてくれていたが――当然体力お化けのヨルハに、生粋の令嬢ユフィリアが敵《かな》うはずがない。

初めて結ばれた翌朝は立つどころか座ることもままならない。生まれたての雛鳥《ひなどり》よりおぼつかないユフィリアにヨルハは右往左往していた。昼になるとなんとか寝台から起き上がることができ、リス妖精の献身的な手助けによって湯浴みや食事ができた。

ちなみに、ヨルハは運ぶのは手伝ったものの、それ以外は役に立たなかった。水や食事を運ぼうにも、ユフィリアに無体をしいてしまったショックで震えていて使い物にならなかったのだ。

ユフィリアは絶対落とさないし、力も入れ間違えないけれど、食事や食器は何度もダメにしている。

それだけヨルハには衝撃だったのだ。

自分は全く平気どころか、気力も体力も充実しまくりのウルトラハッピーなのに、愛する番はよれよれなのだ。こればっかりは種族的なフィジカルも関係するので、同じ体力にするのは難しい。

回数を重ねればユフィリアも慣れてきたし、ヨルハも加減を分かるようになってきた。

今では互いの妥協点を理解している――それだけ、濃密な時間を過ごしているのだ。

「ユフィ、部屋に行こう?」

「……はい」

まだ恥ずかしいのだろう。俯きながら小さく頷くユフィリア。控えめな返事が、以上をしていいという了解でもある。ヨルハはこの上なくご機嫌に微笑んだ。

ユフィリアの足はもう力が入らないのだろう。キスの途中から、ずっとヨルハが抱きしめて支えていた。

そのままユフィリアを抱き上げ、上機嫌で寝室に向かうヨルハ。

小姑《こじゅうと》より煩いリス妖精だが、仕事はきちんとやる。この時間なら寝台も整っているはずだ。

エピローグ

族長たちの気苦労

水上に浮かぶように建設された朱金城は、今日も忙しく人々が働いている。

結婚式は無事に終わり、美しい皇帝夫妻を国民たちは祝福した。来賓たちからの評判も上々で、ユフィリアの選んだ引き出物も好評だ。ギフトカタログから選ぶ手法が新しく、自分の好みで選択できるのが良かった。

中には欲しいものが多すぎてカタログから選びきれず、別口で購入されることもあった。

カタログに載っている時点で、皇后お墨付きの逸品なので品質は保証されている。

「まったく！　ろくに話せなかった！　神獣の番《つがい》様だぞ⁉　いつぶりだ⁉　ずーっとヨルハの奴が番に張り付いて、殺気を飛ばしまくって……っ！　こちらは見ていてはらはらしたぞ！」

卓をバシバシと叩《たた》きながら叫ぶのは寅の一族の長《おさ》だ。

不満を駄々漏らせている通り、ユフィリアには最低限の挨拶しかできなかった。彼女だけでなく、他の族長も似たようなものである。

この会議は十二支族の長たちが集まる、定例の報告会だ。だが、酉《とり》の一族の長の席にいるのはヒオウである。正しくは次席だが、皇帝であるヨルハの代理をしている。

「結婚した程度じゃ落ち着かんだろう。あと数年して子供でもできたらマシになるんじゃないか？」

「格が高いと特に独占欲が強くなるからのう」

コクランとシンラ。高位の格を有す番持ちの二人が言うと、周囲はげんなりする。

獣人たちの中でも、番への執着心の強さは分かっている。そんな理解のある獣人たちの間ですら、ヨルハの執着心は一段と際立っていた。

絶望的に説得力がある。

「私は心配だ。ヨルハの坊やが番様を束縛しすぎて逃げられたらどうするんだ。たまーにいるだろう」

寅の長の言葉に皆が顔色を青くする。獣人にとって番を失うというのは、地獄そのものだ。

ヨルハは皇帝だ。そのカリスマから信者のごとく心酔する者も多い。そんな国のトップが最愛に逃げられるなんて、醜聞なんてものじゃ済まされない。

当人も大変だが、周囲への影響力も凄《すさ》まじい。

「ヨルハは番様に甘いから大丈夫じゃろう。精霊の木のテリトリー内であれば自由にできているご様子。番様もそんなヨルハを悪からず思っておる」

ヨルハとユフィリアは結婚式から始まったお祭り騒ぎが終わってから、ずっと朱金城に来ていない。たまにヨルハだけはふらりとやってきて、最低限の仕事だけをして戻っていく。その見極めがまた的確で、憎らしいほどだ。

一分一秒たりとも蜜月を邪魔されたくないのだろう。

「あ、ちなみにリス妖精からの情報提供なので間違いないですよー」

ゲットがぱっちりウィンクをして、他の長たちに補足する。

パッと見はキューティーバニーなのだが、中身が立派な中年銭ゲバ兎《うさぎ》だと知っているので、素直に可愛《かわい》いと思えない。

つい先日も「いっやー！　いいですよ！　ギフトカタログ！　来賓の好みの傾向がモロ分かりですからねぇ！　皇室御用達《ごようたし》とあればブランド力ついてガッポリです！」と瞳に銭を張りつかせたように輝かせていた。

しかも、孫の窮地に便乗して、しっかりとユフィリアとパイプを持つことに成功した。シンラやコクランに続き、ユフィリアと交友関係を築き、頭一つ抜きんでたのだ。その余裕が腹立たしい。

「で、お前の一族の問題にカタはついたのか？」

「ええ。ユフィリア様からいただいたお薬のお陰で、皆が回復しましたよ。……元気すぎて隠していたワタシの秘蔵酒が祝いの騒動でいくつも開けられましたが」

コクランの言葉に、最初はしみじみと安堵《あんど》を噛《か》みしめていたゲットだが、後半は遠い目をしている。

実は当主や酒類コレクターの間ではよくあることだ。隠していたはずのお酒が、嗅ぎつけられて飲み干されてしまう。普段はそんなことはしない人も、祝賀ムードやお祭り騒ぎにあてられたり、アルコール漬けになった頭でまともな判断力が抜け落ちたりする。

「まあ、それはいい。酒が飲めるほど元気が戻るのはいいことだ。で、問題はヨルハの言っていたメーダイルの連中だ。またちょっかいを出してきやがった。俺たち獣人は強いからいいが、番は弱い人間がほとんど。自然と狙われやすくなる」

大国の結婚式を見に、国の内外から観光客がやってきた。その中に紛れ込んでいた悪意ある者たち。貪欲なヒヨウはその強欲さを見抜かれ、いいように使われたようなもの。

ヒヨウを唆《そそのか》した連中も、その命令をした主にも報復をした。だが、これは氷山の一角に過ぎない。

メーダイルにはもっと多くの悪意が存在している。

「戦争はまだないだろうが、これから暗殺者は増えるはずだ。十二支族にすりよってくる連中も出てくるだろう。くれぐれも手先を入れないように各自注意してくれ」

獣人の序列二位のコクランの言葉に、長たちも無言の肯定をする。

メーダイルがゼイングロウを目の敵にするのは昨日今日の話じゃない。何百年と続いたいがみ合いと軋轢《あつれき》だ。

こちらを本気で潰す気なら、周辺国を巻き込んで邪悪な亜人どもを討伐する聖戦であるくらいの大口を叩いて鼓舞するはずだ。

番を誘拐した――だが、殺害に至っていない。そもそも裏で糸を引いていたのはメーダイルの貴族だが、主導していたのはヒヨウであるのは変わりがない。メーダイルがいなくても、ヒヨウはフウカを妃《きさき》にするためなら凶行に及んだだろう。

「しかし、ヨルハ様の番様への寵愛《ちょうあい》ぶりは――少々危ういですね」

髭をこすりながら、目を細めたゲットは言う。その言葉に、部屋の中の空気が張り詰めた。

ユフィリアの消息が途絶えた僅かな時間、ヨルハの焦燥は凄まじいものがあった。

不安と焦りからくる恐慌状態で、殺気を抑えきれていない。格を持たない者や、気の弱い者はその空気に当てられただけで次々と卒倒していった。

さすがに族長たちは海千山千ばかりなので失神などしない。

それでもユフィリアが朱金城から転移させられ、ヨルハの鳥たちが見つけるまでの時間は、地獄のような空気を放っていた。

普段冷静なヨルハが我を忘れていた。

あれは異常だった。それでもすぐさま番の捜索に取りかかったのはさすがというべきか。

「番持ちの弱点は、常に番だ。それが強みであり、弱みでもある」

コクランが嘆息する。エレンを迎えた後に、彼も散々煩わされたものだ。強靭《きょうじん》な獣人を狙うより、番のほうがずっと簡単に殺せる。暗殺に成功すれば相手の獣人も弱るから、ますます標的にされる。

ユフィリアという人間の少女は、神獣ヨルハの明確で致命的な弱点。

「ユフィリア様が狙われないはずがないじゃろう」

嫌なことを思い出したのだろう。億劫そうにシンラは呟《つぶや》く。

陰険粘着気質の連中だから、嬉々《きき》として暗殺者を差し向けるのは明らか。

今回の誘拐はメーダイルからしてみればお遊びで、嫌がらせレベル。

コクランたちにしてみれば「あーまたか」「鬱陶しい陰険野郎どもだな」であるが、生粋の深窓令嬢のユフィリアにとっては恐ろしいはずだ。

十二支族の長たちを集めて会議をしたのは、ヒヨウと同じ轍《てつ》を踏むなという注意喚起でもある。

「しくじったらブチ切れヨルハとゼイン山脈の奥深くまで、楽しい空中遊泳に強制参加になるからな」

とばっちりはごめんとばかりに、コクランが念押しするように言った。

絶対楽しくないドライブだ。下手をすれば河岸が見える。

白い山々を遥か下に眺めながら、氷の礫《つぶて》が横殴りに吹き荒れる中、豪速で移動するヨルハに振り回されるのが目に浮かぶ。

想像だけで寒気がする。

「運が良ければ峡谷に落とされる程度で済むかもしれんが、そうじゃなければ魔物の巣に投げ入れられかねんからのう」

のほほんと茶を啜《すす》りながら追撃するシンラ。

武闘派からは程遠い卯《うさぎ》や子《ねずみ》の一族の長が顔を青くしている。彼らは危機管理能力が高いし、報連相ができているから間違いは起こりにくい。

シンラとコクランも、番を迎え入れた時はメーダイルから嫌がらせをされた。

番を迎えた獣人は浮かれハッピーフルスロットルになり、水を得た魚のごとく溌剌とすることが多い。

浮かれポンチに気力体力が無限に湧き上がっているのはヨルハも同じだろう。

あんなに表情豊かなヨルハなど、赤子の時以来見たことがない。物心がついた時から、冷淡な性格だったのに、ユフィリアを前には常に笑顔が大盤振る舞いである。

その笑顔が甘いこと甘いこと。

ユフィリアの前では、小鳥か雛《ひな》のように可愛らしい振る舞いすらしている。中身は完全な猛禽《もうきん》類なのに。

「というより、なんでメーダイルは懲りないんですかね？　うちの国に何度戦争吹っかけて負けて賠償金払って和平を結んでいると思っているのでしょうか」

「聞くな。あいつらは気に食わない獣人が、自分たちより強いとか勝っているとか考えたくもないんだろう」

だが、現実を見て欲しい。

定期的に付き合わされるゼイングロウにとっては迷惑千万である。

こちらは番フィーバーに沸いているヨルハの相手で大忙しなのだ。

イントロダクション　遅れてきた来訪者

ゼイングロウの皇帝夫妻の結婚式が終わっても、まだまだ祝賀ムードが続いている帝都ローザリア。結婚祝いセールと銘打ち相変わらず番《つがい》人気にあやかって色々と商戦を繰り広げていた。大通りは活気が溢《あふ》れ、人の行き来が盛んである。

そんな中に、また一人やってくる。

目深にローブを被《かぶ》った背の高い青年。絶え間ない人波や、賑《にぎ》やかな店に目を奪われてきょろきょろしていた。

その拍子に被っていたフードがずれて美しい金髪と緑の瞳があらわとなる。陶器のような滑らかな白い肌に、人間離れして整った美貌——そして、特徴的な尖《とが》った長い耳。

ふと、その容貌に目を向けた声がけしていたうさ耳店員が、さっそく看板札片手に近づいてきた。

「そこのエルフの兄さん！　うちの茶屋に寄ってかないかい？　今はご成婚キャンペーンで、飲み物を頼むだけで一口菓子が付いてくるよ！」

「メニューにあんこ……いや、あんみつはあるか？」

「もちろん！」

すぐに振り向いたエルフの青年は、いそいそと店員の後に付いてくる。

早速お茶とあんみつを注文し、サービスの一口菓子はお饅頭《まんじゅう》と最中で迷ったものの、最中にした。

「うん、やっぱりゼイングロウの甘味はいいな。故郷の甘味は蜂蜜と果物ばかりだからな」

ほくほくと顔をほころばせていると、近寄りがたい美貌がだいぶ緩和される。

エルフの故郷にもお菓子はあるが蜂蜜を煮詰めたような激甘な焼き菓子。ケーキとクッキーの間のような生地の中に、蜂蜜を絡めたナッツとドライフルーツがみっちり詰まっている。噛《か》めば噛むほどに滲《にじ》み出る甘さが容赦なく広がる。ぬちょぬちょと口の中が不快になっていく。そして圧倒的な甘さに口の中の水分が根こそぎ奪われていく。

一応はケーキと呼ばれているが、保存性を重視していて色々と振り切れている。

まずは目的を果たす前に、甘味巡りをしようかなと考え、ふと思い出す。

「ああ、そうだ。店員よ、皇帝夫妻の結婚式まであと何日だい？」

「え？　お式はとっくに終わっておりますよ？　ひと月くらい前に」

その言葉に、エルフの青年は落雷が落ちたかのように固まった。

「もう終わっているのか？　ご馳走《ちそう》は？　演舞や演奏も？」

「ええ、大通りにはまだお祝いムードが残っていますがお式自体はもう」

「なんてことだ！　たくさんお祭り好きの妖精や精霊まで連れて来たのに！　ちょっと遅れただけなのに、終わっているなんて……」

頭を抱えるエルフに、苦笑する店員。

自分の郷に籠《こも》っていることが多いエルフだが、たまにふらりとやってくることもある。

ゼイン山脈でしか入手できない素材や、珍しい武具の素材を探しに来るのが主なこと。彼の場合、皇帝夫妻の結婚式が目的だったようだ。

エルフは長寿だからか、かなり時間の配分がざっくり——身も蓋もなく言えばルーズである。一年や十年は誤差だろうとか言っちゃう連中である。

普通のエルフでも数百年から千年近く生き、ハイエルフとなれば寿命らしい寿命はない。ただ、肉体が病気や怪我《けが》で生命維持ができなくなると死を迎えると聞く。

とにかく長生きなので、仕方がないことなのだろう。

「どうしよう。宿代がない……ヨルハの家に泊めてもらおうかな。精霊の木ならなんとかなるだろう」

「ヨルハ様のお客様!? おやめください! 今、ヨルハ様は番様との蜜月をお楽しみ中ですよ!? ぶっ殺されますすよ!」

なんて死に急ぎ野郎なんだ。いくらエルフが長寿でもすり身にされたら死ぬのに。

うさ耳店員は必死に止めるが、財布が心もとないエルフは微妙な顔をする。

「とりあえず、うちの族長に話を通してもらってしてみますから! アグレッシブな自殺行為はやめてください!」

ゼイングロウの民は、人間よりエルフやドワーフのことを知っている。

精霊の木と親和性が高いのは、獣人よりエルフたち。もしかしたら、行けちゃうかもしれないのだ。

ゼイングロウの獣人たちにですら、許可なく立ち入り禁止となっている現状。許されるのはリス妖精が頼んだ食材や消耗品類の発注を受けた契約店だけである。

現在、神獣皇帝は番に夢中である。結婚後で正式に書類上にも囲い込みが終わったので、己の巣で大切に大切に愛を育んでいるというのがもっぱらの噂《うわさ》。

結婚前からラブが弾《はじ》け飛んでいたのだから、新婚ならどんな状況か言うまでもない。

「えーっ、呼びつけたのはヨルハなのにぃ……」

エルフの不服そうな呟きに、ピッと耳を上げてくるりと振り向く店員。

これでヨルハが切れたら何が起きる分からない。止められなかった咎《とが》が飛んでしまったら、店を登記上も物理的にも潰されかねないのだ。

(ヨルハ様のことを呼び捨てに？　このエルフのお兄さんって結構偉い人なのかな？)

平店員で角を持たない一般獣人にはハイソな人間関係など分からない。

「これ食べてて待っててください！」

とりあえず、足止めにあんこマシマシの抹茶パフェを置く。

これはただのパフェではない。サイズからして違う。通常ならば細いグラスに入れるところを、小型の金魚鉢に白玉を敷き詰めてあんこどーん、生クリームをどーん、箸休めのわらび餅を入れた後に、抹茶クリームをドーンしポン菓子、ロールクッキー、ウェハース、いもけんぴで彩を添えた上に、抹茶、バニラ、小豆のアイスのカロリー三連星が鎮座している。

さきほどあんみつを食べたのだから、これを食べるのは大変だし、食べた後はしばらくお腹《なか》が重くて動けなくなるだろう。

それから一時間もしないうちに、ヨルハに連絡が行った。

基本訪問は厳禁なので伝書鳩を使用している。窓ふき中のリス妖精の頭に着地し、ひと悶着《もんちゃく》あったがなんとか使命を果たして、手紙はヨルハの手に渡った。

（あー……招待したけど、そういえばいなかったな。他のは来てたけど、アイツが寄り道でもして、置いて行ったんだろうな）

式の当日、我が番ながらユフィリアが尊く可憐《かれん》すぎてそんな些細《ささい》なことを忘れていた。毎日、可愛《かわい》いと綺麗《きれい》を更新している。

今だってヨルハに身を預けながら、うとうとと可愛らしく船を漕《こ》いでいる。銀色の睫毛《まつげ》が窓からの光を受けてキラキラとしていた。

正直、相手をするのが面倒くさい。あのエルフと会話しているくらいなら、ユフィリアの寝顔を見ているほうが目も心も幸せだ。

（まあいいや。適当な皇室の持ち家にでも預けておこう）

頼む予定だった仕事とは別に、これからもう一つ依頼したいことがあった。

エルフは魔力が高く、魔法が得意だ。それは獣人の苦手分野でもある。

今回、ユフィリアの護衛を寅の一族中心に構成したのも良くなかった。ネコ科の獣人はマタタビに弱い。

純粋に戦闘力や五感の鋭さを見るとバランスが取れている優秀な種族。しなやかな足取りは静かで、隠密としての能力も高い。同じ一族だと身内の連携も取りやすい。

コンパクトにまとめて、ユフィリアには必要最低限の護衛にしたかった。

自分が束縛していると分かっている。それでも緩めることができない。自分の手から離れてしまうのが許せない。

（……他の種族からも選ぶか。気は進まないな）

それでも、ユフィリアの安全に変えられない。

ゼイングロウがちょっかいをかけてくるのは予想の範囲内。だが、朱金城に魔法陣を仕掛けられるほど、敵の侵入を許していたのは迂闊《うかつ》だった。

最速で結婚できる吉日を選んだ結果、婚約から式までの猶予は半年。人の出入りも物の出入りも激しく、誰もが多忙を極めていた。

メーダイルがお膳立てして、ヒヨウの手の者が仕掛けた。

不仲な国の者から仕入れた魔法陣を、指示通りに配置するくらいにはヒヨウは追い詰められていて、同時にメーダイルとのパイプが太かった。

ヒヨウとのつながりが深かったものは処罰されている。大半は脅されて従っており、ほんの一部はヒヨウと同じく浅はかな夢を見ていた。

他の一族も通じている者がいるかもしれない――自覚の有無は別として。

ヒヨウの一件で族長たちも内部の不穏分子を警戒し、改めて洗い出しをしている。

ヨルハは執務机に放置した手紙を思い出す。

族長会議の結果、十二支族から精鋭を選抜し、ユフィリアの護衛に立候補するという旨だった。

ヨルハが蜜月を楽しんでいる間に可決されていた。族長たちも、ヨルハの番を守ろうとしている。

辰《たつ》の一族、子《ねずみ》の一族、午《うま》の一族から霊獣の格を持ちが推薦されていた。

それ以外にも数名、隠密、諜報《ちょうほう》員、戦闘員とそれぞれの特性を生かした能力と共に、推薦一覧も来ている。

ヨルハが護衛やメイドにとスカウトを考えた者もいる。ちなみに侍女ポジションはリス妖精だ。

(辰と子は渋るかと思ったのに、ゲットが根回ししたんだろうな)

若く優秀な格持ちは、その一族にとって虎の子だ。族長になる可能性も高い。

ふざけた言動が多いゲットだが、その回る口で相手をほんろうするのが得意だ。沈黙は金、雄弁は銀というがゲットの場合、銀に見せかけた白金である。

抑揚や話題の多さ、タイミングを見計らって相手を揺さぶる。表情、視線、言葉のすべての神経を集中させ、相手の性格や思惑を読み取る。

力の強い辰の一族は特にゲットに弱い気がする。まさかとは思うが、あの弱小を絵にか描いたような兎姿に騙《だま》されているのだろうか。中身は商魂に憑《と》りつかれた銭ゲバ妖怪なのに。

本当に愛らしいのはヨルハの番のような存在のことである。

巨大なパフェを食べきったエルフは、満腹のあまり動けなくなっていた。特に最後の生クリームとあんこがずっしりとお腹を重くしてくる。

隅っこの席でぐったりしていると、三人の男女が来店してきた。

「えーっ！　お前らと同僚とかイヤなんですけどーっ！」

褐色肌の十代半ばくらいの少女が不満を漏らす。毛先だけ白い暗褐色の髪を揺らし、唇を尖《とが》らせている。直毛の隙間から覗《のぞ》く耳は丸く、おそらく鼠《ねずみ》系の獣人だと分かる。

かなり露出の多い服装で、袖がなく膝よりかなり上で裾が終わった赤い椿の着物を着ている。

「俺だって嫌だ。お前みたいなうるさい奴となんて、考えるだけでうんざりする」

真っ白な髪と肌の顔立ちは整った二十歳くらいの青年。切れ長目に嵌《はま》った金の色の瞳の動向は針のように細く、どことなく冷たい印象を与える。

普通の人とは違うのっぺりとした鱗《うろこ》のような肌の質感と、少し尖った耳も彼が獣人だと示している。

少女とは不仲のようで、睨《にら》み合っている。

「まあまあまあ！　いいじゃないか！　名誉ある立場を与えられ、将来を嘱望されていると前向きに考えるべきだよ！」

そう言ったのはやたら濃ゆい顔立ちの青年。白い青年と同じ二十代くらいに見えるが、なんというか睫毛ばっちりでアイメイクも濃い。やたらお耽美な容貌は、まるで彼だけが舞台化粧をしているようだ。綺麗に巻かれた金の巻き髪は背中を覆うほど長く、彼が動くたびに輝いている。

この三人の若者が入った瞬間、獣人たちの目がそちらに向いた。

（……ああ、この子たちは格持ちという奴かな？）

エルフには分からない感覚だが、獣人たちには気配や雰囲気で相手の強さが分かるという。

もっと勘の良い獣人は、獣人だけでなく人間やエルフなどの他種族の力量まで察するそうだ。

(それって喋《しゃべ》っていいことなの？　随分と賑《にぎ》やかなようだけれど大丈夫かな？　力の強さと、仕事ができるかは別物だからね)

あの若者たちは自分たちの力を過信している。それは慢心ともいえる。

確かにゼイングロウの獣人は強い。様々な獣人を見てきたが、どの国の獣人よりも研ぎ澄まされた戦力を持っている。

だが、世の中には針の穴を縫うような隙を狙い、姑息な手段で害をなす輩《やから》もいる。

燻《くすぶ》った敵意が長年腹の中で温められ、猛毒の蛇ごととぐろを巻いている。それが殺意となって襲いくるのだ。

結婚式は恙《つつが》なく終わったようだったけれど、こんな国を挙げての祝い事――メーダイルが邪魔をしないわけがない。

街中の様子を見る限り、大事にはならなかったようだ。

(それにしても……)

元気な若人を見ることによって、ずっと逸《そ》らしていた意識を腹に戻す。

痛い。めちゃくちゃお腹が痛い。あの三つのアイスが、時間差でエルフのお腹に襲撃を仕掛けている。無視しきれないお腹の下り龍が大暴れ。お腹の砦をいくつも突破し、ついに最後の門まで激流と共に押し寄せてきている。

温かいお茶でも癒《いや》しきれなかった氷菓の猛攻。パフェの中に紛れていた刺客。むしろあのアイスこそ本命だったのではなかろうか。

「お待たせ、お兄さん。返事が来たよ……って全部食べたの？　速くない？　顔色悪!!　お腹からすごい音がしてるよ！」

戻ってきた兎店員が、エルフの異変をいち早く察した。

「痛い。すごく痛い」

「ちょっと待ってて！　胃薬？　下痢止め？　とにかくお腹の薬も持ってくるから、それまでといれに籠ってて！」

「動くと漏れそう」

「は？　店汚すなよ。シバくぞ」

さっきまで心配していたのが嘘《うそ》のように冷ややかに睨まれた。兎店員のガチ目の怒りの気配に、エルフの色々な所がきゅっと縮んだ。

なんとかトイレまで辿《たど》り着き、目的を果たして一度戻る。一日分の水分が流れた気がする。

そんなやり取りを、先ほどエルフが見ていた若者たちが見る。

「エルフってお腹壊すんだ」

少女が驚いたように口にする。

俗世離れした印象が強かったので、シモ的なこととは無縁だと思っていた。

ずっと少女が萎びたエルフを見続けるものだから、白い青年が思わずメニュー表で叩《たた》く。少女の見方は不躾《ぶしつけ》だったし、見られるエルフが可哀想《かわいそう》だった。憐《あわ》れんだ青年の慈悲である。

その様子をにっこにこで「仲良きことは美しいね！」と耽美な青年がずれた感想を述べていた。

書き下ろしSTORY　星に願いを？

その日、ユフィリアは料理の本を開いていた。

いつもリス妖精に教えてもらっているが、たまには自分だけで気ままに作ってもいいかもしれない。

開いているのはパイのレシピ。

かなり古い民間のレシピを集めた料理本だ。

定番のアップルパイ一つでも多くのレシピが掲載されている。

中に入れる林檎《りんご》一つでも、ジャムにしたり食感を残した甘露煮であったり、カスタードクリームや他の果物と一緒にするのもあった。

ページをめくりながら、文字を追う。丁寧に書かれたレシピから、どんな料理かを想像するのは楽しい。

アップルパイの欄が終わると、次は総菜パイのレシピがあった。

「星見のパイ……？」

魚のパイの一種らしい。それにしてもロマンチックな名前だ。

星空には二つの思い出がある。実家のハルモニア伯爵家のバルコニーで、一人静かに佇《たたず》んでいたこと。家の中が苦しくて、少しでも離れたくて広がる星空を見つめていた。

白い息を吐き、手の感覚がなくなるほど寒い真冬。体の芯まで冷えるほど外にいても、ユフィリアに気づく人なんていない。

もう一つは、精霊の木でヨルハと共に見上げた満点の星。

隣国の、同じ夜空のはずなのに全く違って見えた。真っ暗な空でこそ美しい星たちは、パーティで見たどんな宝石よりも輝いていた。

寒さを感じる前にヨルハが包み込んでくれる。ユフィリアが満足するまで傍《そば》にいて、その後に一緒に部屋に戻る。

部屋に戻れば、妖精リスが温かい飲み物を持ってきてくれる。

ホットミルクやココアの時もあるけれど、スパイス入りのホットワインも最近好きになった。コーヒーやお茶類は目が覚めてしまうから出てこない。

温かい居場所があると知り、ユフィリアは夜も星も好きになった。

だからだろう。なんとなく心が惹《ひ》かれて、そのページで手が止まる。

星見のパイ。なんて素敵な名前だろう。きっとそのパイも星空を見た時の心のように、優しくキラキラと輝く気持ちをくれる気がした。

(そうだわ。たまには素材から自分で選んで作ってみましょう)

民間レシピだからか、少しアバウトなところもある。パイ生地の作り方はちゃんとある。バターや小麦粉の分量や温度管理は記載してあるのに、魚にはっきりと指定がない。代わりに、例で魚の種類がいくつか載っていた。

(お魚って……結構サイズに差があるのに)

食用魚のワカサギと鮭《さけ》ではだいぶ違う。ワカサギは十センチくらい。鮭は大きいと一メートル近くなるのだ。

(お魚は鮮度が大事よね。朝市だったら、いろんな種類が出ているはず)

実は海に面す領地もあるゼイングロウ。魚を凍らせて遠くにまで運搬するのだ。魔法の技術が広がっていない獣人の国だが、氷属性の魔物の魔石で代用できる。

魔道具と言えるほど立派なものではなく、魔石の純度でゴリ押ししている。高品質の氷の魔石の中には、魔力が漏れ出している魔石もある。それらは冷気を放つので冷凍装置として使える。

ちなみに、魔道具として使う時は術式を刻んだり、加工をして無駄な魔力を漏らさないようにするのが一般的だ。

魔力がない魔石はちょっと綺麗《きれい》な石ころだ。あといきなりはじけ飛んだり砕けたりと、地味に迷惑な散り際を発揮することもある。

(ゼイングロウは魔石の輸出大国でもあるのよね)

今日の夕飯獲ってくるか！　↓　なんか石ころ出てきた。食べられないし、いらなーい。

それが日常である。他の国では決死の覚悟で戦うような魔物を、子供がおやつ代わりに取ってくることもざらにある。

(他国で価値が分かるまでは子供の玩具《おもちゃ》や、ゴミとして捨てられていたそうだから驚きだわ……)

今でも地中やドブ攫《さら》いしていると、過去に廃棄した魔石が出てくるのだ。

ユフィリアの使っている薬草畑でも、たまにころころと石に交じって魔石が出てくる。文化の違いに驚いたものだ。

色々考えているうちに、牛車が市場まで到着した。

「では、お買い物をしてきますね」

「ちゅっちゅー」

いってらっしゃーい、と御者役のリス妖精が手を振っている。

ちなみに、視界の隅でちょろちょろと見え隠れしている神獣皇帝はガン無視だ。ユフィリアは街並みを見たり、考え事に夢中で気づいていなかったようだが、正直鬱陶しかった。

番が何か隠し事をしているのが気になるけれど、悪いことじゃない気がするので問い詰められない。でもすごく気になって仕方がない。

結果、神獣ストーカー爆誕だ。ヨルハは番限定で粘着気質だった。

メモ片手に生鮮食品が目白押しの朝市にやってきたのだから、普通に買い出しに決まっている。作るのだって夫婦の食事なのだから、放っておけばいいものを。

「一人で頑張って買い物するユフィ、なんて可愛《かわい》いんだ」

ダメだった。この神獣皇帝、完全に番フィーバーモードに突入している。リスはやれやれと肩をすくめて、首を横に振った。

よく見れば周囲の獣人も、ヨルハがいない状態で買い物をしているユフィリアを知りつつも、気づいていませんと振る舞っている。

知らぬはユフィリアばかりなり。

良い食材を選ぼうと、並んだ商品を選んでいたユフィリア。

(小麦粉やバター、卵は、お砂糖や塩はおうちので足りるはず。牛乳は毎日新鮮なのが届くからホワイトソースも大丈夫)

ちゃんと出かける前に、冷蔵庫チェックをしている。事前準備に抜かりなしだ。パイシートも仕込んでおいて、寝かせてある。

ちゃんと買い物もできた。ついついたくさんの見たことのない食材に目移りしてしまったけれど、お目当ての魚と旬のキノコはゲットできた。

(食材が新鮮なうちに、料理しなくちゃ)

ご機嫌で帰路に就くユフィリアだった。

家に着けば早速調理開始だ。

ホワイトソースを作り、具材を切る。魚は切らずに、ホワイトソースに丸ごと入れるらしいが――ワイルドすぎやしないだろうか。苦みと臭みの強い腸《はらわた》は取っておいた。

内臓は栄養価が高いので、その地方では丸ごと食す習慣だったのかもしれないけれど、ユフィリアは苦手なのだ。レシピ外のことだが、こっそりと処理する。

(ヨルハ様もお魚の腸が好きだとは聞いたことがないし!)

この時点で、ちょっと察するべきところだったのだろう。

調理の後半部分は次のページに載っていたので、出来上がりの見栄えは想像していなかったのだ。

名前と具材が載った最初の情報だけを見て作る気になっていた。

ちょうど肉料理が続いていたので、今日は魚系をと考えていたのも原因だろう。

（容器にパイ生地を敷いて先に焼いて……お魚の骨って結構固いのよね。焼いている間に鱗《うろこ》や小骨と一緒に取っちゃおうかな）

丸ごとブチいれるのがレシピだが、ユフィリアの口は身に火が通る程度の温度で咀嚼《そしゃく》できるほど丈夫じゃない。きっと口内に刺さる。

食感が良くないものを取り除いていたら、いつの間にかバラバラになっていた。

「あ、あれ……？」

小さめのサイズの魚だったので、原型がだいぶなくなっている。

ちなみに、本日入手した材料はきっかりパイ一つ分。やり直すことはできない。

「や、やってしまったわー！」

ユフィリアの青い悲鳴に「お？　なんだなんだ？」とリス妖精たちがやってきた。

一生懸命やっていたので、行き詰まるところまで見守っていようと思っていたのである。思ったより早くピンチの時がやってきた。

「り、リス妖精さん！　どどど、どうしましょう！　パイの具材を切りすぎてしまいました！」

リス妖精はユフィリアの料理の先生でもある。家事のエキスパートで、成果はもちろん料理全般も大得意。

ミストルティンやゼイングロウだけでなく多く地方や国のレシピを知っている。

大慌てのユフィリアに対し、広げているレシピを見て――ちょっと固まる。リス妖精はこの料理を知っていた。

衝撃的な見た目なのだが、結構な割合でその素敵なネーミングに騙《だま》される。

リスはちらりとまな板の隅を見る。綺麗になった身と、腸や頭やヒレなどの部分は別になっている。

「その、あまり好きな食感ではないので取っていたらいつの間にか……」

「ちゅちゅ、ちちちー」

特別意訳：なるほどなるほど。そう言うことね。

基本、魚でも可食部と美味《おい》しい部位では違いがある。他の料理でも、魚のこの部分は取るのが大半だ。

ユフィリアなりに料理を美味しくしようと思ったのだろう――だが、この料理は伝統料理兼ウケ狙い系の要素も高いので、基本に基づいた考えで捌《さば》くと盲点になる。

リス妖精は少し考え、ホワイトソースやキノコと一緒に、魚の身は具材として入れた。魚を捌いたことにより、想定より具材が減ってしまったのはジャガイモやゆで卵でかさましをする。

パイシートは網目状にし、パイシートの隙間に魚の頭をねじ込んだ。綺麗なパイシートから突き出る異質感。この後の己の運命を察してか、虚《うつ》ろな目が空を仰いでいる。

つや出しの卵黄をパイに塗り、温まったオーブンにゴーである。

「え？　え？　えええ？」

焼く前からとんでもないビジュアルに、ユフィリアは驚いている。

そして、レシピ本を見て――リス妖精の仕事に間違いがないことを知る。

星見のパイ。魚の頭がパイの上で空を見上げているから、そう呼ばれているのだ。

名前に相違ないビジュアルだ。イメージギャップは激しいが、確かに納得できる。

できるけど――

（こ、今度は名前のフィーリングじゃなくて、ちゃんと完成品を考えてから作ろう）

具材が普通だからと侮っていた。

レシピは名前や材料だけでなく、ビジュアルも理解してから作るべきだ。

ちなみに、その星見のパイは主にヨルハが美味しくいただいた。ユフィリアは一切れだったが、残りは全部ヨルハが食べてくれた。

外見はちょっとインパクト強めだったけれど、味は美味しくできていたのでよしとする。

ヨルハからは好評だったので、今度は魚の頭抜きで作るつもりだ。

失敗や想定外もあったけれど、こんな日も悪くない。

あとがき

『梟と番様』二巻をお手に取っていただき、ありがとうございます。

今回はユフィリアとヨルハの結婚式です。新キャラが続々と出ておりまして、カラーイラストに挿絵に狂喜乱舞しております。

笹原先生には毎回魅力的なキャラクターを描いていただき、和風＋ドレスという難しいであろう衣装を綺麗に描いていただいてありがたいです。

コミカライズの話も着々と進み、楽しみな限りです。

毎度ながらユフィリアにビッグラブを惜しまないヨルハ。これはどこまで重く過激にしてセーフなんだろうと思いながら書いております。

一歩間違えばホラーなんですよ、彼。

しかし彼にしてみれば人生が初めて色づき始めたようなもの。初恋が暴走するストレスフリーで番パラダイスな日々を楽しんでおります。

そしてそんな旦那を持つお相手こと番のユフィリアも逞しく成長していきます。

良妻じゃないと暴走しがちな獣人の番は務まらないのです。

いまではだいぶ落ち着いているコクランやシンラも、若い頃の結婚前後では相当やらかしております。ヨルハの気持ちが分かるし、身に覚えがありすぎてきつく言えないジレンマ。

ヨルハが頭の上がらない相手は番のユフィリアと、心の師匠であるマリエッタくらいでしょう。

今回のお話は、ずっとユフィリアを縛り付けていた家族からの解放のお話でもあります。

ハルモニア家からの脱却、そして決別です。

一部は心を改めてはいますが、再び家族として向き合うには時間が必要でしょうね。


さて、お話は変わりますが今年はインフルが猛威を振るっておりますね。

私も熱が出ましたが、幸い予想より早く下がってくれました。

初期症状が出た時に飲んだ葛根湯のお陰でしょうか？

市販の風邪薬や鎮痛剤では、ことごとく胃がやられてしまうので、漢方の力に頼りました。発熱からの胃腸炎コンボが入ると、半月以上不調になるので本当に危険です。

数年前に元旦早々に胃腸炎をやりまして、酷い目に遭ったものです。思うように食事も飲み物も取れず、脱水症状に。本当に怖い。

初めて点滴を打ってもらいましたが、あっという間に体が楽になり、頭痛が引いて驚きです。

あの頭痛、原因が脱水症状だったと自覚しました。

いまだによくある原因不明の頭痛。気圧に温度にスマホやパソコンを見すぎなど、解決してから原因が分かるという……。

体調不良が頭痛に出やすい体質なのかな？　と思います。

心底やめてくれ。色々生活に支障をきたすから、本当に体には気をつけたいですね！

皆様も、どうか健康第一でお過ごしくださいませ。

不健康は時間とお金が無駄になり、得るものが殆どないですからね！

昔は学校休みたいから熱でも出ないかなーとか考えていましたが、そんな自分をシバきたいです。

病気で休んでも遊べないし、きつい状態でじっとしているだけですから。

ではでは、今回はこの辺で。

またお会いできると嬉しいです！

藤森フクロウ

敵国に嫁いで孤立無援ですが、どうやら私は最強種の魔女らしいですよ?

著：十夜　　イラスト：セレン

兄王子がしでかした不始末の代償として、ザルデイン帝国に嫁ぐことになった王女カティア。頼れるものもなく、見知らぬ遠い大陸にひとり向かったカティアを待っていたのは、冷酷無比な皇帝エッカルトと彼に忠実な八人の公爵たちだった！　古の“魔女”を崇拝する帝国で、人間のカティアは虚弱だと侮られ、敵意を向けられながらも、どうにかやり過ごしていたのだが……。実は彼女は、大陸中の誰もが復活を待ち望んでいる魔女だとわかり!?

［ ふつつかな悪女ではございますが

～雛宮蝶鼠とりかえ伝～ ］

著：中村颯希　　イラスト：ゆき哉

『雛宮』――それは次代の妃を育成するため、五つの名家から姫君を集めた宮。次期皇后と呼び声も高く、蝶々のように美しい虚弱な雛女、玲琳は、それを妬んだ雛女、慧月に精神と身体を入れ替えられてしまう！　突如、そばかすだらけの鼠姫と呼ばれる嫌われ者、慧月の姿になってしまった玲琳。誰も信じてくれず、今まで優しくしてくれていた人達からは蔑まれ、劣悪な環境におかれるのだが……。大逆転後宮とりかえ伝、開幕！

悪役令嬢の中の人

著：まきぶろ　　イラスト：紫 真依

乙女ゲームの悪役令嬢に転生したエミは、ヒロインの《星の乙女》に陥れられ、婚約破棄と同時に《星の乙女》の命を狙ったと断罪された。婚約者とも幼馴染みとも義弟とも信頼関係を築けたと思っていたのに……。ショックでエミは意識を失い、代わりに中からずっとエミを見守っていた本来の悪役令嬢レミリアが目覚める。わたくしはお前達を許さない。レミリアはエミを貶めた者達への復讐を誓い——!?　苛烈で華麗な悪役令嬢の復讐劇開幕!!

梟《ふくろう》と番《つがい》様《さま》 2

～せっかくの晴《は》れの日《ひ》なのに、国内《こくない》から国外《こくがい》まで敵《てき》だらけ～

初出　「梟と番様」
小説投稿サイト「小説家になろう」で掲載

2025年3月5日　初版発行

著者　藤森フクロウ
イラスト　笹原亜美

発行者　野内雅宏

発行所　株式会社一迅社

〒160-0022　東京都新宿区新宿 3-1-13　京王新宿追分ビル 5F
電話　03-5312-7432（編集）
電話　03-5312-6150（販売）
発売元：株式会社講談社（講談社・一迅社）

印刷・製本　大日本印刷株式会社
DTP　株式会社三協美術
装丁　モンマ蚕（ムシカゴグラフィクス）

ISBN978-4-7580-9710-9

おたよりの宛先
〒160-0022
東京都新宿区新宿 3-1-13　京王新宿追分ビル 5F
株式会社一迅社　ノベル編集部
藤森フクロウ先生・笹原亜美先生

ICHIJINSHA

ゲット
タマリ
国からの来賓
虎の一族
黒豹の獣人ミオン、クオン、レオン
エルフやドワーフなど亜人種たち
多種多様の種族を招いた、盛大な結婚式がはじまる!

卯の
兎の
狸の
軍事国家
メーダイル